91-54

ST. MARY CATHOLIC SECONDARY SCHOOL		BOOK No.		TEACHER NAME
ISSUED TO	YEAR USED	CONDITION		
		ISSUED	RETURNED	
Andrea Bicheler	91/92			

CONDITION: NEW, GOOD, FAIR, BAD.

A TOUTE VITESSE!

EN FRANÇAIS S'IL VOUS PLAÎT D

A TOUTE VITESSE!

Suzanne Majhanovich
Faculty of Education
University of Western Ontario

Pauline Willis
Department of Romance Studies
University of Calgary

Editorial Development: Mary E. Coffman

Copp Clark Pitman Ltd.
Toronto

ISBN 0-7730-1688-0

Editing: Beverley Biggar
Design: Patti Brown
Illustration: Larry Bloss
Cover Art: Carola Tietz
Typesetting: Compeer Typographic Services
Printer: Ashton-Potter Limited

Canadian Cataloguing in Publication Data
Majhanovich, Suzanne, 1943–
    En français s'il vous plaît D : à toute vitesse!

For use in schools.
Includes index.

ISBN 0-7730-1688-0

1. French language—Text-books for non-French-speaking students—English.*   I. Willis, Pauline.   II. Title.

PC2112.M35   448.2'421   C82-095252-4

Copp Clark Pitman Ltd.

Printed and bound in Canada

Acknowledgements

The publisher wishes to thank the following persons who acted as consultants or reviewers of this text.

Paul Kilbreath
Head of Modern Languages
St. Clair Secondary School
Sarnia, Ontario

Edmond V. Levasseur
Supervisor
Modern Languages
Edmonton Catholic Schools
Edmonton, Alberta

Yvonne Smith
Teacher of French
Lambton Kent Composite School
Kent County Board of Education
Chatham, Ontario

The publisher wishes to thank the following authors and publishers for granting permission to reproduce the literary works which appear on the following pages in this text.
Editions Internationales Alain Stanké Ltée, for "Une abominable feuille d'érable sur la glace", by Roch Carrier, from *Les enfants du bonhomme dans la lune* (pages 42, 73, 75) and for excerpts of "Gagner ma vie", by Gabrielle Roy, from *Rue Deschambault,* Collection Québec 10/10 (pages 178, 179, 203, 205)
Editions Denoël, for excerpts from *La Civilisation, ma Mère! ... ,* by Driss Chraïbi (pages 139, 140, 169, 170, 171)
Editions Gallimard, for "Familiale", by Jacques Prévert, from *Paroles* (page 127)
Larousse, for excerpts from *Petit Larousse, Dictionnaire encyclopédique* (pages 46, 51, 52, 78)
Nouvelles Editions de l'Arc, for "Mon pays", by Gilles Vigneault, from *Avec les vieux mots* (page 34)
Présence Africaine, for "Impossibilité", by Birago Diop, from *Leurres et Lueurs* (page 133)
Quality Records Limited, for "Pour un instant", by Harmonium (page 2)
James Quig, for "Un jour de l'An chez les Brière", which appeared in *Reader's Digest,* January, 1979 (pages 83, 84, 111, 112)
Rina Lasnier, for "Chanson", from *Images et Proses,* Editions du Richelieu (page 130)

The publisher wishes to thank the following persons and agencies for granting permission to reproduce the photographs used in this text.

The Banff Centre   159
Bureau du gouvernement du Québec   35, 87
The Canadian Press   165
Club de hockey canadien, Inc.   45
Kéro Hansen   5, 37, 49, 173, 175
George Hunter   200
Information Canada Photothèque/Miller Services, photo by A. Sima   65
Miller Services   46, 100, 110, 121, 126, 132 (photo by Alberto Tessore), 135, 144, 149 (photo by Dick Huffman), 151, 201, 202, 207 (photo by Harold M. Lambert)
National Film Board of Canada   33, 119 (photo by Crombie McNeill)
C-10128 Public Archives Canada   78
C-20539 Public Archives Canada   51
C-5419 Public Archives Canada   52
C-34447 Public Archives Canada, photo by J. Alex Castonguay   11
SF-1641 Public Archives Canada   115
Rina Lasnier   129

Every effort has been made to acknowledge all sources of photographs used in this book. The publisher would be grateful if any errors or omissions were pointed out so that they may be corrected.

TABLE DES MATIÈRES

UNITÉ 1

BUTS

Apprenez à toute vitesse:

- des chansons québécoises;
- à raconter des événements au passé;
- à parler de l'avenir;
- à raconter ce que vous avez entendu dire;
- à choisir des appareils sonores;
- ce qu'on peut faire dans une situation dangereuse;
- à avoir des conversations plus intéressantes.

CHANSON

Pour un instant

Harmonium

Pour un instant
J'ai oublié mon nom.
Ça m'a permis enfin
D'écrire cette chanson.

5 Pour un instant, j'ai retourné[1] mon miroir
Ça m'a permis enfin de mieux me voir
Sans m'arrêter, j'ai foncé[2] dans le noir
Pris comme un loup qui n'a plus d'espoir[3]

J'ai perdu mon temps
10 A gagner du temps
J'ai besoin de me trouver
Une histoire à me conter.[4]

Pour un instant, j'ai respiré très fort
Ça m'a permis de visiter mon corps
15 Des inconnus vivent en roi chez moi
Moi, qui avais accepté leurs lois.[5]

J'ai perdu mon temps
A gagner du temps
J'ai besoin de me trouver
20 Une histoire à me conter.

Pour un instant, j'ai oublié mon nom
Ça m'a permis enfin
D'écrire cette chanson.

Lexique

[1]**retourné:** tourné de l'autre côté
[2]**j'ai foncé:** je me suis jeté
[3]**un espoir:** *hope*
[4]**conter:** raconter
[5]**une loi:** *law*

Quality Records Limited

Compréhension

Répondez aux questions suivantes.

1. Qu'est-ce qui s'est passé pour un instant?
2. Est-ce que c'était une bonne ou une mauvaise chose? Pourquoi?
3. Qu'est-ce que le chanteur a fait de son miroir? Pourquoi?
4. Est-ce qu'on fait cela d'habitude?
5. Sait-il où il va?
6. A-t-il gagné du temps?
7. De quoi racontera-t-il l'histoire?
8. De quoi a-t-il besoin?
9. Comment a-t-il respiré?
10. Quel est l'avantage de respirer comme cela?
11. Est-ce qu'il se connaît mieux maintenant?
12. Qu'est-ce qu'il a vu à l'intérieur de lui-même?
13. Etait-il vraiment lui-même ou était-il comme quelqu'un d'autre?
14. A la fin, il a écrit sa chanson. Est-ce qu'il se comprend mieux maintenant?

Vocabulaire

Trouvez un antonyme dans la chanson pour chacune des expressions suivantes.

1. longtemps
2. je me suis souvenu de
3. défendu
4. continuer
5. désespoir
6. perdre
7. faiblement
8. connus
9. meurent
10. refusé

A ton avis

A. Complète les phrases suivantes.

1. Quand on oublie son nom, on est
   a) distrait.
   b) malade.
   c) nerveux.
   d) ?
2. Les compositeurs qui écrivent des chansons sont
   a) fous.
   b) poètes.
   c) un peu philosophes.
   d) ?
3. Les personnes qui se regardent souvent dans un miroir
   a) sont très belles, d'habitude.
   b) sont égoïstes.
   c) doivent se rassurer constamment.
   d) ?
4. Quand on accepte les lois ou les idées des autres, c'est
   a) parce qu'on est faible.
   b) parce qu'on doit être comme les autres.
   c) parce qu'on ne se connaît pas bien.
   d) ?
5. Un adulte qui aime entendre des histoires est
   a) enfantin.
   b) comme tout le monde.
   c) fouinard.
   d) ?

B. Est-ce qu'on perd son temps dans les activités suivantes?
Explique ta réponse.

1. dormir beaucoup
2. gagner beaucoup d'argent
3. lire des poèmes
4. parler beaucoup au téléphone

5. composer des chansons
6. étudier les civilisations anciennes
7. regarder la télévision
8. écouter des histoires de personnes âgées
9. faire la queue
10. manger

C. Un paradoxe est une absurdité qui est vraie. Explique pourquoi les phrases suivantes sont des paradoxes.

1. J'ai oublié mon nom.
2. … j'ai retourné mon miroir
   Ça m'a permis enfin de mieux me voir
3. J'ai perdu mon temps
   A gagner du temps
4. Des inconnus vivent en roi chez moi
5. Pour un instant, j'ai oublié mon nom
   Ça m'a permis enfin
   D'écrire cette chanson.

A faire et à discuter

1. Avez-vous jamais oublié votre nom? Votre adresse? Votre numéro de téléphone? Le nom d'un(e) très bon(ne) ami(e)? Racontez les circonstances. Quelle était votre réaction? La réaction des autres?
2. «Dans la vie moderne, on est souvent dans le noir sans espoir.»
   Vrai ou faux? Donnez vos raisons.
3. Connaissez-vous la fable du lièvre (lapin) et de la tortue (*tortoise*)?
   Pourquoi peut-on dire que le lièvre a perdu son temps à gagner du temps?
4. Quand vous étiez petit(e), quelle histoire aimiez-vous beaucoup?
   Racontez-la.
5. Ecrivez un petit poème qui contient les expressions suivantes. Il n'est pas nécessaire d'avoir des rimes.

   pour un instant
   oublier
   dans le noir
   espoir

Pauline Julien en concert sur les plaines d'Abraham

STRUCTURES

Révision
L'imparfait

Quand elle était petite, elle était laide.

OBSERVATION GRAMMATICALE

La formation de l'imparfait

1. Prenez la première personne du pluriel d'un verbe au présent.

   nous gagnons

2. Enlevez la terminaison **-ons**.

   nous gagn~~ons~~

   gagn

3. Ajoutez les terminaisons de l'imparfait:

-ais, -ais, -ait, -ions, -iez, -aient

Je gagn**ais** toujours les matchs de tennis.
Tu all**ais** fréquemment à la piscine.
Il perd**ait** toujours du temps.
Nous av**ions** souvent de l'espoir.
D'habitude, vous lis**iez** le journal tous les matins.
Elles fais**aient** du sport quelquefois.

Attention! Tous les verbes sont réguliers à l'imparfait sauf:

être

J'**étais** content(e).
Nous **étions** fatigué(e)s.

Vous souvenez-vous des autres terminaisons?

Attention! Regardez bien l'imparfait des verbes comme **manger** et **commencer**.

Je mang**e**ais fréquemment dans ce restaurant.
Nous mangions bien ici.
Il commen**ç**ait toujours à l'heure.
Vous commenciez toujours en retard.

Vous souvenez-vous des autres formes?

Attention! N'oubliez pas les **i**.

Exemple: *infinitif   présent   imparfait*
         oublier   nous oubli~~ons~~   nous oubl**ii**ons
                                       vous oubl**ii**ez
         crier   nous cri~~ons~~   nous cr**ii**ons
                                       vous cr**ii**ez

Exercices

A. Dans les phrases suivantes, mettez les verbes entre parenthèses à la forme qui convient de l'imparfait.

Exemple
Jeanne _____ à sa mère tous les soirs.
(téléphoner)
Jeanne **téléphonait** à sa mère tous les soirs.

1. Mon cousin _____ chez nous tous les jours. (venir)
2. Tu _____ toujours à l'heure, mais tes frères _____ souvent en retard. (être/être)
3. D'habitude, nous _____ à la bibliothèque. (étudier)
4. Je ne _____ jamais ce qu'il _____. (comprendre/dire)
5. Vous _____ tous les jours à vos parents quand vous _____ à Paris. (écrire/être)
6. Qu'est-ce que tu _____ dire? (vouloir)
7. A Vancouver, il _____ presque tous les jours. (pleuvoir)
8. D'habitude, ils _____ dans ce petit restaurant. (manger)
9. Avant d'acheter des lunettes, je ne _____ pas bien. (voir)
10. Vous _____ toujours les devoirs de votre voisin dans le cours d'histoire. (copier)

B. Mettez les phrases suivantes à l'imparfait.

Exemple
Elle me donne toujours un cadeau d'anniversaire.
Elle me **donnait** toujours un cadeau d'anniversaire.

1. Ils mettent toujours leurs gants quand il neige.
2. Nous modifions sans cesse nos projets.
3. L'après-midi je suis chez moi.
4. Le vieil homme conte toujours les mêmes histoires.
5. D'habitude, les Nadeau voyagent au mois de juillet.
6. Nous lisons souvent sous le grand arbre.
7. Tu fonces dans le noir sans penser aux conséquences.
8. Vous perdez souvent aux cartes.
9. Le malade respire normalement.
10. Tu ne finis jamais à l'heure.

C. Complète les phrases suivantes en employant une expression à l'imparfait.

1. Quand j'étais petit(e), je …
2. Dans sa jeunesse, mon père …
3. Lorsque je parlais, mes ami(e)s …
4. En vacances, ma famille …
5. Quand j'étais jeune, ma maison …
6. A l'âge de huit ans, je …
7. Lorsque nous étions jeunes, nous …
8. Quand j'étais jeune, mes parents …
9. D'habitude en été, nous …
10. A l'école primaire, je …

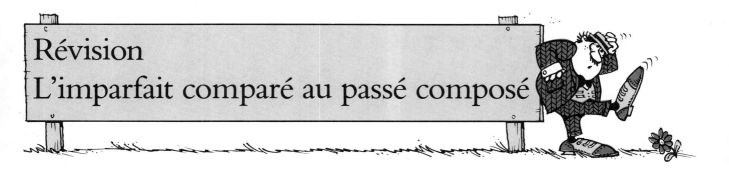

Révision
L'imparfait comparé au passé composé

Ah! maman! Justement, j'étudiais les mathématiques quand le téléphone a sonné.

OBSERVATION GRAMMATICALE

Lorsque Mme Dufour **parlait** au téléphone, ses enfants **ont commencé** à se battre.
Je **prenais** toujours des leçons de ballet, mais l'année dernière, j'**ai pris** des leçons de danse moderne.

On utilise **l'imparfait** pour une action au passé qui continue pendant qu'une autre action a lieu. On l'utilise aussi pour une action au passé dont la durée n'est pas limitée.

On utilise **le passé composé** pour une action qui a lieu au passé pendant qu'une autre action continue. On l'utilise aussi pour une action au passé dont la durée est limitée.

Dans les phrases ci-dessus, quels verbes indiquent des actions qui continuaient dans le passé quand une autre action les a interrompues? A quel temps sont ces verbes?

Dans les phrases ci-dessus, quels sont les verbes qui ont interrompu une action qui avait lieu dans le passé? A quel temps sont ces verbes?

Exercices

A. Choisissez le verbe qui convient pour compléter les phrases suivantes. Faites les changements nécessaires.

Exemple
Quand je _____, Pierre _____ dans la salle. (ai mangé/mangeais; est entré/entrait)
Quand je **mangeais**, Pierre **est entré** dans la salle.

1. Même quand il _____ froid, les enfants _____ à l'école à pied. (a fait/faisait; sont allés/allaient)
2. Quand je _____ un bain, le téléphone _____. (ai pris/prenais; a sonné/sonnait)
3. D'habitude, vous _____ son adresse. (avez oublié/oubliiez)
4. Nous _____ un bon film hier soir. (avons vu/voyions)
5. Tu _____ toujours en retard quand tu _____ à pied. (as été/étais; es venu/venais)
6. D'habitude, ces jeunes filles _____ très peu. (ont mangé/mangeaient)
7. Lorsque je _____ mes devoirs, mon ami _____ chez moi. (ai fait/faisais; est arrivé/arrivait)
8. Tout à coup, il y _____ un grand bruit. (a eu/avait)
9. Nous _____ visiter la Place Ville–Marie quand nous _____ à Montréal. (avons voulu/voulions; avons été/étions)
10. Les enfants _____ extrêmement fatigués. (ont été/étaient)

B. Mettez le paragraphe au passé. Employez l'imparfait ou le passé composé selon le sens. Le premier choix est fait pour vous.

Un soir le grand détective Cherloque Aulmse **se trouvait** (se trouver) chez lui, près du feu, au numéro 221B rue du Boulanger. Comme d'habitude, il _____ (jouer) du violon et il _____ (se souvenir) de ses grands exploits. Tout à coup, une jeune femme _____ (entrer) et _____ (se jeter) aux pieds de Cherloque Aulmse. Il _____ (voir) tout de suite qu'elle _____ (être) pauvre, mais aristocratique parce que ses vêtements _____ (coûter) cher, mais n'_____ (être) plus à la mode. Pendant que Cherloque _____ (regarder) le feu, elle _____ (se mettre) à pleurer. Elle lui _____ (dire) qu'elle ne _____ (pouvoir) pas trouver ses lunettes roses, et qu'elle _____ (devoir) les avoir pour être heureuse. Soudain, le grand détective _____ (observer) attentivement la jeune femme, car, à ce moment même il _____ (découvrir) un reflet du feu qui _____ (sembler) danser devant les yeux de la pauvre femme. Il _____ (crier) tout d'un coup. Le détective a dit: Je _____ (retrouver) vos lunettes! Elles _____ (être) sur le bout de votre nez.

Marius Barbeau

Pendant sa longue vie (1883–1969), Marius Barbeau a révolutionné l'étude du folklore canadien. Par son travail infatigable, il a ouvert le domaine du folklore à la recherche scientifique. C'est grâce à lui que nous connaissons beaucoup des chansons et des traditions de notre pays. Il était non seulement le grand spécialiste des traditions québécoises, mais il a préservé aussi le folklore indien du Canada entier.

Marius Barbeau

Vous donnerez de l'argent à une femme mystérieuse.

OBSERVATION GRAMMATICALE

La formation du futur

Michèle: Samedi, on va au restaurant « Chez Emile. »
Tu peux inviter Jean à venir avec nous?

Sandra: Oui, je l'**inviterai** demain.

Michèle: A quelle heure est-ce que tu **arriveras**?
Nous, on **arrivera** à sept heures.

Sandra: D'accord. A sept heures, alors. Qu'est-ce que nous **mangerons**?

Michèle: Oh! moi, je **prendrai** du poulet, mais vous autres, vous **choisirez** parmi les spécialités que les chefs **prépareront.** Ça **dépendra** de ton appétit … et de ton portefeuille.

Comment est-ce qu'on forme le futur des verbes réguliers?

Le futur des verbes comme *appeler* et *se lever*

Nicole a une liste de personnes à appeler pour le pique-nique.
Elle en appelle cinq ce soir et elle **appellera** les autres demain soir.

En semaine, nous devons nous lever à sept heures; le samedi, nous nous levons à dix heures d'habitude et en juillet, nous **nous lèverons** à neuf heures.

Quelle est la différence entre l'infinitif et le futur des verbes comme **appeler** et **se lever**?

A quel autre temps est-ce que le futur ressemble? Les formes avec **nous** et avec **vous** suivent-elles cette règle?

Le futur de quelques verbes irréguliers

aller	J'**irai** au lac cet été.
avoir	Tu **auras** besoin d'un billet.
savoir	On **saura** le futur à la fin de cette leçon.
être	Il **sera** à Montréal le 14 août.
faire	Elle **fera** un voyage en Europe l'été prochain.
devoir	Vous **devrez** travailler plus fort pour avoir de meilleures notes.
recevoir	Elles **recevront** le paquet demain.
pleuvoir	Il **pleuvra** demain dans toute la région.
courir	Elle **courra** deux kilomètres par jour.
mourir	Nous **mourrons** tous un jour.
pouvoir	Elle **pourra** tout étudier avant l'examen.
voir	Tu **verras** que j'ai raison.
envoyer	Elle **enverra** la lettre par avion.
falloir	Il **faudra** commencer plus tôt.
vouloir	Nous **voudrons** voir Banff pendant notre voyage en Alberta.
venir	Je **viendrai** vous voir jeudi prochain.
tenir	Vous **tiendrez** votre promesse.

Savez-vous bien toutes ces formes?

Quel est le futur des verbes **devenir**, **revenir** et **retenir**?

Exercices

A. Répondez selon l'exemple.

Exemple
Je partirai à trois heures, et les autres?
Ils **partiront** à trois heures aussi.

1. Mme Michaud téléphonera à Air Canada avant l'arrivée du vol, et toi?
2. Lisette et sa famille iront à Québec cet été, et vous et votre famille?
3. Je vendrai ma bicyclette, et Marc?
4. Il suivra les règles du jeu, et moi?
5. Marie et Jeannette auront le temps, et Jean-Pierre?
6. Il se souviendra toujours de cette histoire, et toi?
7. Les garçons jetteront les papiers dans la poubelle, et leur père?
8. Le directeur sera à la réunion, et les professeurs?
9. Je ne finirai pas à l'heure, et vous?
10. Corinne achètera un disque, et ses amies?

B. Mettez les phrases suivantes au futur.

Exemple
Luc va jouer dans l'orchestre.
Luc **jouera** dans l'orchestre.

1. Je vais regarder la télévision ce soir.
2. Ils vont voir le match de hockey samedi soir.
3. Nous allons faire de la natation tous les jours.
4. Il va sans doute pleuvoir demain.
5. Vous allez envoyer le disque à votre ami.
6. On va prendre une décision lundi.
7. Tu vas te promener au bord de la rivière.
8. Tôt ou tard, Claudette va savoir la vérité.
9. Mes cousines vont venir chez nous dimanche.
10. Je vais appeler mon chien.

C. Répondez aux questions selon l'exemple avec une réponse au futur.

Exemple
As-tu fini tes devoirs?
Non, mais je les **finirai** demain.

1. Est-ce qu'il a fait du soleil hier?
2. Avez-vous commencé le travail d'histoire?
3. Est-ce que Jean t'a rappelé?
4. Est-ce que tu as obtenu son numéro de téléphone?
5. Est-ce que j'ai bien compris l'explication?
6. Ont-ils couru vite?
7. Est-ce que nous avons réussi à l'examen?
8. As-tu eu le temps de terminer le livre?
9. Est-ce que vous avez enlevé toutes les taches de la chemise?
10. Se sont-ils déjà mariés?

D. Complétez les phrases suivantes en choisissant la forme qui convient des verbes entre parenthèses selon l'exemple.

Exemple
S'il _____, je _____ mon imperméable.
(pleut/pleuvra; mets/mettrai)
S'il **pleut**, je **mettrai** mon imperméable.

1. Si l'on _____ après six heures, ça _____ moins cher. (téléphone/téléphonera; coûte/coûtera)
2. Nous _____ partir plus tard si tu _____. (pouvons/pourrons; veux/voudras)
3. Si je _____ une réponse à ma lettre, je te le _____. (reçois/recevrai; dis/dirai)

4. Nous _____ cinq kilomètres si nous le _____. (courons/courrons; pouvons/pourrons)
5. Ils _____ un accord si je _____ bien. (signent/signeront; comprends/comprendrai)
6. Si l'on _____ que vous avez échoué, vous _____ de honte. (sait/saura; mourez/mourrez)
7. Elles _____ du ski s'il _____ demain. (font/feront; neige/neigera)
8. Si je _____ mes devoirs, je (j') _____ au cinéma. (finis/finirai; vais/irai)
9. Si Georges _____ ce disque, il n'_____ pas assez d'argent pour le reste de la semaine. (achète/achètera; a/aura)
10. Vous _____ la rue Sainte-Catherine si vous _____ à Montréal. (voyez/verrez; allez/irez)

E. Marguerite organise une partie chez elle pour vendredi prochain et elle s'en inquiète beaucoup. Voici les soucis de Marguerite. Complétez les phrases suivantes par la forme et le temps du verbe qui conviennent selon l'exemple. Faites les changements nécessaires.

Exemple
S'il _____, je ne _____ pas faire un barbecue. (pleuvoir/pouvoir)
S'il **pleut**, je ne **pourrai** pas faire un barbecue.

1. Si les invitations n'_____ pas vite, mes amis ne les _____ pas à temps. (arriver/recevoir)
2. Si je ne _____ pas deux kilos, je ne _____ pas mettre ma nouvelle robe. (perdre/pouvoir)
3. Si Jacques _____ ses disques, nous ne _____ pas. (oublier/danser)

4. Hélène ne _____ pas si Richard ne l'_____ pas. (venir/accompagner)
5. Les invités ne _____ pas beaucoup si la nourriture ne (n') _____ pas bonne. (manger/être)
6. Si Pierre ne _____ pas danser avec moi, je _____ très déçue. (vouloir/être)
7. Mes parents _____ si on _____ trop de bruit. (se fâcher/faire)
8. Si j'_____ cette partie, j'_____ beaucoup de soucis! (organiser/avoir)

F. Réponds à ces questions personnelles en employant des verbes au futur.

1. Qu'est-ce que tu feras ce soir?
2. Qu'est-ce que tu feras samedi prochain?
3. Où iras-tu l'été prochain?
4. Comment envisages-tu ta vie dans vingt ans?
5. Quelle sorte de monde est-ce qu'il y aura dans cinquante ans?

Le discours indirect

Bill dit: «J'arriverai à cinq heures.»
Bill dit qu'il arrivera à cinq heures.

Vous criez: «Je ne ferai jamais une telle chose.»
Vous criez que vous ne ferez jamais une telle chose.

Je promets: «Nous vous aiderons demain.»
Je promets que nous vous aiderons demain.

Mme Michaud dit: «Ma soeur viendra me voir.»
Mme Michaud dit que sa soeur viendra la voir.

Dans les exemples ci-dessus, trouvez les phrases au discours direct. Maintenant, trouvez les phrases au discours indirect. Expliquez le terme **discours indirect**.

Quels changements doit-on faire quand on met une phrase au discours indirect? Dans la ponctuation? Dans le verbe et le sujet?—Toujours? Dans certains autres mots?—Toujours?

Quel mot est-ce qu'on ajoute à la phrase?

G. Mettez le dialogue suivant au discours indirect.

Carole: J'irai à l'exposition scientifique à l'école samedi.

Antoine: Jean-Marc et moi, nous y serons aussi.

Carole: Vous préparerez quelque chose d'intéressant?

Antoine: Il y aura beaucoup de choses très intéressantes à voir.
Tu pourras aussi participer à des expériences scientifiques.

Carole: Je présenterai les résultats d'une expérience de chimie. Monique m'aidera avec les statistiques.

Antoine: Je te verrai samedi, alors.

Exemple
Carole dit qu'elle ira à l'exposition scientifique à l'école samedi.

H. Dans les phrases suivantes, changez les actions habituelles en des actions qui auront lieu une fois seulement.

Exemple
Quand le bébé a faim, il pleure.
Quand le bébé **aura** faim, il **pleurera.**

1. Lorsque nous voyageons, nous prenons nos sacs à dos.
2. Dès qu'ils trouvent le temps, ils lisent le journal.
3. Quand il est cinq heures, tu peux partir.
4. Vous vous réveillez dès que le soleil se lève.
5. Les plantes meurent quand tu ne leur donnes pas assez d'eau.
6. Aussitôt que j'entends la voix de ce professeur, je m'endors.
7. Lorsque vous jetez une pierre dans le lac, elle fait des cercles dans l'eau.
8. Aussitôt que j'arrive à la maison, j'enlève mes souliers.

I. Dans les phrases suivantes, utilisez **quand** à la place de **si**, et faites les autres changements nécessaires.

Exemple
Si j'ai le temps, je regarderai la télévision.
Quand j'**aurai** le temps, je regarderai la télévision.

1. Si tu vas en France, tu boiras du vin.
2. Si nous appelons notre chien, il viendra.
3. S'ils réussissent à l'examen, ils seront contents.
4. S'il pleut, je resterai chez moi.

5. Si vous venez à Trois-Rivières, venez nous voir.
6. Si elle devient actrice, elle habitera à Stratford en été.
7. Si nous nageons dans cette rivière, nous aurons froid.
8. Si je finis mon travail, j'irai au cinéma.

J. M. Leclerc finira bientôt sa journée de travail. En combinant chaque élément de la colonne A avec l'élément convenable de la colonne B, racontez le reste de la journée de M. Leclerc. Mettez les verbes au futur.

A

1. Quand il (fermer) la porte de son bureau,
2. Lorsqu'il (être) dans l'autobus,
3. Aussitôt qu'il (arriver) chez lui,
4. Lorsqu'il (avoir) faim,
5. Quand ses enfants (faire) la vaisselle,
6. Quand il (être) dix heures,
7. Dès qu'il (être) fatigué,

B

a. il (parler) à une dame assise à côté de lui.
b. il (sortir) la clé de sa maison.
c. il (se coucher).
d. il (regarder) les nouvelles nationales à la télévision.
e. il (mettre) la clé dans sa poche.
f. il (manger) avec sa famille.
g. sa femme et lui, ils (promener) le chien.

K. Complète les phrases suivantes comme tu veux.

1. Dès que j'aurai vingt ans, …
2. Lorsque j'aurai assez d'argent, …
3. Aussitôt que les classes finiront, …
4. Quand mes ami(e)s iront au cinéma, …
5. Aussitôt que j'aurai le temps, …
6. Dès que le professeur sortira de la salle de classe, …
7. Quand j'aurai une auto, …
8. Lorsque nous irons en vacances, …
9. Aussitôt que je lui parlerai au téléphone, …
10. Quand le beau temps viendra, …

A L'ACHAT D'EXPRESSIONS

Au rayon des appareils sonores

Pierre: Josée, regarde! Les disques des Flics en rabais de trente pour cent!

Josée: Formidable! J'adore les Flics! Voudrais-tu acheter quelques-uns de leurs disques?

Pierre: Si j'avais de l'argent, je les achèterais tous. Mais, tu sais, je ne suis qu'un pauvre étudiant. Je ne pourrais acheter qu'un seul disque. Si je travaillais le samedi comme toi, j'aurais plus d'argent.

Le vendeur: Pourrais-je vous aider?

Pierre: Oui, j'aimerais le dernier disque des Flics, s'il vous plaît.

Le vendeur: Très bien. Est-ce que vous payez comptant, ou est-ce que vous voudriez faire un chèque?

Pierre: J'aimerais faire un chèque, s'il vous plaît.

Le vendeur: Bien. Pourriez-vous me montrer deux pièces d'identité, s'il vous plaît?

Pierre: Les voici. Ah! j'ai presque oublié la chose la plus importante! Je devrais acheter aussi un casque d'écoute. Mes parents n'aiment pas la musique rock, mais avec un casque, je pourrais jouer mes disques aussi fort que je voudrais.

Pierre achète le disque et le casque d'écoute et les deux amis sortent du magasin.

★　★　★

Dans la rue ils voient une affiche qui annonce un concert des Flics pour samedi prochain.

Josée: Tiens! Ils arrivent chez nous! Aimerais-tu aller les voir?

Pierre: Oui, j'aimerais bien y aller, mais maintenant je n'ai plus d'argent.

Josée: Ne t'inquiète pas. Je pourrais t'offrir le billet.

Pierre: C'est bien gentil! Allons tout de suite prendre les billets.

I. Disques et bandes

II. Téléviseurs et postes de radio

un téléviseur en couleurs   un téléviseur en noir et blanc   un poste de radio   un radio-réveil

III. Stéréos

une platine tourne-disque

un magnétophone
à cassettes

un casque d'écoute

un ampli-tuner

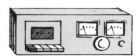
une platine à cassettes   des haut-parleurs   une platine de
magnétophone   un tourne-disque

Compréhension

Répondez aux questions suivantes.

1. Où se trouvent Pierre et Josée?
2. Qu'est-ce qu'ils veulent faire? Pourquoi? (deux raisons)
3. Quel est le problème de Pierre? Est-ce que Josée a le même problème? Pourquoi?
4. Comment est-ce que Pierre paie? Qu'est-ce qu'on lui demande?
5. Quel est le deuxième achat de Pierre? Pourquoi?
6. Qu'est-ce que Pierre et Josée remarquent en sortant du magasin?
7. Pourquoi Josée est-elle très gentille?

Vocabulaire

A. Devinettes
Trouvez dans le dialogue les mots indiqués par les devinettes suivantes.

1. rond et noir, mais pas une rondelle
2. On peut vous la demander à la frontière.
3. On les voit souvent sur les murs dans la rue.

B. Faites des phrases.
Utilisez chacune des expressions suivantes dans une phrase qui en montre la signification.

1. en rabais de
2. ne … que
3. payer comptant
4. casque d'écoute
5. prendre un billet
6. platine tourne-disque
7. radio-réveil
8. poste de radio

A ton avis

1. Quelle sorte de musique aimes-tu? Donne quelques exemples.
2. On dit que l'opéra est le spectacle parfait parce qu'il réunit tout — des acteurs/chanteurs, des costumes, un orchestre, de grandes émotions. Es-tu d'accord?
3. Quels appareils sonores est-ce qu'il y a chez toi? En es-tu content(e)?
4. Est-ce que tu regardes souvent la télévision? Quelles émissions aimes-tu?

A faire et à discuter

1. Allez au rayon des appareils sonores. Notez le prix de plusieurs appareils. Notez les marques. Quelles marques vous intéressent?
2. On sait bien que dans les domaines de la musique, des émissions de télévision, et des appareils sonores, les parents et leurs enfants ne sont presque jamais d'accord.
En travaillant avec un groupe d'étudiants, écrivez et présentez devant la classe une émission de télévision qui traite ce problème. Votre émission peut prendre la forme d'interviews, de dialogues ou de saynètes.

STRUCTURE

Le conditionnel

Madame, voudriez-vous vous asseoir …   … par terre.

OBSERVATION GRAMMATICALE

Avec beaucoup d'argent …
je **voyagerais** en Chine.
tu **t'habillerais** magnifiquement.
elle **choisirait** ses robes chez un couturier.
nous **apprendrions** le français sur la Côte d'Azur.
vous **suivriez** votre ami en Afrique.
ils **boiraient** du champagne tous les jours.
je **me promènerais** en Rolls-Royce.

Ce temps est **le conditionnel**. Pour le former, on doit connaître deux autres temps.

Le radical du conditionnel est comme celui de quel autre temps? N'oubliez pas que le **e** final de l'infinitif des verbes en **–re** disparaît. Et n'oubliez pas le futur irrégulier des verbes comme **se promener**, **appeler** et **jeter**.

Les terminaisons sont comme celles de quel autre temps?

Le conditionnel de quelques verbes irréguliers

Avec beaucoup d'argent …

j'**irais** en Inde.

nous **aurions** une grande maison.

elles **sauraient** s'amuser.

tu **serais** moins inquiet.

il **ferait** un long voyage.

vous **devriez** faire un long voyage.

nous **recevrions** nos amis dans le jardin.

quand il **pleuvrait**, nous recevrions nos amis dans la maison.

tu **courrais** dans tous les magasins.

on **mourrait** quand même.

ils **pourraient** acheter une voiture de sport.

je **verrais** le Taj Mahal.

nous **enverrions** des cadeaux à tout le monde.

il **faudrait** être prudent.

je **voudrais** travailler à temps partiel.

il **viendrait** au Canada d'Australie.

elle **tiendrait** bien sa maison.

Quels sont les infinitifs des verbes en caractères gras dans les phrases ci–dessus?

Comme son nom l'indique, on utilise le conditionnel lorsqu'il y a une condition dans la phrase. Dans les exemples ci-dessus, la condition est **avec beaucoup d'argent**.

Voici d'autres exemples:

En cas d'accident, on **sonnerait** l'alarme.

Au besoin, j'**appellerais** la police.

Il ne connaît personne. Nous **devrions** l'inviter à manger avec nous.

Quelle est la condition dans chacune des phrases ci-dessus?

Exercices

A. Prononcez bien!
En cas d'accident ...

1. je mangerais ces provisions.
2. nous aiderions les autres.
3. vous trouveriez des allumettes.
4. on allumerait des chandelles.
5. tu appellerais la police.

B. Mettez les phrases suivantes au conditionnel.
Commencez les phrases par **Dans ce cas**.

Exemple
Je chanterai au concert.
Dans ce cas, je **chanterais** au concert.

1. Vous prendrez des risques.
2. Les étudiants prépareront la leçon.
3. On partira à trois heures.
4. Tu devras refaire ce travail.
5. Nous tiendrons nos promesses.
6. J'aurai besoin d'argent.
7. Vous vous promènerez au bord du lac.
8. Lisette vendra ses haut-parleurs.
9. Ces messieurs sauront le faire.
10. Nous nous coucherons de bonne heure.

C. Complétez les phrases suivantes en mettant le verbe entre parenthèses à la forme qui convient du conditionnel. Ajoutez **Dans ce cas** à chaque phrase.

Exemple
Les travailleurs _____ une augmentation de salaire. (demander)
Dans ce cas, les travailleurs **demanderaient** une augmentation de salaire.

1. Vous _____ la radio. (mettre)
2. J'_____ en Grèce. (aller)

3. Elle _____ les papiers à la poubelle. (jeter)
4. Nous _____ de faim. (mourir)
5. Ils _____ vendredi soir. (venir)
6. Tu _____ extrêmement surpris. (être)
7. Il _____ beaucoup. (pleuvoir)
8. J'_____ mes amis à la partie. (amener)
9. Tu _____ remercier tes parents. (devoir)
10. Nous _____ par terre. (dormir)
11. Vous _____ les lettres par avion. (envoyer)
12. Il _____ le faire. (falloir)

D. Remplacez les tirets par la forme qui convient du conditionnel d'un verbe de la liste suivante.

apprendre/appeler/entendre/vouloir/devoir/voir/
regarder/faire

1. Je _____ mieux la musique avec un casque d'écoute.
2. En cas d'accident, on _____ la police.
3. Nous _____ mieux le français au Québec.
4. Jean est malade. Tu _____ lui téléphoner.
5. Tu _____ mieux avec des lunettes plus fortes.
6. Dans cette situation, je _____ comme toi.
7. Vous n'êtes pas comme Georges; vous _____ bien avant de traverser la rue.
8. Les Martin _____ une nouvelle platine à cassettes.

E. La vie peut être dangereuse. Dites-moi ce que je devrais faire dans les situations suivantes. Commencez par **A votre place**, **je** et utilisez le conditionnel.

Exemple
Je vois une maison en feu.
A votre place, **j'appellerais** les pompiers.

1. Je reçois un coup de téléphone obscène.
2. Un inconnu frappe à ma porte au milieu de la nuit.
3. Je garde un enfant qui tombe malade tout d'un coup.
4. On me suit dans une rue déserte.
5. Un camarade qui ne sait pas nager tombe dans l'eau.
6. On me vole mon sac à main.

EN GARDE!

Le conditionnel de politesse

Pourriez-vous m'aider?

Voudrais-tu faire ce travail?

Nous aimerions partir tout de suite.

Quand on veut donner un ordre d'une façon polie, ou quand on veut atténuer une demande, on emploie souvent le conditionnel.

Quels verbes sont souvent employés ainsi?

F. Refaites ces ordres d'une façon plus polie.

Exemples

Partez!

Voudriez-vous partir?

Je veux mon café maintenant.

Je voudrais/J'aimerais mon café maintenant.

1. **Asseyez-vous!**
2. **Nous voulons** voir les téléviseurs en couleurs, s'il vous plaît!
3. **Accompagne-moi** au théâtre!
4. **Faites** la vaisselle!
5. **Lève-toi!**

6. **Je veux** encore du vin!
7. **Ecoute-moi** quand je parle!
8. **Indiquez-moi** où se trouve la rue St-Honoré!
9. **Couchez-vous** de bonne heure.
10. **Nettoie** la maison avant quatre heures.

G. Que diriez-vous dans les situations suivantes? Utilisez le conditionnel de politesse.

Exemple

Vous parlez à votre frère. Vous avez trop de travail.

Pourrais-tu m'aider avec mon travail?

1. Vous parlez à Roland. Vous voulez aller au cinéma avec lui.
2. Vous êtes au magasin. Vous voulez acheter un nouveau magnétophone.
3. Vous êtes au restaurant. Vous voulez votre café maintenant.
4. Vos voisins font trop de bruit.
5. Votre mère ne veut pas écouter vos excuses.
6. Vous vous êtes perdu. Vous voulez trouver la rue Chapleau.
7. Vous êtes à l'école. Vous devez partir avant la fin de la classe.

H. Qu'est-ce qu'ils ont dit?
Mettez les phrases suivantes au passé en faisant
les changements nécessaires.

Exemple
Je dis que j'allumerai la lampe.
J'**ai dit** que j'**allumerais** la lampe.

1. Les acteurs déclarent qu'ils ne joueront pas
le dimanche.
2. La météo dit qu'il pleuvra demain.
3. Nous promettons que nous ne partirons pas
sans toi.
4. Je crois que je recevrai une lettre de Pierre.
5. Tu dis que tu vendras ton auto.
6. Vous pensez que vous aurez des difficultés
avec la leçon.
7. Nous disons que nous mourrons de faim
avant trois heures.
8. Tu cries qu'il ne fera jamais une telle chose.

9. Elles disent qu'elles achèteront de la nourriture au nouveau supermarché.
10. Vous dites que vous finirez le livre avant
minuit.

I. Marielle vous parle du voyage que sa famille fera
cet été. Plus tard, vous racontez à vos parents ce
que Marielle vous a dit.
Mettez le discours de Marielle au discours
indirect et au passé en faisant les changements
nécessaires.

Exemple
Marielle me dit: « Je serai très heureuse. »
Marielle m'a dit qu'elle serait très heureuse.

Marielle me dit: « Ma famille fera un beau
voyage cet été. Nous partirons le 1er juillet en
auto. Malheureusement, notre petit chat ne
pourra pas faire le voyage avec nous. Il restera
chez mes grands-parents. Nous arriverons à notre
chalet vers six heures, et mon frère courra tout
de suite au lac. J'irai voir la chambre que je
partagerai avec ma soeur. Nous aurons une belle
chambre avec une grande fenêtre. Je t'écrirai
une carte postale que tu recevras quelques jours
plus tard. »

J. Mettez les phrases suivantes au conditionnel et faites les autres changements nécessaires.

Exemple
Si j'arrive à la gare à temps, je prendrai le train de trois heures dix.
Si **j'arrivais** à la gare à temps, je **prendrais** le train de trois heures dix.

1. S'il fait beau samedi, j'irai à la montagne.
2. Si tu manges tous tes légumes, tu pourras avoir un dessert.
3. Si nous allons à Toronto, nous verrons nos amis les Martin.
4. Ils vous rendront visite si vous êtes chez vous.
5. Micheline regardera la télévision si elle n'a rien d'autre à faire.
6. S'il pleut, M. Roy mettra son imperméable.
7. Je serai très content si vous venez chez moi.
8. Si tu travailles plus fort, tu recevras une meilleure note.
9. Si nous risquons d'arriver en retard, nous courrons.
10. Les étudiants s'intéresseront à votre projet si vous leur racontez vos expériences.

K. Georges aime beaucoup la musique. Il parle des appareils sonores et de ses disques.
Complétez les phrases suivantes par la forme qui convient de l'imparfait ou du conditionnel des verbes entre parenthèses.

Exemple
Si Georges _____ le temps, il _____ ses disques. (avoir/écouter)
Si Georges **avait** le temps, il **écouterait** ses disques.

1. Si Georges _____ de l'argent, il _____ une bonne platine tourne-disque. (avoir/acheter)
2. S'il le _____, il _____ aussi une platine à cassettes. (vouloir/se procurer)
3. Il _____ ses achats à ses amis s'ils _____ chez lui. (montrer/venir)
4. Il _____ des cassettes avec ses amis s'il le _____. (échanger/pouvoir)
5. Ses parents lui _____ un cadeau de quelques disques s'il le leur _____. (faire/demander)
6. Il _____ son casque d'écoute si la musique _____ ses parents. (mettre/déranger)
7. Ses disques _____ ruinés s'il ne _____ pas attention. (être/faire)

L. Alain aimerait manger beaucoup, mais il sait que ce n'est pas une bonne idée. En combinant chaque élément de la colonne A avec l'élément convenable de la colonne B, montrez les conséquences possibles du désir d'Alain. Mettez les verbes au conditionnel ou à l'imparfait selon le cas.

A
1. S'il (manger) trop,
2. S'il (avoir) une maladie,
3. S'il (aller) chez le médecin,
4. S'il (attendre) chez le médecin,
5. Si le médecin l'(examiner),
6. S'il (être) à l'hôpital,
7. Si les repas (être) mauvais,

B
a. il (être) obligé d'attendre son tour.
b. il (tomber) malade.
c. on lui (servir) de mauvais repas.
d. il (aller) chez le médecin.
e. il ne (pouvoir) plus manger!
f. il le (mettre) à l'hôpital.
g. il (devoir) sans doute lire de vieilles revues peu intéressantes.

M. Réponds comme tu veux aux questions suivantes.

1. Si tu étais acteur (actrice), quel rôle aimerais-tu jouer? Pourquoi?
2. Si tu avais une journée de libre, qu'est-ce que tu ferais?
3. Comment changerais-tu ta vie si tu pouvais la recommencer?
4. Qu'est-ce que tu ferais si tu gagnais à la loterie?
5. Si tu avais trois désirs, quels seraient-ils?

L'ART DE CONVERSER

oui, oui, oui, oui, oui

D'habitude, on n'aime pas dire toujours simplement **oui** ou **non**. On aime plutôt varier ses réponses. Voici quelques autres expressions qu'on peut utiliser dans la conversation:

pour répondre à l'affirmatif: **mais oui, bien sûr, (mais) certainement, (mais) naturellement, (mais) si** (après une remarque au négatif)

pour exprimer le doute: **ah! oui?** **(ah!) vraiment?** **c'est vrai?** **tu crois?** **vous croyez?** **tu penses? vous pensez?**

pour répondre au négatif: **mais non, ce n'est pas vrai, bien sûr que non, certainement pas**

Exercices

A. Complétez le dialogue suivant en ajoutant des expressions convenables. Variez vos réponses.

Cécile: Bonjour, Christiane. Est-ce que tu vas à la partie de Diane samedi soir?

Christiane: _____, je veux bien y aller.

Cécile: _____? Je pensais que tu n'aimais pas Diane.

Christiane: _____, elle est très gentille. Est-ce que tu vas à la partie avec Stuart?

Cécile: _____! Je pense que Stuart est un imbécile! Je ne sors plus avec lui.

Christiane: _____?

Cécile: _____, j'y vais avec Michel. Et toi? Est-ce que tu vas à la partie avec un garçon?

Christiane: _____. J'inviterai Stuart!

B. Ecrivez un dialogue sur chacun des sujets suivants.

Employez une variété d'expressions qui remplacent **oui** et **non** et qui expriment le doute.

1. Yves veut vendre son vieux tourne-disque à Alain.
2. M. Trottier explique à M. Maréchal qu'il a pris un poisson énorme à la pêche.
3. Un grand-père raconte à sa petite-fille une horrible tempête de neige d'il y a trente ans.

STRUCTURE

Les pronoms démonstratifs

C'est celui-là.

OBSERVATION GRAMMATICALE

Ce tableau-ci est meilleur que **ce tableau-là**.
Celui-ci est meilleur que **celui-là**.

Cette pomme-ci est plus grosse que **cette pomme-là**.
Celle-ci est plus grosse que **celle-là**.

Ces garçons-ci jouent au baseball et **ces garçons-là** jouent au tennis.
Ceux-ci jouent au baseball et **ceux-là** jouent au tennis.

Ces chaises-ci vont dans la cuisine et **ces chaises-là** vont dans la salle à manger.
Celles-ci vont dans la cuisine et **celles-là** vont dans la salle à manger.

Ron est américain et **José** est mexicain; **celui-ci** parle espagnol et **celui-là** parle anglais.

Quelles sont les quatre formes du pronom démonstratif?

Qu'est-ce que les terminaisons **-ci** et **-là** indiquent?

Remarquez que le pronom démonstratif n'est jamais employé seul. Il est toujours suivi de **-ci**, de **-là**, ou d'un autre mot.

Voici quelques exemples:

Marion et ses amies portent toutes une blouse blanche.
Celle de Marion est plus jolie que **celles des** autres filles.

Les professeurs parlent et les étudiants écoutent.
Ceux qui parlent s'amusent et **ceux qui** écoutent ne s'amusent pas.

Nous avons deux exercices de mathématiques.
Celui que je finis est plus facile que **celui que** je laisse de côté.

Mme Lasserre a trois filles.
Celles dont elle s'occupe en ce moment s'appellent Yvonne et Yvette.

Après le pronom démonstratif, quel mot est-ce qu'on emploie pour indiquer:
la possession?
le sujet d'une proposition subordonnée?
le complément d'objet direct d'une proposition subordonnée?
une expression verbale avec **de**?

Exercices

A. Remplacez les tirets par la forme qui convient du pronom démonstratif.

Exemples
Voici deux avions. _____-ci va plus vite que _____-là.
Voici deux avions. **Celui**-ci va plus vite que **celui**-là.

Voici des exercices. _____-ci sont plus faciles que _____-là.
Voici des exercices. **Ceux**-ci sont plus faciles que **ceux**-là.

1. Voici deux pommes. _____-ci est rouge et _____-là est verte.
2. Voici des étudiants. _____-ci vont à l'école secondaire et _____-là vont à l'université.
3. Voici deux stylos. _____-ci est bleu et _____-là est rouge.
4. Voici des chansons. _____-ci sont plus faciles que _____-là.
5. Bob a vu deux films: « Citizen Kane » et « Les enfants du paradis »; _____-ci est français et _____-là est américain.
6. Voici deux peintures. _____-ci est classique et _____-là est moderne.
7. Voici des bonbons. _____-ci sont bons et _____-là sont mauvais.
8. Voici des robes. _____-ci coûtent plus cher que _____-là.
9. Voici deux professeurs. _____-ci enseigne la biologie et _____-là enseigne la chimie.
10. Voici une Renault et une Honda; _____-ci est japonaise et _____-là est française.

B. Répondez aux questions en utilisant les mots entre parenthèses et le pronom démonstratif qui convient.

Exemples
Avez-vous regardé ces tableaux? (Tom Thomson/magnifique)
Oui, **celui de** Tom Thomson est magnifique.

Avez-vous lu ces poèmes? (Baudelaire/beaux)
Oui, **ceux de** Baudelaire sont beaux.

1. Avez-vous écouté ces disques? (Beethoven/excellents)
2. Connaissez-vous ces professeurs d'éducation physique? (garçons/exigeant)
3. Avez-vous visité leurs maisons? (Oncle Frédéric/splendide)
4. Avez-vous vu ces films? (metteur en scène canadien/intéressant)
5. Avez-vous vu ces photos? (jeune fille en rouge/très belle)
6. Avez-vous lu ces livres? (Gabrielle Roy/bons)
7. Avez-vous mangé dans ces restaurants? (centre-ville/cher)
8. Aimez-vous ces chansons? (Gilles Vigneault/formidable)
9. Avez-vous vu ces sculptures? (Rodin/magnifiques)
10. Avez-vous visité ces montagnes? (ouest/magnifiques)

C. Complétez les phrases suivantes par **qui** ou **que** (**qu'**) selon le cas.

Exemple
Celui _____ arrive s'appelle Robert.
Celui **qui** arrive s'appelle Robert.

1. Ceux _____ ils ont pris sont les meilleurs.
2. Celle _____ j'ai vue était jolie.

3. Nous connaissons celui _____ parle.
4. Celles _____ chantent viennent de Montréal.
5. Il a pris celle _____ je voulais.
6. Vous voyez celui _____ entre dans le magasin.
7. Demandez à ceux _____ voudraient partir.
8. Celui _____ j'aime s'appelle Alphonse.

D. Combinez les deux phrases en une seule en employant le pronom démonstratif convenable.

Exemples
Elle lit un livre. **Le livre** est long.
Celui qu'elle lit est long.

Il est médecin. **Il** travaille beaucoup.
Celui qui est médecin travaille beaucoup.

1. Il s'appelle Jacques. **Il** joue aux cartes.
2. Marie a chanté une chanson. **La chanson** était triste.
3. Ils sont allés au pique-nique. **Ils** vont à notre école.
4. J'aime ces films. **Ils** sont comiques.
5. Ernest a acheté des chaussures. **Elles** ne coûtaient pas cher.
6. Elle parle à la classe. **Elle** vient d'Afrique.
7. J'ai choisi un titre pour ma composition. **Il** était trop long.
8. Les jeunes filles arrivent maintenant. **Elles** sont en retard.
9. Le petit garçon se cache. **Il** est derrière la porte.
10. J'ai mangé des bananes. **Elles** étaient mûres.

E. Répondez selon l'exemple.

Exemple

A-t-il besoin du stylo rouge?

Oui, **celui dont** il a besoin est rouge.

1. As-tu peur du chien féroce?
2. S'occupe-t-elle des enfants malades?
3. Te souviens-tu du nom étranger?
4. Est-ce que vous vous servez des assiettes blanches pour le dîner?
5. Est-ce que tu te passes de petits gâteaux?
6. Avons-nous besoin de la grande voiture?
7. Est-ce que les autres se moquent du garçon timide?
8. Vous souvenez-vous de l'histoire bizarre?
9. Parle-t-elle du film italien?
10. Ont-ils envie du tourne-disque japonais?

F. Réponds comme tu veux en utilisant un pronom démonstratif.

Exemple

Quel disque aimerais-tu entendre?

Celui que j'aimerais entendre est un disque folklorique.

1. Quelle émission aimerais-tu regarder?
2. Quelles langues voudrais-tu parler?
3. De quels livres as-tu besoin?
4. Quel film aimerais-tu voir?
5. Quelle chanson pourrais-tu jouer?
6. De quel animal as-tu peur?
7. Quels pays aimerais-tu visiter?
8. De quel dictionnaire te sers-tu?

La Bolduc

L'ancêtre de la chanson québécoise est Mary Travers Bolduc. Très pauvre et peu instruite, elle a travaillé comme bonne et comme ouvrière avant de connaître le succès. Puis, à la veille de la grande dépression des années trente, elle est devenue célèbre en chantant les soucis quotidiens des gens ordinaires. Malgré le fait qu'elle savait à peine écrire, elle a composé beaucoup de chansons qu'elle a chantées à la radio et dans des concerts. Entre-temps elle a eu treize enfants, dont neuf sont morts très jeunes. Quand Mme Bolduc elle-même est morte en 1941, tout le Québec l'a pleurée. Aujourd'hui les chansonniers québécois continuent à penser à elle.

Mary Travers Bolduc

CHANSON

Gilles Vigneault est le chansonnier le plus important du Québec. Il est né en 1928 à Natashquan sur la Côte Nord du Saint-Laurent. Vigneault a été professeur à l'école secondaire et à l'Université Laval avant de devenir chansonnier. Après un début modeste dans une boîte à chansons de la ville de Québec, il a trouvé le succès chez lui et à l'étranger. Pendant ses spectacles, il enchante son public non seulement par ses chansons, mais par ses mouvements, ses danses et sa personnalité. Beaucoup de ses chansons trouvent leur inspiration dans son village natal, Natashquan, et « Mon pays » n'est pas une exception. Pourtant, cette chanson semble parler de l'expérience de chacun d'entre nous.

Mon pays

Gilles Vigneault

Mon pays ce n'est pas un pays c'est l'hiver
Mon jardin ce n'est pas un jardin c'est la plaine
Mon chemin ce n'est pas un chemin c'est la neige
Mon pays ce n'est pas un pays c'est l'hiver

5 Dans la blanche cérémonie
Où la neige au vent se marie
Dans ce pays de poudrerie[1]
Mon père a fait bâtir[2] maison
Et je m'en vais être fidèle
10 A sa manière à son modèle
La chambre d'amis sera telle
Qu'on viendra des autres saisons
Pour se bâtir à côté d'elle.

Mon pays ce n'est pas un pays c'est l'hiver
15 Mon refrain ce n'est pas un refrain c'est rafale[3]
Ma maison ce n'est pas ma maison c'est froidure[4]
Mon pays ce n'est pas un pays c'est l'hiver

De mon grand pays solitaire
Je crie avant que de[5] me taire
A tous les hommes de la terre   20
Ma maison c'est votre maison
Entre mes quatre murs de glace
Je mets mon temps et mon espace
A préparer le feu la place
Pour les humains de l'horizon   25
Et les humains sont de ma race

Mon pays ce n'est pas un pays c'est l'hiver
Mon jardin ce n'est pas un jardin c'est la plaine
Mon chemin ce n'est pas un chemin c'est la neige
Mon pays ce n'est pas un pays c'est l'hiver   30

Mon pays ce n'est pas un pays c'est l'envers[6]
D'un pays qui n'était ni pays ni patrie[7]
Ma chanson ce n'est pas ma chanson c'est ma vie
C'est pour toi que je veux posséder mes hivers.

Extrait de *Avec les vieux mots,*
Nouvelles Editions de l'Arc, Montréal

Lexique

[1]**une poudrerie:** une tempête de neige
[2]**bâtir:** construire
[3]**une rafale:** *gust*

[4]**une froidure:** un froid
[5]**avant que de:** avant de
[6]**l'envers** *(m.)***:** le contraire
[7]**une patrie:** un pays natal, où on est né

Dans la blanche cérémonie ...

Compréhension

Répondez aux questions suivantes.

1. Qu'est-ce que le pays signifie pour Vigneault? Et le jardin et le chemin?
2. a) Où et en quelle saison est-ce qu'on a construit la maison du père?
   b) Est-ce que Vigneault imitera son père?
   c) Est-ce que la chambre d'amis sera jolie? Comment le savez-vous?
3. Qu'est-ce que le refrain signifie pour Vigneault? Et la maison?
4. a) A qui Vigneault crie-t-il? Qu'est-ce qu'il leur dit?
   b) Que fait-il dans sa maison? Pour qui le fait-il?
   c) Quel est le message fraternel de l'auteur?
5. a) Est-ce que son pays est une vraie patrie?
   b) Comment sait-on que cette chanson est très importante pour Vigneault? Pour qui la chante-t-il?

Vocabulaire

A. Voici la définition; trouvez le mot défini dans la chanson.

1. quelqu'un qui écrit et chante ses propres chansons
2. où on écoute des chansonniers
3. un terrain plat
4. une route
5. une substance blanche qui tombe du ciel
6. un rite
7. une tempête de neige
8. construire
9. une façon
10. un commencement
11. une salle où on se couche
12. la partie d'une chanson qu'on répète
13. un coup de vent
14. un froid
15. cesser de parler
16. où on peut patiner
17. aussi loin qu'on peut voir
18. un groupe de personnes qui ont les mêmes caractéristiques physiques
19. l'opposé, le contraire, l'autre côté
20. un pays natal

B. Métaphores

1. Trouvez dans la chanson des mots qui parlent
   a) de la maison.
   b) du froid.
2. a) D'habitude, est-ce qu'on associe l'idée de maison à l'idée de froid? Expliquez.
   b) Est-ce que Vigneault associe l'idée de maison à l'idée de froid dans la chanson? Donnez un exemple.
3. Un moyen de faire des associations, c'est par des *métaphores*. Par exemple, si l'on dit: «Mon amour est une rose,» on emploie une métaphore.
   a) Trouvez au moins cinq métaphores dans la chanson.
   b) Quelles métaphores associent l'idée de maison à l'idée de froid?

A ton avis

1. Quels sont les avantages et les désavantages de
   a) l'hiver.
   b) la fidélité aux valeurs de tes parents.
   c) l'hospitalité.
   d) un grand pays.
   e) la solitude.
2. Quelle saison préfères-tu? Pourquoi?
3. Et les humains sont de ma race ...
   a) Donne un exemple d'harmonie et un exemple de préjugés entre des races différentes.
   b) Est-ce que l'idéal de Vigneault est réalisable?

A faire et à discuter

1. Racontez vos expériences pendant une tempête de neige.
2. Décrivez votre maison idéale.
3. « La personnalité canadienne est influencée par le climat froid du pays. » Discutez.

4. Gilles Vigneault n'a pas une belle voix classique, mais on aime l'entendre quand même. Connaissez-vous d'autres chansonniers qui n'ont pas une belle voix? Est-ce que vous les aimez quand même?
5. Essayez de voir une émission de télévision ou un film sur Gilles Vigneault. Décrivez le spectacle.

Gilles Vigneault

POT-POURRI

A. Votre réaction, s'il vous plaît.

B. Complétez l'histoire en mettant les verbes entre parenthèses à l'imparfait ou au passé composé selon le cas. Faites les changements nécessaires aux pronoms **je**, **me** et **ce**.

Je _____ (être) sur la plage, dans mon nouveau costume de bain qui me _____ (aller) parfaitement. Le soleil _____ (briller) et il _____ (faire) très chaud. Je _____ (écouter) la radio quand, soudainement, la radio _____ (faire) un bruit bizarre, comme celui d'un réveil-matin. En effet, ce _____ (être) un réveil-matin! Mon réveil-matin! En un instant, je _____ (se trouver) dans mon lit. Dehors, il _____ (neiger) et je _____ (devoir) me lever.

C. En choisissant un élément de chaque colonne, composez autant de phrases que possible au futur.

A	**B**	**C**	**D**
Quand il	faire beau	Jacques	mettre son imperméable
	pleuvoir		écouter ses disques
	avoir le temps		aller se bronzer au soleil
	être malade		courir dix kilomètres
			se reposer
			faire du jardinage

Exemple
Quand il **pleuvra**, Jacques **mettra** son imperméable.

D. Qu'est-ce que tu ferais si …
1. tu voulais voir un bon film?
2. on te disait une bêtise?
3. tu voulais une nouvelle paire de souliers?
4. tes professeurs te donnaient trop de travail?
5. on te donnait dix dollars?
6. tu avais besoin de pain?
7. tes cheveux étaient trop longs?
8. tu allais arriver à l'école en retard?

E. Jean est jaloux de son frère Jacques parce qu'il pense que les choses de Jacques sont meilleures. Qu'est-ce qu'il dit dans les situations suivantes?

Exemple
Il veut la bicyclette de Jacques parce qu'elle est neuve.
« Celle que je veux est neuve. »

1. Il a envie de la chambre de Jacques parce qu'elle est grande.
2. Il veut le chandail de Jacques parce qu'il est à la mode.
3. Il se sert des patins de Jacques parce qu'ils glissent mieux.

4. Il lit les livres de Jacques parce qu'ils sont plus intéressants.
5. Il prend le stylo de Jacques parce qu'il est rouge.
6. Il veut les cartes postales de Jacques parce qu'elles sont plus belles.
7. Il a besoin des devoirs de Jacques parce qu'ils sont corrects.
8. Il mange le morceau de gâteau de Jacques parce qu'il est plus gros.

F. Es-tu d'accord avec ces phrases? Pourquoi?
1. La télévision encourage la violence chez les jeunes.
2. La radio développe l'imagination du public.
3. Un jour la musique classique disparaîtra et la musique rock deviendra la nouvelle musique classique.
4. Les media électroniques remplaceront les livres et les journaux.
5. La télévision a ruiné la vie familiale.

VOCABULAIRE ACTIF

Noms (masculins)

le casque d'écoute *headphones*
le chansonnier *singer*
le début *beginning*
l'envers *wrong side reverse*
l'espoir *hope*
le haut-parleur *speaker*
le magnétophone à cassettes *tape recorder*
le poste de radio *radio*
le radio-réveil *clock-radio*
le rayon *shelf department*
le téléviseur *T.V*
le tourne-disque *record-player*

Noms (féminins)

l'affiche *poster*
la boîte à chansons *nightclub*
la froidure *coldness*
la loi *law*
la patrie *homeland*
la pièce d'identité
la platine de magnétophone
la platine tourne-disque
la platine à cassettes

Verbes

bâtir
conter
foncer
retourner

Expressions

faire un chèque
payer comptant
en rabais

UNITÉ 2

BUTS

Apprenez à toute vitesse:

- à exprimer les ordres d'une façon différente;
- à choisir l'équipement nécessaire pour votre sport préféré;
- quelque chose au sujet de certains personnages historiques;
- les étapes logiques à suivre pour changer un pneu crevé, préparer une salade ou une soupe, et encore d'autres choses;
- à discuter des problèmes des jeunes.

LECTURE

Une abominable feuille d'érable sur la glace

Roch Carrier

Les hivers de mon enfance étaient des saisons longues, longues. Nous vivions en trois lieux: l'école, l'église et la patinoire; mais la vraie vie était sur la patinoire. Les vrais combats se gagnaient sur la patinoire. La vraie force apparaissait sur la patinoire. Les vrais chefs se manifestaient sur la patinoire. L'école était une sorte de punition. Les parents ont toujours envie de punir les enfants et l'école était leur façon la plus naturelle de nous punir. De plus, l'école était un endroit[1] tranquille où l'on pouvait préparer les prochaines parties de hockey, dessiner les prochaines stratégies. Quant à l'église, nous trouvions là le repos de Dieu: on y oubliait l'école et l'on rêvait à la prochaine partie de hockey. A travers nos rêveries, il nous arrivait de réciter une prière:[2] c'était pour demander à Dieu de nous aider à jouer aussi bien que Maurice Richard.   5

Tous, nous portions le même costume que lui, ce costume rouge, blanc, bleu des Canadiens de Montréal, la meilleure équipe de hockey au monde; tous, nous peignions nos cheveux à la manière de Maurice Richard et, pour les tenir en place, nous utilisions une sorte de colle,[3] beaucoup de colle. Nous lacions nos patins à la manière de Maurice Richard, nous mettions le ruban gommé sur nos bâtons à la manière de Maurice Richard. Nous découpions dans les journaux toutes ses photographies. Vraiment nous savions tout à son sujet.   15   10

Sur la glace, au coup de sifflet[4] de l'arbitre, les deux équipes s'élançaient[5] sur le disque de caoutchouc;[6] nous étions cinq Maurice Richard contre cinq autres Maurice Richard à qui nous arrachions[7] le disque; nous étions dix joueurs qui portions, avec le même brûlant enthousiasme, l'uniforme des Canadiens de Montréal. Tous nous arborions[8] au dos le très célèbre numéro 9.

Un jour, mon chandail des Canadiens de Montréal était devenu[9] trop étroit; puis il était déchiré ici   20
et là, troué. Ma mère me dit: « Avec ce vieux chandail, tu vas nous faire passer pour pauvres! »
Elle fit[10] ce qu'elle faisait chaque fois que nous avions besoin de vêtements. Elle commença de feuilleter[11]
le catalogue que la compagnie Eaton nous envoyait par la poste chaque année. Ma mère était fière.[12]
Elle n'a jamais voulu nous habiller au magasin général; seule pouvait nous convenir[13] la dernière mode
du catalogue Eaton. Ma mère n'aimait pas les formules de commande incluses dans le catalogue; elles   25
étaient écrites en anglais et elle n'y comprenait rien. Pour commander mon chandail de hockey, elle fit ce
qu'elle faisait d'habitude; elle prit[14] son papier à lettres et elle écrivit de sa douce calligraphie[15] d'institutrice:[16] « Cher Monsieur Eaton, auriez-vous l'amabilité[17] de m'envoyer un chandail de hockey des
Canadiens pour mon garçon qui a dix ans et qui est un peu trop maigre? Je vous envoie trois piastres[18] et
retournez-moi le reste s'il en reste. J'espère que votre emballage[19] va être mieux fait que la dernière fois. »   30

(A suivre)

Extrait de *Les enfants du bonhomme dans la lune*, Editions Internationales Alain Stanké Ltée, 1979

Lexique

[1]**un endroit:** un lieu
[2]**une prière:** l'ensemble de mots qu'on adresse à Dieu
[3]**la colle:** une matière adhérente
[4]**un sifflet:** un objet pour siffler
[5]**s'élançaient (s'élancer):** *sprang upon*
[6]**le caoutchouc:** *rubber*
[7]**nous arrachions (arracher):** *we snatched away*
[8]**nous arborions (arborer):** nous portions fièrement
[9]**était devenu:** *had become*

[10]**elle fit (faire):** elle a fait
[11]**feuilleter:** tourner les pages
[12]**fière (*m.* fier):** le contraire de modeste *(proud)*
[13]**convenir:** être convenable, approprié
[14]**elle prit (prendre):** elle a pris
[15]**la calligraphie:** l'art d'écrire
[16]**une institutrice:** une enseignante à l'école élémentaire
[17]**l'amabilité (*f.*):** la qualité d'être aimable
[18]**une piastre:** un dollar
[19]**l'emballage (*m.*):** *packaging*

Compréhension

Répondez aux questions suivantes.

1. Selon l'auteur, dans quels trois lieux les jeunes vivaient-ils pendant l'hiver?
2. Quel était le lieu le plus important? Pourquoi?
3. Quelle idée l'auteur avait-il de l'école?
4. Que faisait-on à l'école?
5. Que faisait-on à l'église? Qu'est-ce que les garçons demandaient à Dieu?
6. Qui était l'idole de tous les jeunes garçons?
7. Comment les garçons montraient-ils leur admiration pour cet homme? (5 points)
8. Pourquoi le chandail numéro 9 des Canadiens de Montréal était-il si célèbre?
9. Pourquoi était-il nécessaire de commander un nouveau chandail?
10. Comment la mère a-t-elle commandé le nouveau chandail et de qui l'a-t-elle commandé? Pourquoi n'a-t-elle pas utilisé la formule de commande dans le catalogue?
11. Comment la mère décrit-elle son fils?
12. Combien d'argent le chandail va-t-il coûter à peu près? Combien un chandail de hockey coûterait-il actuellement (à peu près)?

Vocabulaire

A. Trouvez dans l'histoire un synonyme de chacun des mots suivants.

1. la jeunesse
2. l'endroit
3. la dispute
4. le match (de hockey)
5. la rondelle
6. être fière de porter
7. fameux
8. le professeur
9. la gentillesse
10. un dollar

B. Voici la définition; trouvez le mot défini dans le texte.

1. un texte par lequel on s'adresse à Dieu
2. l'activité de l'esprit qui médite, réfléchit; un rêve
3. une matière gluante qui permet de faire adhérer les objets l'un à l'autre
4. attacher quelque chose avec des lacets
5. un petit instrument pour siffler
6. tourner les feuilles (les pages) d'un livre
7. la matière dont on se sert pour empaqueter quelque chose
8. l'art de bien former les lettres; une belle écriture

A ton avis

1. Trouves-tu que l'école est une sorte de punition? Pourquoi?
2. Que fais-tu à l'école en plus d'apprendre et d'étudier?
3. As-tu un endroit tranquille où tu peux rêver? Où est-ce?
4. Est-ce que tu te permets des rêveries? Décris tes rêveries.
5. Est-ce que les jeunes de ton âge ont d'habitude une idole? Cite des exemples. As-tu une idole? Qui est-ce?
6. Est-ce que les jeunes se peignent à la manière de leurs idoles? Cite des exemples.
7. Comment les jeunes montrent-ils leur admiration pour leurs idoles?
8. Quels sports regardes-tu à la télé? Quelle est ton équipe préférée? Aimes-tu participer aux sports? Auxquels?
9. Quand portes-tu de vieux vêtements?

10. Où achètes-tu tes vêtements?
11. Est-il préférable de commander des vêtements d'un catalogue ou d'aller directement au magasin pour en acheter? Pourquoi?
12. Comment peut-on utiliser la calligraphie?

A faire et à discuter

1. Qui est Maurice Richard? Pourquoi était-il l'idole des garçons dans l'histoire? Faites des recherches sur sa vie.
2. « La fierté précède la chute. » Vrai ou faux? De quelles choses peut-on être fier? Quand la fierté est-elle un défaut?
3. Imaginez que vous ferez un voyage aux pays chauds et qu'il faut acheter des vêtements pour le voyage. Quels vêtements commanderiez-vous? Combien ces vêtements coûteraient-ils? Et si le voyage était dans l'arctique?
4. Les rêveries sont nécessaires à une vie saine et heureuse.

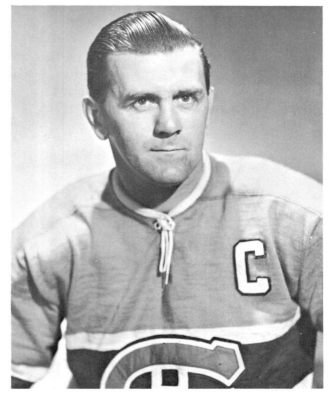

Maurice Richard

STRUCTURE

Le passé simple

Cartier (Jacques), navigateur français, né à Saint-Malo (1491-1557). Il prit possession du Canada au nom de François Ier (1535) et remonta le Saint-Laurent au cours d'un second voyage (1536); il revint au Canada en 1541.

Petit Larousse
Dictionnaire encyclopédique

Jacques Cartier

OBSERVATION GRAMMATICALE

Considérez ces phrases tirées de la première partie de l'histoire « Une abominable feuille d'érable sur la glace » :

Ma mère me **dit**: « Avec ce vieux chandail, tu vas nous faire passer pour pauvres! »
Elle **fit** ce qu'elle faisait chaque fois que nous avions besoin de vêtements.
Elle **commença** de feuilleter le catalogue …
Elle **prit** son papier à lettres et elle **écrivit** de sa douce calligraphie d'institutrice …

Quels sont les infinitifs des verbes: **dit, fit, commença, prit, écrivit**?

Ces verbes sont au **passé simple**. C'est un temps du verbe littéraire; on emploie ce temps seulement dans la littérature.

Le passé simple dans la littérature est équivalent au passé composé dans la langue parlée. Vous n'allez jamais utiliser le passé simple dans la langue parlée ou dans la conversation, mais il faut reconnaître le passé simple quand vous lisez la littérature.

Que dirait-on dans la langue parlée si l'on racontait l'histoire ci-dessus?
Par exemple: « Ma mère m'**a dit**: …»

La formation du passé simple des verbes en -er

Prenez le radical du verbe: **remonter**: **remont-**.

Ajoutez les terminaisons suivantes: **-ai**, **-as**, **-a**, **-âmes**, **-âtes**, **-èrent**.

Je **remontai** le Saint-Laurent en 1536.
Tu **remontas** le Saint-Laurent en 1536.
Cartier **remonta** le Saint-Laurent en 1536.
Nous **remontâmes** le Saint-Laurent en 1536.
Vous **remontâtes** le Saint-Laurent en 1536.
Cartier et ses compagnons **remontèrent** le Saint-Laurent en 1536.

Remarquez le verbe **commencer**:

Ma mère **commença** de feuilleter le catalogue.

Quelles formes du verbe **commencer** au passé simple auront **ç**? Pourquoi?

Quelle forme n'aura pas **ç**?

Quel serait le passé simple du verbe **plonger**?

Exercices

A. Mettez les phrases suivantes dans le style de la langue parlée.

Exemple
L'entraîneur **appela** l'ailier gauche.
L'entraîneur **a appelé** l'ailier gauche.

1. Le jeune homme **acheta** un maillot.
2. Tu **sautas** quand il **entra**.
3. Nous **arrivâmes** à l'heure.
4. L'arbitre **donna** un coup de sifflet et la partie de hockey **commença**.
5. Elle **s'habilla** soigneusement.
6. J'**allai** lentement chez moi.
7. Les élèves **pensèrent** à leur avenir.
8. Vous **récitâtes** une prière.
9. Elle **se plongea** dans la mer.
10. Les garçons **commencèrent** à jouer.
11. Elle **me lança** un coup d'oeil.
12. Nous **nous dépêchâmes**.

B. Mettez ces phrases au style littéraire.

Exemple
Il **a gagné** la partie.
Il **gagna** la partie.

1. Il **a** tout **oublié**, même son nom.
2. Tu **as commencé** ton programme d'exercices.
3. Ils **ont lacé** leurs patins à la manière de Maurice Richard.
4. Nous **nous sommes élancés** sur la rondelle.
5. J'**ai arraché** le disque à Jean.
6. Vous **avez porté** un nouveau chandail.
7. Elle **a feuilleté** le catalogue.
8. Les enfants **sont allés** à la patinoire.

La formation du passé simple des verbes réguliers en -*ir* et -*re*

Prenez le radical du verbe: **applaudir**: **applaud–**

rendre: **rend–**

Ajoutez les terminaisons suivantes: **–is**, **–is**, **–it**, **–îmes**, **–îtes**, **–irent**.

Ils **applaudirent** l'équipe victorieuse.
Je **me rendis** à l'église.

Quelles seraient les autres formes au passé simple des verbes **applaudir** et **rendre**? Continuez le modèle:

J'applaudis l'équipe victorieuse.
Tu ... **Il** ... **Nous** ... **Vous** ...

Tu **te rendis** à l'église.
Il ... **Nous** ... **Vous** ... **Ils** ...

La formation du passé simple des verbes irréguliers: participes passés en -*i*, -*is*, -*it*

Beaucoup de verbes irréguliers ont les terminaisons **–is**, **–is**, **–it**, **–îmes**, **–îtes**, **–irent** au passé simple.
Souvent on peut prendre le participe passé comme indice.

Infinitif	*Participe passé*	*Passé simple*
dire	dit	je dis/ nous dîmes
dormir (se sentir)	dormi (senti)	je dormis/ nous nous sentîmes
mettre	mis	je mis/ nous mîmes
partir (sortir)	parti (sorti)	je partis/ nous sortîmes
prendre	pris	je pris/ nous prîmes
rire	ri	je ris/ nous rîmes
suivre	suivi	je suivis/ nous suivîmes

Remarquez aussi:

construire	(construit)	je construisis/ nous construisîmes
écrire	(écrit)	j'écrivis/ nous écrivîmes
faire	(fait)	je fis/ nous fîmes
ouvrir	(ouvert)	j'ouvris/ nous ouvrîmes
souffrir	(souffert)	je souffris/ nous souffrîmes
voir	(vu)	je vis/ nous vîmes

C. Mettez les phrases suivantes dans le style de la langue parlée.

Exemple
Les Laroque **vendirent** leur maison.
Les Laroque **ont vendu** leur maison.

1. Elle **suivit** le chemin vers le château.
2. Nous **répondîmes** brièvement aux questions.
3. J'**entendis** siffler le train.
4. Ces hommes **construisirent** cet édifice.
5. Tu **sortis** très tard hier soir.
6. Vous **choisîtes** un nouveau chef.
7. Ils **mirent** les fusils dans la boîte.
8. Je ne **fis** pas attention.
9. M. Vaillancourt **prit** sa retraite.
10. Vous **ouvrîtes** lentement la porte.
11. Nous le **vîmes** s'approcher de loin.
12. Tu **ris** de mes efforts.

D. Mettez les phrases suivantes au style littéraire.

Exemple
Elle **a dormi** toute la nuit.
Elle **dormit** toute la nuit.

1. Il **a fait** tout son possible.
2. Je **suis parti** le lendemain.
3. Ils **ont attendu** les résultats.
4. Nous **avons pris** le train.
5. Tu n'**as** pas **dit** la vérité.
6. Vous **avez promis** de rester ici.
7. Il **a fini** son discours avec une anecdote amusante.
8. Les enfants **ont découvert** une boîte de jouets.

Roch Carrier

Roch Carrier naquit en 1937 à Sainte-Justine-de-Dorchester au Québec. Il reçut un doctorat de l'Université de Paris et enseigna la littérature pendant des années. Il est l'auteur de sept romans, de nombreux contes et d'adaptations dramatiques de ses romans. Actuellement, il habite à Montréal exerçant sa profession d'écrivain. Parmi ses oeuvres, les mieux connues sont *Jolis deuils* (1968) pour laquelle il reçut le prix littéraire de la province de Québec et *La Guerre, Yes Sir* (1968). « Une abominable feuille d'érable sur la glace » parut dans la collection de contes *Les enfants du bonhomme dans la lune* (1979).

Roch Carrier

La formation du passé simple des verbes irréguliers: participes passés en -*u*

Le passé simple de quelques verbes irréguliers se forme avec les terminaisons **-us**, **-us**, **-ut**, **-ûmes**, **-ûtes**, **-urent**. Encore une fois, on peut souvent prendre le participe passé comme indice.

Infinitif	Participe passé	Passé simple
avoir	eu	j'eus/ nous eûmes
boire	bu	je bus/ nous bûmes
connaître	connu	je connus/ nous connûmes
courir	couru	je courus/ nous courûmes
croire	cru	je crus/ nous crûmes
devoir	dû	je dus/ nous dûmes
falloir	fallu	il fallut
lire	lu	je lus/ nous lûmes
pleuvoir	plu	il plut
pouvoir	pu	je pus/ nous pûmes
recevoir	reçu	je reçus/ nous reçûmes
résoudre	résolu	je résolus/ nous résolûmes
savoir	su	je sus/ nous sûmes
se taire	tu	je me tus/ nous nous tûmes
vouloir	voulu	je voulus/ nous voulûmes

Remarquez aussi:

être	(été)	je fus/ nous fûmes
mourir	(mort)	je mourus/ nous mourûmes

La formation du passé simple: formes irregulières

Il y a trois verbes qui sont très irréguliers au passé simple:

naître: je/tu naquis, il naquit, nous naquîmes, vous naquîtes, ils naquirent
tenir: je/tu tins, il tint, nous tînmes, vous tîntes, ils tinrent
venir: je/tu vins, il vint, nous vînmes, vous vîntes, ils vinrent

E. Mettez les phrases suivantes dans le style de la langue parlée.

Exemple

Ils ne **purent** pas comprendre la situation.
Ils n'**ont** pas **pu** comprendre la situation.

1. Elle **eut** beaucoup de difficultés.
2. Je **lus** tous ses romans.
3. Nous **sûmes** immédiatement comment répondre à sa question.
4. Vous **bûtes** trois verres de vin.
5. Ils le **reconnurent** tout de suite.
6. Après trois jours, ils **revinrent** enfin.
7. Cartier **naquit** en 1491.
8. Vous **voulûtes** faire sa connaissance.
9. Tu ne **fus** jamais si content.
10. Elle **devint** professeur à l'âge de 20 ans.
11. Je ne le **crus** pas.
12. Nous **résolûmes** le problème.

F. Mettez les phrases suivantes au style littéraire.

Exemple

Il **a couru** chez lui.
Il **courut** chez lui.

1. Elles **ont bu** du café.
2. J'**ai tenu** ma promesse.
3. Tu **as lu** son histoire plusieurs fois.
4. Vous **avez reçu** l'invitation le lendemain.
5. Il **s'est tu**.
6. Nous **sommes venus** à son bureau trois fois.
7. Ils **ont été** en retard ce jour.
8. Elle **a voulu** expliquer ses idées.

G. Voici quelques extraits tirés du *dictionnaire encyclopédique Petit Larousse*. Mettez ces extraits au style de la langue parlée.

Exemple

Hébert (Louis), apothicaire français (1575-1627). Venu au Canada en 1617, il en **devint** le premier colon.
(...) il en **est devenu** le premier colon.

1. Champlain (Samuel de), voyageur et colonisateur français, né à Brouage (vers 1567-1635). Il **visita** la Nouvelle-France en 1603, ... **fonda** Québec en 1608. Lieutenant général en 1620, gouverneur en 1633, il **assura** l'essor de la nouvelle colonie.
2. Brulé (Etienne), coureur de bois (1591-1633). Il **accompagna** Champlain, **découvrit** le lac Ontario et l'Outaouais supérieur.
3. Mance (Jeanne), hospitalière qui **arriva** au Canada avec Maisonneuve et **fonda** l'hôtel-Dieu de Montréal (1606-1673).

Jeanne Mance

4. Radisson (Pierre), explorateur et trafiquant français (1635-1710). Il **parcourut** les régions depuis le Mississippi jusqu'à la mer d'Hudson.

5. La Salle (Robert Cavelier, sieur de), voyageur français, né à Rouen (vers 1640-1687). Il **reconnut** la Louisiane et le cours du Mississippi.

6. Jolliet (Louis), explorateur canadien, né à Québec (1645-1706). Avec le Père Marquette, il **découvrit** le Mississippi (1678).

7. Verchères (Madeleine de), héroïne canadienne (1678-1747) qui **repoussa** seule des attaques iroquoises.

8. La Vérendrye (Pierre de), explorateur canadien (1685-1749), que les expéditions **conduisirent** au pied des montagnes Rocheuses.

9. Papineau (Louis-Joseph), homme politique canadien, né à Montréal (1787-1875). Il **fut** le chef du parti des Canadiens français et l'un des instigateurs de la rébellion de 1837.

10. Cartier (sir Georges-Etienne), homme politique canadien, né à Saint-Antoine-sur-Richelieu (1814-1873). Premier ministre avec Macdonald, il **joua** un rôle important dans l'établissement de la confédération canadienne.

Monument commémoratif: La Vérendrye

A L'ACHAT D'EXPRESSIONS

Au rayon des sports

Serge: Il faut absolument me mettre en forme. Peut-être que je trouverai quelque chose ici.

Adèle: A mon avis, tu es déjà assez en forme. Allons au rayon des chaussures. Je voudrais acheter une nouvelle paire de bottes.

Serge: Attends un moment. Je veux faire partie de l'équipe de lutte et l'entraîneur conseille à tous ceux qui veulent en devenir membre de se préparer.

Adèle: Tu peux faire du jogging. Voilà des chaussures de sport; elles ont l'air très confortables avec ces semelles en caoutchouc.

Serge: Je déteste le jogging. Ce banc d'exercices est justement ce que je cherche et il a une barre à disques. Je pourrais commencer par soulever un poids de cent kilos. Qu'en penses-tu?

Adèle: Tu rêves. Moi, je préfère les sports qu'on peut faire dehors. Voilà des skis de fond et des patins pour le patinage artistique. Ce que j'aimerais faire vraiment ce serait de l'équitation – j'aimerais avoir mon cheval à moi.

Serge: Un bon cheval coûte plus de $3000. Qui rêve maintenant?

Adèle: A propos, combien d'argent as-tu?

Serge: A peu près dix dollars. Pourquoi?

Adèle: Fantastique! Tu en as juste assez pour payer deux billets de cinéma; moi, j'achèterai des cokes. Le nouveau film doit être très intéressant. Nous pouvons commencer notre programme d'exercices en courant au cinéma. Le film commence dans dix minutes!

Le rayon des sports

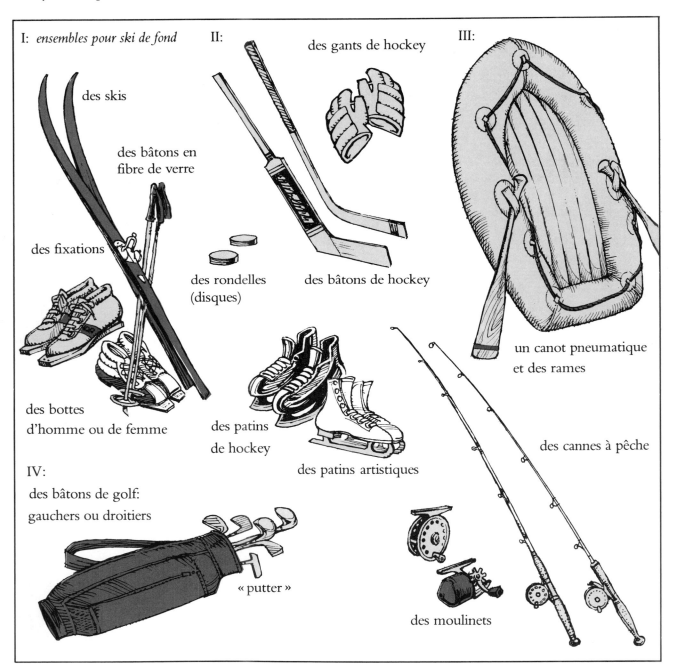

I: *ensembles pour ski de fond*

des skis

des bâtons en
fibre de verre

des fixations

des bottes
d'homme ou de femme

II:

des gants de hockey

des rondelles
(disques)

des bâtons de hockey

des patins
de hockey

des patins artistiques

III:

un canot pneumatique
et des rames

des cannes à pêche

IV:

des bâtons de golf:
gauchers ou droitiers

« putter »

des moulinets

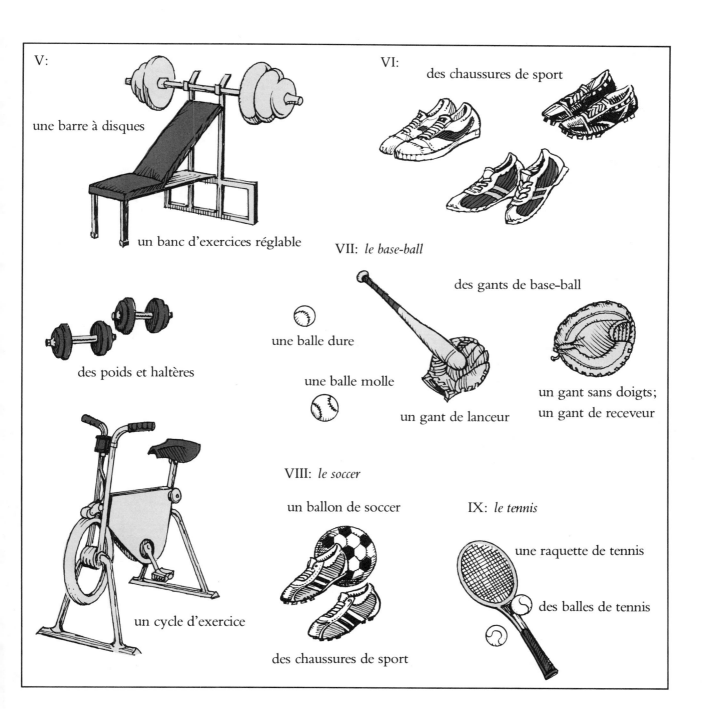

V:

une barre à disques

un banc d'exercices réglable

des poids et haltères

un cycle d'exercice

VI:

des chaussures de sport

VII: *le base-ball*

une balle dure

une balle molle

des gants de base-ball

un gant de lanceur

un gant sans doigts;
un gant de receveur

VIII: *le soccer*

un ballon de soccer

des chaussures de sport

IX: *le tennis*

une raquette de tennis

des balles de tennis

Compréhension

Répondez aux questions suivantes.

1. Où se trouvent Serge et Adèle?
2. Où Adèle veut-elle aller? Pourquoi?
3. Pourquoi Serge cherche-t-il quelque chose dans ce rayon?
4. Qu'est-ce qu'Adèle suggère que Serge achète? Pourquoi aime-t-elle ces chaussures?
5. Pourquoi Serge ne suit-il pas la suggestion d'Adèle? Qu'est-ce qui l'intéresse?
   Que pense-t-il qu'il peut faire? Est-ce raisonnable?
6. Quelles sortes de sports Adèle préfère-t-elle? Quel équipement remarque-t-elle?
7. Qu'est-ce qu'elle aimerait avoir et quel sport voudrait-elle pratiquer? Pourquoi cette idée n'est-elle pas raisonnable?
8. Comment Serge et Adèle vont-ils commencer leur programme d'exercices?
   Pourquoi faut-il qu'ils se dépêchent?

Vocabulaire

Voici la définition; trouvez le mot défini dans le dialogue.

1. ce qu'on met aux pieds; un autre mot pour des souliers
2. un sport qui consiste dans un combat entre deux personnes, corps à corps et sans armes
3. un ensemble de comptoirs dans un grand magasin où l'on vend le même genre de marchandises
4. une sorte de chaussure qui enferme le pied et la jambe
5. une pièce de caoutchouc qui forme le dessous d'une chaussure
6. une sorte de planche qu'on peut régler et où l'on peut faire des exercices
7. une sorte de patin en bois pour marcher et glisser sur la neige
8. l'art de monter à cheval ou le sport d'aller à cheval

A faire et à discuter

1. Faites des recherches!
   Allez au rayon des sports. Combien coûte chacun des articles?
   Trouvez plusieurs prix. Y a-t-il d'autres articles qui vous intéressent? Combien coûtent-ils?
2. Travaillez avec un(e) autre élève. Développez un dialogue entre un(e) client(e) et un vendeur (une vendeuse) au rayon des sports.
   Le client (La cliente) cherche un/des article(s) pour pratiquer son sport favori. Il/Elle veut savoir où ces objets se trouvent; combien ils coûtent; il/elle veut essayer des chaussures, des bottes et des gants; il/elle cherche la meilleure qualité/ une bonne qualité moins coûteuse, etc.
   Le vendeur (La vendeuse) l'aide, répond à ses questions.
   Autres expressions utiles:
   pour chaussures et bottes: la pointure
   pour bicyclettes: les roues 60 cm, 66 cm
                à 10 vitesses
   survêtement pour exercices/ la taille: petite, moyenne, grande, très grande
   vêtements de ski de fond/ de ski alpin
3. Préparez de la publicité pour un ensemble de quelques objets du rayon des sports; dessinez les objets, indiquez les prix réguliers et les prix spéciaux (les soldes).

STRUCTURES

Révision
Le présent

De tous les temps — le présent, le futur, l'imparfait — il n'y a aucun temps comme le présent.

OBSERVATION GRAMMATICALE

Les verbes réguliers

a) les verbes en **-er**
Gérard **travaille** au laboratoire.
Nous **écoutons** le professeur.

b) les verbes en **-re**
Vends-tu ces livres?
Les Fortier **vendent** leur maison.

c) les verbes en **-ir**
Je **rougis** quand il me parle.
Vous **choisissez** toujours de beaux cadeaux.

d) Les verbes réfléchis
Caroline **se peigne** à la manière de sa soeur.
Nous **nous réunissons** le mercredi soir.

Vous souvenez-vous de toutes les terminaisons des verbes réguliers au présent?

Vous souvenez-vous des pronoms réfléchis?

Exercices

A. Complétez les phrases suivantes. Mettez le verbe entre parenthèses à la forme qui convient du présent.

Exemple
Elle _____ ton nouveau chandail. (adorer)
Elle **adore** ton nouveau chandail.

1. La mère _____ des vêtements pour son enfant. (choisir)
2. Nous _____ les livres à la bibliothèque cet après-midi. (rendre)
3. Les joueurs _____ sur le disque de caoutchouc. (s'élancer)
4. De quoi _____-tu? (rêver)
5. Je _____ tout mon argent. (dépenser)
6. _____-vous de la musique? (entendre)
7. Nous _____ dans un restaurant le samedi soir. (dîner)
8. Qui _____ l'escalier? (descendre)
9. Ces élèves _____ toujours aux examens. (réussir)
10. Je ne _____ jamais mes devoirs avant neuf heures du soir. (finir)
11. Ma mère _____ tous nos vêtements du catalogue. (commander)
12. Le chien _____ un morceau de viande. (saisir)
13. Qui est-ce que tu _____? (attendre)
14. Peu à peu, je _____ à cette école. (s'habituer)
15. Vous _____ ces formulaires en double. (remplir)

B. Mettez le sujet et le verbe des phrases suivantes au pluriel.

Exemple
Cette équipe perd toujours les parties de hockey.
Ces équipes perdent toujours les parties de hockey.

1. **Cette fille maigrit** beaucoup.
2. **Je vends** ces billets.
3. **Tu réponds** bien.
4. **L'élève choisit** des chansons pour le concert.
5. **Je prépare** le souper.
6. **Tu dessines** des stratégies pour le match de hockey.
7. **Le chien obéit** à cette jeune fille.
8. **J'attends** son arrivée.

C. Remplacez les tirets par **boire, mourir** ou **recevoir** à la forme qui convient du présent.

Exemple
Cet enfant a une maladie grave. Le pauvre en
_____ .

Cet enfant a une maladie grave. Le pauvre en
meurt.

1. Les enfants mangent des sandwichs et _____ du lait.

2. _____-tu beaucoup de lettres?
3. Comment? Vous ne _____ pas de faim? Mais vous avez toujours faim.
4. Nous _____ plusieurs revues chez nous.
5. Je _____ du chocolat chaud le matin.
6. Madeleine s'inquiète. Elle pense que sa mère _____ .
7. _____-vous du café ou du thé?
8. Les Robert _____ des invités aujourd'hui.

D. Composez autant de phrases au présent que possible.

Exemple
J'adore les chandails de ce magasin.

Je	adorer	des cadeaux	de mes/tes/ses/etc. amis
Tu	attendre	les chandails	du catalogue
Marcel	choisir	des cartes	de ce magasin
Nous	recevoir		
Vous			
Les femmes			

E. Complète ces phrases comme tu veux.

1. Je ne reçois jamais …
2. Je meurs d'envie de …
3. Ce que je ne bois jamais, c'est …
4. Mes ami(e)s et moi nous écoutons …
5. Je meurs de rire quand …
6. Mes parents reçoivent …
7. Ma mère choisit …
8. Souvent je perds …

Le subjonctif

Voulez-vous quelque chose, Madame?
Je veux qu'il finisse et au plus tôt!

OBSERVATION GRAMMATICALE

Il faut que je **choisisse** aujourd'hui les cours pour l'année prochaine.
Il faut que tu **choisisses** un autre cours.
Il faut qu'elle **choisisse** un autre partenaire pour la danse.
Il faut que nous **choisissions** un thème pour la partie.
Il faut que vous **choisissiez** un élève comme président de la classe.
Il faut qu'ils **choisissent** les couleurs pour les chandails de leur équipe.

Remarquez qu'après une expression qui exprime un ordre, la volonté, la permission ou la nécessité, il faut employer un autre mode dans le verbe qui suit; c'est **le présent du subjonctif.**

Quelques-unes de ces expressions sont:

il faut que
il est nécessaire que
je voudrais que
je veux que
je préfère que
il commande (ordonne) que
il désire que
elle permet que
elle défend que

Le verbe **choisir** est au présent du subjonctif. Quelle est la différence entre le verbe **choisir** au présent de l'indicatif et au présent du subjonctif?

Pour former le présent du subjonctif de la plupart des verbes:

1. Prenez la troisième personne du pluriel au présent: **ils choisissent**
2. Enlevez la terminaison **–ent: ils choisiss–**
3. Ajoutez les terminaisons suivantes: **–e, –es, –e, –ions, –iez, –ent.**

Les verbes en **–er** au présent du subjonctif sont pareils aux verbes au présent de l'indicatif sauf dans les formes avec **nous** et **vous.**

Je veux qu'il **parle** plus fort.
Il préfère que nous **parlions** français dans la classe.

Quelles sont les autres formes du verbe **parler** au présent du subjonctif?

Comment formerait-on le présent du subjonctif des verbes réguliers en **–re**?

Continuez le modèle:

Il désire que je lui **vende** cette auto.

Quel serait le présent du subjonctif des verbes comme **dire**, **écrire**, **lire**, **mettre**, **ouvrir**, **partir**, etc?

Les formes avec **nous** et **vous** au présent du subjonctif sont les mêmes que les formes avec **nous** et **vous** de quel autre temps?

Il veut que **nous partions**/ que **vous partiez** au plus tôt.

Exercices

A. Remplacez les tirets par le présent du subjonctif du verbe entre parenthèses.

Exemple
Il est nécessaire que Jacques _____ immédiatement. (partir)
Il est nécessaire que Jacques **parte** immédiatement.

1. Il faut que Paul _____ sa motocyclette. (vendre)
2. L'agent demande que nous lui _____ nos billets. (montrer)
3. Je voudrais que vous me _____ de votre problème. (parler)
4. Le professeur permet que nous _____ nos devoirs en classe. (finir)
5. Elle préférerait que je ne _____ pas avec son fils. (sortir)
6. Il faut que tu _____ maintenant. (se coucher)
7. Le professeur défend que les élèves _____ les réponses dans leurs livres. (écrire)
8. Il est nécessaire que tu _____ la feuille au professeur. (rendre)

B. Répondez aux questions suivantes en utilisant **Il faut que** selon l'exemple.

Exemple
Je finis le travail de Paul?
Oui, il faut que tu finisses le travail de Paul.

1. Elle lit le roman?
2. Tu pars demain?
3. Nous travaillons ensemble?
4. Je choisis de nouveaux vêtements?
5. Vous montrez les chandails aux joueurs?
6. Tu écris les réponses?
7. Les élèves présentent leurs saynètes demain?
8. Jacques maigrit?

C. Donnez ces ordres d'une façon plus polie selon l'exemple.

Exemple
Dépêche-toi!
Je voudrais que tu te dépêches.

1. Finis tes devoirs!
2. Ecoutez cette chanson.
3. Couche-toi!
4. Parlons au directeur.
5. Dessinez les stratégies pour le match de hockey.
6. Récitons une prière.
7. Etudiez le catalogue.
8. Peignez-vous!
9. Utilisons une autre méthode.
10. Attends les autres élèves.

EN GARDE!

Les verbes comme *acheter, céder, appeler*

L'indicatif	Le subjonctif
J'**achète** un chandail.	Elle veut que j'**achète** un chandail.
Nous **achetons** des beignes.	Elle veut que nous **achetions** des beignes.
Il **cède** sa place à Luc.	Il faut qu'il **cède** sa place à Luc.
Vous **cédez** votre tour.	Il faut que vous **cédiez** votre tour.
Tu **appelles** ta mère.	Je voudrais que tu **appelles** ta mère.
Vous **appelez** vos amis.	Je voudrais que vous **appeliez** vos amis.

Vous souvenez-vous des autres formes au présent de l'indicatif de ces verbes?

Comment est-ce que les formes avec **nous** et **vous** diffèrent des autres formes au présent de l'indicatif?

Comment le subjonctif de ces verbes ressemble-t-il au présent de l'indicatif?

Les formes avec **nous** et **vous** au subjonctif sont les mêmes que ces formes à quel autre temps?

Quel serait le subjonctif du verbe **jeter**?

Attention! Si le radical d'un verbe change aux formes avec **nous** et **vous** au présent de l'indicatif, il faut garder ce changement pour les formes avec **nous** et **vous** au subjonctif.

Je **bois** du lait.		que je **boive** du lait.
Ils **boivent** du lait.	Il est nécessaire	qu'ils **boivent** du lait.
Nous **buvons** du lait.		que nous **buvions** du lait.

Quel serait le présent du subjonctif de **mourir**, de **devoir** et de **recevoir**?

Les verbes comme **comprendre**

Tu **comprends** la situation.		que tu **comprennes** la situation.
Ils **comprennent** la situation.	Je voudrais	qu'ils **comprennent** la situation.
Vous **comprenez** la situation.		que vous **compreniez** la situation.

Quel serait le présent du subjonctif de **prendre** et **apprendre**?

D'autres verbes avec un changement aux formes **nous** et **vous** au présent du subjonctif comme à l'indicatif:

croire (**voir, envoyer**): Il faut qu'il le **croie**/ que nous le **croyions**.
venir (**tenir, devenir**, etc.): Je voudrais qu'il **revienne**/ que vous **reveniez**.

D. Remplacez les tirets par le verbe entre parenthèses à la forme qui convient.

Exemple
Je voudrais que vous _____ aussitôt que possible. (revenir)
Je voudrais que vous **reveniez** aussitôt que possible.

1. Il faut que tu _____ l'exercice. (comprendre)
2. Le médecin veut que je _____ six verres d'eau par jour. (boire)
3. Nos parents ne veulent pas que nous _____ trop de disques. (acheter)
4. Le directeur défend que les élèves _____ leurs sacs à déjeuner dans la cour. (jeter)
5. Il est nécessaire que l'enfant me _____. (croire)
6. Robert demande que nous le _____ au sérieux. (prendre)
7. Elle veut que vous lui _____ votre place. (céder)
8. Mme Bourguet voudrait que son fils _____ médecin. (devenir)
9. Il faut que tu _____ immédiatement. (se lever)
10. Ma mère préfère que nous _____ nos invités dans la salle de récréation. (recevoir)

E. Répondez aux questions en imitant l'exemple.

Exemple
Elle doit appeler le médecin?
Oui, il faut qu'elle appelle le médecin.

1. Je dois prendre ce remède?
2. Vous devez venir à l'école le samedi?
3. Tu dois apprendre ces leçons?
4. Les garçons doivent céder leur tour?

5. Nous devons voir cette pièce?
6. Marguerite doit acheter une nouvelle auto?
7. Vous devez boire seulement du lait?
8. Nous devons prendre l'autobus de sept heures?

Bombardier

La première motoneige fut inventée par J. Armand Bombardier, né à Valcourt, Québec. En 1922, à l'âge de 15 ans, Armand produisit le premier modèle actionné par une moteur d'automobile et avec une hélice d'avion. Le 29 juin, 1937, il prit le brevet de son invention et l'autoneige Bombardier naquit. Maintenant la compagnie Bombardier jouit d'un grand succès.

Une motoneige

F. Dans le laboratoire de langues.

Vous êtes moniteur (monitrice) dans un laboratoire de langues, mais les élèves ne savent pas comment utiliser les magnétophones. Alors, il faut que vous leur donniez des instructions.

Voici les questions de différents élèves. Répondez-leur en suivant l'exemple.

Exemple
Qu'est-ce que je fais d'abord? (mettre le magnétophone en marche en poussant ce bouton)
Il faut que vous mettiez le magnétophone en marche en poussant ce bouton.

1. Qu'est-ce que je fais avec la bande?
   (embobiner la bande comme ceci)

2. Je n'entends rien. (mettre vos écouteurs)
3. J'entends encore très mal. (augmenter le volume)
4. Que fais-je maintenant? (écouter chaque phrase; ensuite imiter ce que vous entendez)
5. Pouvez-vous m'entendre? (Non – se rapprocher du micro)
6. Est-ce que je parle trop fort maintenant? (Oui – éloigner le micro)
7. Je veux écouter ce que je viens d'enregistrer. (rembobiner la bande; mettre le magnétophone en marche de nouveau)
8. J'ai fini. Que fais-je maintenant? (enlever vos écouteurs; rembobiner encore la bande)

G. Réponds aux questions suivantes en utilisant l'expression **il faut que**.

Exemple
Dois-tu étudier ce soir?
Oui, il faut que j'étudie ce soir.

1. Dois-tu travailler pour gagner de l'argent de poche? Où?
2. Dois-tu acheter tes vêtements avec ton propre argent?
3. Quels vêtements dois-tu mettre pour aller à une cérémonie spéciale?
4. A quelle heure dois-tu te lever le matin pour arriver à l'école à l'heure?
5. Quand tu sors avec un(e) ami(e) (des ami(e)s) le soir, dois-tu rentrer avant minuit? Quand dois-tu rentrer?
6. Dois-tu téléphoner à tes parents quand tu sais que tu seras en retard?

L'ART DE CONVERSER
Quoi faire quand on a une crevaison

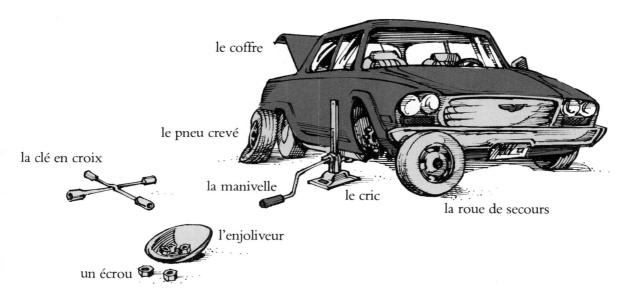

le coffre

le pneu crevé

la clé en croix

la manivelle

le cric

la roue de secours

l'enjoliveur

un écrou

Voici les étapes à suivre quand on a une crevaison. Les étapes ne sont pas en ordre. Mettez les étapes en ordre logique. Imaginez que vous expliquez à quelqu'un comment changer un pneu crevé. Pour souligner l'ordre des étapes, commencez chaque phrase par une des expressions suivantes:

Avant de commencer, premièrement, après ça, maintenant, puis, ensuite, n'oubliez pas de, finalement

a) Enlevez le pneu crevé; prenez la roue de secours et mettez-la en place.
b) Baissez l'auto et enlevez le cric.
c) Assurez-vous que l'auto ne peut pas rouler. Si vous changez une roue avant, mettez quelque chose de lourd derrière la roue arrière.
d) Mettez le pneu crevé et les outils dans le coffre et conduisez à une station-service pour faire réparer le pneu crevé.
e) Mettez le cric en place sous l'auto et soulevez l'auto en tournant la manivelle.
f) Enlevez l'enjoliveur et desserrez les écrous un peu avec la clé en croix.
g) Serrez les écrous à bloc et remettez l'enjoliveur.
h) Prenez les écrous de l'enjoliveur et serrez-les un peu.
i) Desserrez complètement les écrous et mettez-les dans l'enjoliveur.

Exercices

A. Exprimez les instructions en utilisant **il faut que** et les expressions données.

Exemple
Avant de commencer, il faut que vous vous assuriez …

B. Travaillez avec un(e) autre élève; choisissez un des thèmes suivants et préparez une liste d'instructions. Soulignez l'ordre en utilisant les expressions données dans l'exercice précédent (avant de commencer, tout d'abord ou première-ment, etc.)

Thèmes:
a) comment préparer une bonne soupe à légumes
b) comment préparer une salade nourrissante
c) comment nettoyer et laver une auto

STRUCTURE

Le pronom relatif **lequel**

Ça c'est la partie à **laquelle** tu m'as invitée?

OBSERVATION GRAMMATICALE

Je ne peux pas trouver le sac dans **lequel** j'ai mis mes clés.
Voilà la salle dans **laquelle** nous avons nos classes d'histoire.
Ce sont les étudiants avec **lesquels** j'étudie.
Les femmes pour **lesquelles** nous travaillons sont gentilles.

Dans les phrases ci-dessus, avec quels mots est-ce que **lequel**, **laquelle**, **lesquels** et **lesquelles** s'accordent?

Quels deux mots forment le pronom relatif **lequel**?

Comment est-ce que **lequel** change quand il s'accorde avec un nom féminin? Avec un nom masculin pluriel? Avec un nom féminin pluriel?

Qu'est-ce que **lequel** (**laquelle**, **lesquels**, **lesquelles**) remplace — une chose ou une personne, ou les deux?

Remarquez:

                         qui

les étudiants avec   je travaille

              lesquels

        mais

      le sac dans **lequel** j'ai mis mes clés

Après une préposition, si le pronom relatif remplace une personne, on peut utiliser _____ ou _____.
Après une préposition, si le pronom relatif remplace une chose, il faut utiliser seulement _____.

Exercices

A. Remplacez les tirets par la forme de **lequel** qui convient.

Exemple
C'est la route par _____ nous allons à l'école.
C'est la route par **laquelle** nous allons à l'école.

1. Où est la chaise sous _____ elle a mis ses chaussures?
2. Voici les livres dans _____ j'ai trouvé les renseignements.
3. Il est difficile de comprendre les raisons pour _____ il a fait cela.
4. On vient de décorer le bureau dans _____ elle travaille.
5. La femme de _____ il parle est très malade.
6. Le catalogue dans _____ elle cherche les vêtements vient d'arriver.
7. Les boutiques devant _____ elle se promène sont très chics.
8. Les garçons devant _____ je me trouve dans la classe se parlent tout le temps.

B. Remplacez **qui** par la forme de **lequel** qui convient.

Exemple
La fille à **qui** je parle s'appelle Rosine.
La fille à **laquelle** je parle s'appelle Rosine.

1. Les garçons avec **qui** il joue au hockey portent tous le même chandail.
2. La famille chez **qui** Jeanne habite l'aide beaucoup.
3. Le professeur pour **qui** nous travaillons est très strict.
4. Les filles avec **qui** ils sortent adorent danser.
5. La femme à **qui** je ressemble est ma mère.
6. L'entraîneur devant **qui** ils sont assis parle des stratégies pour le match.

EN GARDE!

à + lequel

L'homme **auquel** elle parle est le directeur de l'école.
La femme **à laquelle** il parle est le professeur de chimie.
Les élèves **auxquels** il a montré le film étaient en 11e.
Les classes **auxquelles** j'assiste sont très intéressantes.

de + lequel

Le restaurant **duquel** je parle est bon mais très cher.
L'histoire **de laquelle** les élèves se moquent est ridicule.
Les problèmes **desquels** elle s'occupe sont très complexes.
Les filles **desquelles** je parle sont de bonnes élèves.

Que faut-il faire quand la préposition devant **lequel**, **lesquels** ou **lesquelles** est **à**? Pourquoi?

Que faut-il faire quand la préposition devant **lequel**, **lesquels** ou **lesquelles** est **de**? Pourquoi?

Le restaurant ⟋**duquel**

⟍**dont** je parle est bon mais très cher.

Remarquez qu'on peut remplacer les pronoms relatifs **duquel**, **de laquelle**, **desquels** ou **desquelles** (et **de qui**) par **dont**. Pourquoi?

C. Dans les phrases suivantes, remplacez **à qui** par **auquel**, **à laquelle**, **auxquels** ou **auxquelles**.

Exemple
L'homme **à qui** Julie parle est le directeur.
L'homme **auquel** Julie parle est le directeur.

1. La seule personne **à qui** le chien obéit est sa maîtresse.
2. Le jeune homme **à qui** Monique écrit s'appelle Edouard.
3. Les garçons **à qui** l'arbitre parle se sont battus sur la patinoire.
4. Les étudiantes **à qui** le professeur parle ont eu des difficultés avec leurs devoirs.
5. L'homme **à qui** j'ai téléphoné vend des autos.
6. Les enfants **à qui** nous donnons ces cadeaux sont malades.
7. La femme **à qui** j'ai offert du thé n'aime pas boire du café.
8. Les élèves **à qui** vous avez expliqué le projet sont très intelligentes.

D. Remplacez **dont** dans les phrases suivantes par **duquel**, **de laquelle**, **desquels** ou **desquelles**.

Exemple
L'homme **dont** vous parlez est mon oncle.
L'homme **duquel** vous parlez est mon oncle.

1. Les projets **dont** vous discutez vont coûter cher.
2. La personne **dont** tu te souviens est probablement Mme Durocher.
3. J'ai trouvé que le film **dont** tu t'es moqué était fantastique.
4. Les activités **dont** il s'occupait étaient bien intéressantes.
5. Le garçon **dont** tu me parlais est parti hier.
6. Les livres **dont** tu avais besoin sont arrivés.
7. La femme **dont** l'enfant avait peur est partie.
8. Les chaussures **dont** elle me parlait étaient belles mais très chères.

E. Complète ces phrases comme tu veux.

1. Un concert auquel j'aimerais assister est …
2. Une pièce à laquelle j'aimerais assister est …
3. Une personne à laquelle je pourrais parler de mes problèmes est …
4. Un professeur duquel je me souviens bien est …
5. Un film auquel je suis allé(e) récemment était …
6. Une émission de télé dont je me moque toujours est …
7. Les problèmes desquels je discute souvent avec mes ami(e)s sont …
8. Les personnes desquelles je dépends sont …

La salle **dans laquelle** ils ont leur classe de français est très jolie.
La salle **où** ils ont leur classe de français est très jolie.

Au lieu d'utiliser une préposition comme **à**, **sur**, **dans**, etc. + le pronom relatif **lequel** pour indiquer un lieu, quel autre pronom relatif peut-on employer?

Au moment **auquel** je suis entré, il parlait au téléphone.
Préférable: Au moment **où** je suis entré, il parlait au téléphone.

En général, on utilise le pronom relatif **où** aussi après une expression de temps comme **au moment**, **le jour**, **l'année**, etc. au lieu d'utiliser **à**, **dans**, **pendant** + la forme de **lequel** qui convient.

F. Remplacez les mots en caractères gras par le pronom relatif **où**.

Exemple
Le bureau **dans lequel** il travaille est loin d'ici.
Le bureau **où** il travaille est loin d'ici.

1. On ne peut pas trouver l'endroit **dans lequel** il a mis ses papiers importants.
2. La classe **dans laquelle** il se trouve a beaucoup d'élèves doués.
3. Voilà la chaise **sur laquelle** j'ai mis mes cahiers.
4. Où est le tiroir **dans lequel** il met son argent?
5. C'est la boîte **dans laquelle** on met les examens.

G. Combinez les phrases en utilisant 1) **où**; 2) une préposition + la forme de **lequel** qui convient.

Exemple
Le village est beau. Je passe mes vacances dans ce village.
1) Le village **où** je passe mes vacances est beau.
2) Le village **dans lequel** je passe mes vacances est beau.

1. L'église est la plus vieille de la ville. Il va à cette église le dimanche.
2. Le bâtiment est énorme. Je travaille dans ce bâtiment.
3. La classe est intéressante. Nous allons maintenant à cette classe.
4. Le restaurant est célèbre. Ils dînent souvent dans ce restaurant.
5. Les boutiques sont très chics. Elle achète ses vêtements dans ces boutiques.
6. Le parc est énorme. Les enfants jouent dans le parc.

H. Complète ces phrases comme tu veux.

1. L'heure du soir où je m'endors est …
2. L'année où j'ai eu beaucoup de succès à l'école était …
3. Un pays auquel je voudrais aller est …
4. L'industrie dans laquelle j'aimerais travailler est …
5. La région du Canada où j'aimerais aller est …
6. L'université (le collège) où j'aimerais étudier s'appelle …
7. L'endroit où j'aimerais passer mes vacances cette année est …

LECTURE

Une abominable feuille d'érable sur la glace

Roch Carrier

(Suite et fin)

Monsieur Eaton répondit rapidement à la lettre de ma mère. Deux semaines plus tard, nous recevions le chandail. Ce jour-là, j'eus l'une des plus grandes déceptions[1] de ma vie! Je puis dire[2] que j'ai, ce jour-là, connu une très grande tristesse. Au lieu du chandail bleu, blanc, rouge des Canadiens de Montréal, M. Eaton nous avait envoyé un chandail bleu et blanc, avec la feuille d'érable au devant, le chandail des Maple Leafs de Toronto. J'avais toujours porté le chandail bleu, blanc, rouge des Canadiens de Montréal; [5] tous mes amis portaient le chandail bleu, blanc, rouge; jamais, dans mon village, quelqu'un n'avait porté[3] le chandail de Toronto, jamais on n'y avait vu[4] un chandail des Maple Leafs de Toronto. De plus, l'équipe de Toronto se faisait terrasser[5] régulièrement par les triomphants Canadiens. Les larmes aux yeux, je trouvai assez de force pour dire:

— J'porterai jamais cet uniforme-là. [10]

— Mon garçon, tu vas d'abord l'essayer! Si tu te fais une idée sur les choses avant de les essayer, mon garçon, tu n'iras pas loin dans la vie …

Ma mère m'avait enfoncé[6] sur les épaules le chandail bleu et blanc des Maple Leafs de Toronto et, déjà, j'avais les bras enfilés dans les manches[7]. Elle tira le chandail sur moi et s'appliqua à aplatir[8] tous les plis[9] de cette abominable feuille d'érable sur laquelle, en pleine poitrine[10], étaient écrits les mots Toronto [15] Maple Leafs. Je pleurais.

— J' pourrai jamais porter ça.

— Pourquoi? Ce chandail-là te va bien … Comme un gant[11]…

— Maurice Richard se mettrait jamais ça sur le dos …

— T'es pas Maurice Richard. Puis, c'est pas ce qu'on se met sur le dos qui compte, c'est ce qu'on [20] se met dans la tête …

— Vous me mettrez pas dans la tête de porter le chandail des Maple Leafs de Toronto.

Ma mère eut un gros soupir désespéré et elle m'expliqua:

— Si tu gardes pas ce chandail qui te fait bien, il va falloir que j'écrive à M. Eaton pour lui expliquer que tu veux pas porter le chandail de Toronto. M. Eaton, c'est un Anglais; il va être insulté parce [25] que lui, il aime les Maple Leafs de Toronto. S'il est insulté, penses-tu qu'il va nous répondre très vite? Le printemps va arriver et tu auras pas joué[12] une seule partie parce que tu auras pas voulu porter[13] le beau chandail bleu que tu as sur le dos.

Je fus donc obligé[14] de porter le chandail des Maple Leafs. Quand j'arrivai à la patinoire avec ce chandail, tous les Maurice Richard en bleu, blanc, rouge s'approchèrent un à un pour regarder ça. Au coup de sifflet de l'arbitre, je partis prendre mon poste habituel. Le chef d'équipe vint me prévenir[15] que je ferais plutôt partie de la deuxième ligne d'attaque. Quelques minutes plus tard, la deuxième ligne fut appelée; je sautai sur la glace. Le chandail des Maple Leafs pesait sur mes épaules comme une montagne. Le chef d'équipe vint me dire d'attendre; il aurait besoin de moi à la défense, plus tard. A la troisième période, je n'avais pas encore joué; un des joueurs de défense reçut un coup de bâton sur le nez, il saignait; je sautai sur la glace: mon heure était venue! L'arbitre siffla; il m'infligea[16] une punition. Il prétendait que j'avais sauté sur la glace quand il y avait encore cinq joueurs. C'en était trop! C'était trop injuste!

C'est de la persécution! C'est à cause de mon chandail bleu! Je frappai mon bâton sur la glace si fort qu'il se brisa.[17] Soulagé, je me penchai[18] pour ramasser[19] les débris. Me relevant, je vis le jeune vicaire, en patins, devant moi:

— Mon enfant, ce n'est pas parce que tu as un petit chandail neuf des Maple Leafs de Toronto, au contraire des autres, que tu vas nous faire la loi. Un bon jeune homme ne se met pas en colère[20]. Enlève tes patins et va à l'église demander pardon à Dieu.

Avec mon chandail des Maple Leafs de Toronto, je me rendis à l'église, je priai Dieu; je lui demandai qu'il envoie au plus vite des mites[21] qui viendraient dévorer mon chandail des Maple Leafs de Toronto.

Extrait de *Les enfants du bonhomme dans la lune*,
Editions Internationales Alain Stanké Ltée, 1979

Lexique

[1]**la déception:** le désappointement

[2]**je puis dire:** je peux dire

[3]**jamais … quelqu'un n'avait porté:** *no one had ever worn*

[4]**jamais on n'y avait vu:** *no one had ever seen*

[5]**terrasser:** battre définitivement

[6]**ma mère m'avait enfoncé:** *my mother had stuffed me into (it)*

[7]**une manche:** la partie du vêtement qui couvre le bras; **les bras enfilés dans les manches:** les bras mis dans les manches

[8]**aplatir:** rendre plat

[9]**un pli:** *fold, pleat*

[10]**la poitrine:** la partie du corps entre le cou et l'abdomen

[11]**un gant:** un habillement qu'on met à la main

[12]**tu auras pas joué:** *you will not have played*

[13]**tu auras pas voulu porter:** *you will not have wanted to wear*

[14]**je fus (être) donc obligé:** il a fallu donc que je

[15]**prévenir:** informer

[16]**infligea (infliger) (une punition):** a donné, a frappé d'une punition

[17]**se brisa (se briser):** s'est cassé

[18]**me penchai (se pencher):** me suis incliné, me suis baissé

[19]**ramasser:** prendre, relever ce qui est à terre

[20]**se met en colère (se mettre …):** devient furieux, se fâche

[21]**une mite:** un insecte qui mange les vêtements de laine

Compréhension

Répondez aux questions suivantes.

1. Quand le garçon a-t-il reçu le chandail?
2. Pourquoi a-t-il eu une si grande déception?
3. Pourquoi trouve-t-il que le chandail des Maple Leafs est particulièrement inacceptable?
4. Pourquoi la mère aime-t-elle le chandail? Pourquoi pense-t-elle que son fils devrait le porter?
5. Est-ce que le chef de l'équipe permet au garçon de jouer? Pourquoi?
6. Quand le garçon pense-t-il qu'il va jouer enfin? A-t-il joué alors? Pourquoi?
7. Que pense-t-il des actions des autres? Qu'a-t-il fait pour montrer sa frustration?
8. Qu'est-ce que le vicaire lui a dit?
9. Qu'est-ce que le vicaire lui a commandé de faire?
10. Qu'a-t-il fait à l'église? Pourquoi?

Vocabulaire

Complétez chaque phrase par un des mots de la liste suivante.

brisé/ colère/ déception/ gants/ infligé/ mites/ obligés/ penché/ plis/ terrassé

1. Oh! la la! Les _____ ont fait des trous dans mon nouveau chandail.
2. Elle a laissé tomber le verre et il s'est _____.
3. Jacques a eu une grande _____ quand l'entraîneur ne l'a pas choisi comme gardien de but de l'équipe.
4. Le compte final du match est 10 à 1. L'équipe de Joliette a _____ l'équipe de LaPrairie.
5. J'aime cette jupe avec des _____.
6. Le professeur veut que nous venions au match, mais nous ne sommes pas _____ d'y venir.
7. Le joueur a fait une erreur et l'arbitre lui a _____ une punition.
8. Il fait froid aujourd'hui; n'oublie pas de porter tes _____.
9. Henri est devenu furieux; moi aussi, je me suis mis en _____.
10. Georges a laissé tomber ses livres; puis il s'est _____ pour les ramasser.

A ton avis

Es-tu d'accord avec les phrases suivantes? Pourquoi?

1. Le garçon devrait accepter le chandail sans rien dire. Un fils ne devrait pas contredire sa mère.
2. La mère devrait renvoyer le chandail parce que le chandail ferait beaucoup de peine à son fils.
3. « Ce n'est pas ce qu'on se met sur le dos qui compte, c'est ce qu'on se met dans la tête. »
4. Le chef d'équipe avait tort parce qu'il n'a pas permis au garçon de jouer avec les autres.
5. L'arbitre était justifié quand il a infligé une punition au garçon.
6. Le jeune vicaire a bien compris la situation et a donné un bon conseil au garçon.
7. Le garçon avait tort de se mettre en colère. Une meilleure solution serait d'expliquer pourquoi il portait le chandail des Maple Leafs.
8. Si le garçon déchirait son chandail, sa mère serait obligé de lui en commander un autre.

A faire et à discuter

1. Les adultes ne font pas d'effort pour comprendre les problèmes des jeunes.
2. Les difficultés dans l'histoire étaient le résultat d'un manque de communication.
3. Les jeunes de nos jours portent tous le même « uniforme ». On a peur d'être individualiste.
4. Préparez une bande dessinée de l'histoire. (Il faut d'abord simplifier l'histoire.)
5. Récrivez l'histoire en forme de pièce ou de saynète.

POT-POURRI

A. Votre réaction, s'il vous plaît.

B. I. Regardez l'article du *Petit Larousse* sur Marie-Antoinette. Trouvez les verbes au passé simple et mettez-les au style de la langue parlée.

Marie-Antoinette de Lorraine, archiduchesse d'Autriche, née à Vienne (1755-1793), fille de François Ier, empereur germanique, et de Marie-Thérèse. Elle épousa en 1770 le futur roi de France, Louis XVI. Imprudente, prodigue et ennemie des réformes, elle se rendit promptement impopulaire. Elle poussa Louis XVI à résister à la révolution. On lui reprocha ses rapports avec l'étranger, et, après le 10-Août, elle fut enfermée au Temple. Pendant sa captivité et devant le tribunal révolutionnaire, elle eut une attitude très courageuse. Elle mourut sur l'échafaud.

II. Trouvez au moins 15 verbes au passé simple dans l'histoire « Une abominable feuille d'érable sur la glace. » Mettez les verbes au style de la langue parlée.

Marie-Antoinette

C. En français on aime souvent éviter le subjonctif. Dans les phrases suivantes, remplacez le verbe au subjonctif par un infinitif selon l'exemple.

Exemple
Il faut que je finisse mes devoirs.
Il faut finir mes devoirs.

1. Il faut qu'il réponde à la question.
2. Il faut qu'il vende la motocyclette.
3. Il faut qu'il mette ce chandail.
4. Il faut qu'il écrive à M. Eaton.
5. Il faut que je prenne ces gants.
6. Il faut que je vienne à l'heure.
7. Il faut que je parte immédiatement.
8. Il faut que je choisisse un disque comme cadeau.

D. Remplacez **de** + le pronom relatif **lequel** par **dont**.

Exemple
Le professeur **duquel** il a peur s'appelle M. Labranche.
Le professeur **dont** il a peur s'appelle M. Labranche.

1. C'est la femme **de laquelle** je vous parlais.
2. Le banc d'exercices **duquel** j'ai besoin est disponible dans ce magasin.
3. Les patins **desquels** il avait envie ne sont plus là.
4. La classe **de laquelle** je me souviens avec plaisir est la classe de Mlle Forget.
5. Les chaussures **desquelles** tu te sers pour faire du jogging ne sont pas bonnes.
6. Les activités **desquelles** elle s'occupait étaient énormément intéressantes.

7. Le chien **duquel** l'enfant avait peur était très féroce.
8. La musicienne **de laquelle** vous parliez est très douée.

E. Combinez les deux phrases selon le modèle. Utilisez une préposition + **lequel** ou **qui, dont** ou **où.**

Exemple
J'ai parlé à l'arbitre. Il est amical.
L'arbitre **auquel (à qui)** j'ai parlé est amical.

1. J'ai parlé à l'institutrice. L'institutrice est intelligente.
2. Nous avons envie de ces chaussures de sport. Les chaussures de sport sont très confortables.
3. J'ai mis mes articles de sport dans le sac. Le sac est très grand.
4. Je me souviens de ce match. Le match était fantastique.
5. Ma mère travaille dans cette usine. L'usine est dans la banlieue.
6. Il pêche avec ce moulinet. Le moulinet est tout neuf.
7. J'ai attendu mon ami devant ce restaurant. Le restaurant est merveilleux.
8. J'ai mis mes chaussures sous cette chaise. La chaise se trouve dans le salon.

F. Es-tu d'accord avec ces phrases? Pourquoi?

1. On devrait être obligé de suivre un cours d'éducation physique chaque année à l'école.
2. Si l'on veut se mettre en forme, on doit faire de la natation ou du ski de fond.
3. Les élèves intelligents n'aiment jamais les sports.
4. La position la plus exigeante dans une équipe de hockey est celle du gardien de but.
5. En général, les filles n'aiment pas les sports qu'on joue en équipe.

Le ski de fond

VOCABULAIRE ACTIF

Noms (masculins)

le banc d'exercice
le caoutchouc
l'endroit
le gant
le pli
le sifflet
le ski de fond

Noms (féminins)

l'amabilité
la botte
la canne à pêche
la chaussure (de sport)
la colle
la déception
l'institutrice
la lutte
la manche
la poitrine
la prière
la raquette de tennis
la semelle

Verbes

se briser
convenir
s'élancer
feuilleter
infliger
se pencher
ramasser

Adjectifs

fier, fière

Expressions

se mettre en colère

UNITÉ 3

BUTS

Apprenez à toute vitesse:

- comment on fêtait autrefois le jour de l'An au Québec;
- à exprimer les conditions;
- à rapporter ce qu'un autre a dit;
- quelque chose au sujet de l'alimentation fine;
- à exprimer le pour et le contre d'une situation;
- quand et comment les personnes d'autres cultures et d'autres religions fêtent le jour de l'An.

LECTURE

Un jour de l'An chez les Brière

James Quig

Nous étions jeunes mariés, et ma femme avait décidé[1] que nous irions passer le premier de l'an dans sa famille à elle, à la ferme. « C'est une vieille tradition chez les Brière », m'apprit-elle.

Je lui décrivis alors la façon bien sympathique dont les Quig, eux, passaient la nuit de la Saint-Sylvestre,[2] ce qui était aussi une vieille tradition dans ma famille: danse jusqu'à l'aube,[3] punch exotique et pétards.[4] « Pas cette année », répliqua Françoise.

Au matin du jour de l'An, le soleil était au rendez-vous, mais l'air était glacial. La petite ferme blanche disparaissait presque derrière les bancs de neige. Un arbre de Noël brillait à la fenêtre et la cour était encombrée[5] de voitures.

« Chez nous, on aurait loué[6] une salle pour contenir tant de monde », m'exclamai-je en me frayant un passage[7] parmi les bottes qui jonchaient[8] l'entrée.

Après la longue tournée d'embrassades,[9] de souhaits de circonstance[10] et de présentations, René Brière, mon beau-père,[11] me mit dans la main un petit verre de liquide incolore.

— Qu'est-ce que c'est? demandai-je en reniflant[12] prudemment.

— On appelle ça du p'tit blanc, me répondit l'un de mes beaux-frères.[13]

Je l'avalai[14] d'un coup; les larmes me montèrent aux yeux, mais j'étais désormais[15] réchauffé pour la journée. M. Brière reprit le petit verre et poursuivit[16] sa tournée, tandis qu'[17] Oliva Brière, ma belle-mère,[18] retournait à sa cuisine en promettant que le repas serait servi à l'heure — surtout si René voulait bien poser son verre et aller lui chercher d'autres bûches[19] dans la remise.[20] Les conversations allaient bon train et j'avais l'impression que tout le monde parlait en même temps. On discutait hockey et politique, régimes et médecins, bébés et biberons,[21] récoltes[22] et bêtes. Bernard et Isabelle firent une démonstration de leur nouveau pas de tango et M. Brière se mit à[23] raconter les exploits de ses 17 ans, dans une ferme des environs de Régina.

Au pied de l'arbre de Noël s'amoncelaient[24] les cadeaux encore intacts. « Chez nous, le père Noël passe toujours le jour de l'An, m'expliqua ma femme. Tiens, voilà Gordon et Marie! »

Gordon était l'ami qui m'avait présenté à sa jeune belle-sœur,[25] Françoise. Sans lui, j'aurais continué[26] à croire que le père Noël faisait partout sa distribution de cadeaux le 25 décembre.

Chaque fois que la porte d'entrée se refermait, c'était pour se rouvrir aussitôt devant un autre groupe et Mme Brière, abandonnant ses fourneaux[27] quelques instants, donnait le départ d'une nouvelle tournée générale de bises,[28] d'accolades[29] et de poignées de main.[30] Et, perplexe, je me demandais combien de personnes ils avaient bien pu inviter.[31]

Je découvris bientôt que les gens n'étaient pas invités: ils venaient, c'est tout. Des amis, des voisins, des parents, n'importe qui. Les choses se déroulaient[32] sans façon, avec beaucoup moins de cérémonie que chez moi, dans ma jeunesse.

Il faut dire que je suis un gars de la ville et Françoise, une fille de la campagne.... J'étais l'aîné[33] de trois enfants, ma femme l'avant-dernière de dix. Quand mes grands-parents venaient nous rendre visite, pour nous, c'était la grande réunion de famille, mais chez Françoise il fallait être 25 ou 30 pour vraiment commencer à s'amuser.

Une autre voiture s'immobilisa dans la cour.

— Je crois bien qu'il n'y aura pas de place à table pour tous.

— Ne t'en fais pas, me rassura Françoise. On fait toujours plusieurs tablées.[34]

Le poêle[35] était encombré de tartes au sucre et aux fraises, confectionnées par Mme Brière. Dans le four,[36] de gros pains ronds, également de sa fabrication, étaient tenus bien au chaud.

Françoise se mit à m'expliquer que, quand elle était petite, tout le monde mettait la main à la pâte et qu'elle, elle faisait les boulettes.[37] Une couple de centaines.

« Ce qu'on préférait, dit-elle, c'était l'odeur de la muscade[38] et de la cannelle râpée[39] qui parfumait toute la maison. Et le plus dur, c'était de ne rien manger, parce qu'à l'époque on jeûnait[40] avant toutes les fêtes.

Jambons, poulets, énormes rôtis de porc, tourtières, ragoûts de boulettes étaient conservés au froid dans une vieille armoire de la remise jusqu'au grand jour. Quel régal en perspective, surtout le rôti de porc et la gelée de pommettes![41] Mais n'y manquait-il[42] pas quelque chose d'essentiel?

— Je n'ai pas vu de dinde, m'étonnai-je.[43]

— Bien sûr que non, nous n'en élevons[44] même pas, me répondit Françoise.

— Nous non plus, lui répondis-je. Mais on se débrouille[45] pour en acheter une pour l'occasion. Il n'y a donc ni dinde, ni plum-pudding?

— Des tartes et de la salade de fruits, m'annonça-t-elle en se dirigeant vers[46] la cuisine pour aider aux derniers préparatifs.

Est-ce que j'allais vraiment pouvoir passer toute ma vie avec une femme qui fêtait le jour de l'An sans dinde? ...

(A suivre)

Sélection du *Reader's Digest*, janvier 1979

Lexique

[1]**avait décidé:** *had decided*

[2]**la nuit de la Saint-Sylvestre:** la veille du jour de l'An

[3]**l'aube** *(f.)*: la lumière faible qu'on voit à l'horizon au commencement du jour

[4]**un pétard:** un jouet de partie qui fait une petite explosion quand on le tire

[5]**encombrée:** pleine (bloquée de tant d'autos)

[6]**aurait loué:** *would have rented*

[7]**en me frayant un passage (se frayer):** en m'ouvrant un passage

[8]**jonchaient (joncher):** étaient répandues en grande quantité

[9]**une embrassade:** l'action de deux personnes qui s'embrassent (*kiss*)

[10]**un souhait de circonstance:** *appropriate (seasonal) wish*

[11]**un beau-père:** le père de l'époux (l'épouse)

[12]**reniflant (renifler):** aspirant par le nez (pour identifier une odeur)

[13]**un beau-frère:** l'époux de la soeur; le frère de l'époux (l'épouse)

[14]**je l'avalai (avaler):** je le bus (*swallow*)

[15]**désormais:** à partir du moment actuel; à l'avenir

[16]**poursuivit (poursuivre):** continua

[17]**tandis que:** pendant que

[18]**une belle-mère:** la mère de l'époux (l'épouse)

[19]**une bûche:** un morceau de bois de chauffage

[20]**la remise:** *(wood) shed*

[21]**un biberon:** une bouteille remplie de lait pour un bébé

[22]**une récolte:** les produits de la terre (le blé, etc.) (*harvest*)

[23]**se mit à (se mettre à):** commença à

[24]**s'amoncelaient (s'amonceler):** il y avait une accumulation

[25]**une belle-soeur:** l'épouse du frère; la soeur de l'époux (l'épouse)

[26]**j'aurais continué:** *I would have continued*

[27]**un fourneau:** un poêle (*stove*)

[28]**une bise:** une embrassade, un baiser

[29]**une accolade:** l'action d'embrasser en jetant les bras autour du cou

[30]**une poignée de main:** l'action de serrer la main à quelqu'un

[31]**avaient pu inviter:** *had been able to invite/could have invited*

[32]**se déroulaient (se dérouler):** avaient lieu; se passaient

[33]**l'aîné, -e:** le (la) plus âgé(e)

[34]**une tablée:** un ensemble de personnes prenant un repas à la même table

[35]**un poêle:** *(wood) stove*

[36]**un four:** la partie d'un poêle où l'on enferme ce que l'on veut faire cuire

[37]**une boulette:** une petite boule (de viande hachée)

[38]**la muscade:** *nutmeg*

[39]**la cannelle râpée:** *grated cinnamon*

[40]**on jeûnait (jeûner):** on s'abstenait de manger

[41]**la gelée de pommettes:** *crab-apple jelly*

[42]**n'y manquait-il (manquer):** n'y avait-il (quelque chose) qui n'était pas là

[43]**m'étonnai-je (s'étonner):** fus-je surpris

[44]**élevons (élever):** *raise* (animaux)

[45]**se débrouille (se débrouiller):** *to manage, to see something through*

[46]**se dirigeant vers (se diriger):** allant vers

Compréhension

Répondez aux questions suivantes.

1. Où les jeunes mariés allaient-ils passer le jour de l'An?
2. Comment les Quig fêtaient-ils le jour de l'An?
3. Comment savez-vous qu'il y avait beaucoup de gens chez les Brière ce jour-là?
4. A ton avis, qu'est-ce que c'est que « du p'tit blanc »?
5. De quoi discutait-on avant le repas?
6. Quant à la distribution des cadeaux de Noël, quelle différence y avait-il entre la coutume des Brière et celle des Quig?
7. Pourquoi l'auteur (James Quig) trouvait-il que cette fête était tellement différente de celles de sa jeunesse? (plusieurs raisons)
8. Comparez la famille Quig à la famille Brière et indiquez quelques différences entre les deux familles.
9. Nommez quelques-unes des choses qu'on allait manger chez les Brière ce jour de l'An.
10. A l'avis de James, quel deux plats essentiels manquaient à la fête?

Vocabulaire

A. Complétez les phrases suivantes par un mot de la liste suivante.

aîné/ aube/ avaler/ bûches/ se débrouiller/ désormais/ dinde/ élève/ jeûne/ poêle/ récolte/ reniflée

1. Les fermiers étaient très contents l'année passée parce que la _____ de blé a été très bonne.
2. J'ai toujours beaucoup de difficulté à _____ les aspirines.
3. Avant de manger la viande, le chien l'a _____ plusieurs fois.
4. Vous êtes en retard; _____, arrivez au bureau à l'heure, s'il vous plaît.
5. Il faut nous lever très tôt demain. D'accord, nous nous lèverons dès l'_____.
6. Le directeur de cette compagnie a des problèmes sérieux. On ne sait pas s'il sera capable de _____ de ses difficultés.
7. Quand je suis un régime, je _____ un jour par semaine, mais il est difficile de ne rien manger.
8. Marcel a deux frères. Paul a quatorze ans, Pierre en a dix-sept et Marcel en a vingt. Marcel est l'_____.
9. Le feu dans la cheminée va s'éteindre. Va chercher des _____ dans la remise.
10. Ce fermier _____ des cochons et des poulets.
11. Dans la cuisine, il y avait un grand _____ à bois qui chauffait toute la maison.
12. A Noël, ma grand-mère préparait toujours un dîner superbe avec une _____ énorme, des pommes de terre rôties, plusieurs légumes et des tartes aux pommes délicieuses.

B. Trouvez dans l'histoire un synonyme de chacune des définitions ou des mots suivants.

1. commencer
2. une embrassade
3. bloquée
4. continuer
5. pendant que
6. être surpris
7. une partie du poêle où l'on fait cuire des tartes ou des rôtis.
8. Il m'a serré la main. Il m'a donné une _____ _____ _____.
9. une petite charge explosive

10. ce qui n'est pas là: Ce qui _____.
11. la femme de votre frère (la soeur de votre mari)
12. le père de votre femme (de votre mari)
13. le mari de votre soeur (le frère de votre femme)
14. la mère de votre mari (de votre femme)

A ton avis

1. Comment fêtes-tu le jour de l'An? Chez qui passes-tu cette journée?
2. Ta famille a-t-elle beaucoup de fêtes et de réunions familiales? Quand? Combien de personnes sont invitées à ces réunions?
3. Préfères-tu fêter le jour de l'An avec beaucoup de gens ou seulement avec deux ou trois ami(e)s? Pourquoi?
4. Dans ta famille, donne-t-on des cadeaux le jour de l'An? Quand donne-t-on des cadeaux?
5. Qu'est-ce qu'on mange d'habitude chez toi le jour de l'An?
6. Qui prépare le repas pour le jour de l'An? Mange-t-on dans un restaurant ce jour-là?
7. Fais-tu des résolutions le jour de l'An? Donne des exemples.
8. A ton avis, quel était le meilleur jour de l'An (ou la meilleure nuit de la Saint-Sylvestre) de ta vie? Pourquoi?

A faire et à discuter

1. Préparez un menu pour la fête du jour de l'An ou pour une autre fête (Noël, un anniversaire, etc.).
2. Donnez la recette de votre plat (ou boisson) favori(te).
3. La vie en campagne est préférable à celle en ville surtout au temps des fêtes. Discutez.
4. Quels sont les avantages d'une grande famille? Les désavantages? Qu'est-ce qui est préférable: une grande famille ou une petite famille? Pourquoi?
5. Les résolutions du jour de l'An sont inutiles. Discutez.
   Préparez une liste de résolutions pratiques pour le jour de l'An.
6. Faites des recherches. Ce n'est pas tout le monde qui fête le jour de l'An le premier janvier parce qu'il y a des cultures et des religions qui ont un calendrier différent. Trouvez la date approximative du jour de l'An pour d'autres cultures et d'autres religions ou au moins le mois où est célébré le jour de l'An dans d'autres cultures.

Un petit village près du fleuve Saint-Laurent

STRUCTURES

Le plus-que-parfait

A qui le tour de payer le dîner?
J'étais certain que j'avais apporté assez d'argent!

OBSERVATION GRAMMATICALE

Il ne savait pas que j'**avais acheté** une nouvelle voiture.

Tu **avais** déjà **quitté** la salle de classe quand le directeur est entré.

Ma femme **avait décidé** que nous irions passer le jour de l'An dans sa famille.

Michel a demandé si nous **avions vu** sa photo dans le journal.

Yolande a dit que vous **aviez rendu** visite à sa soeur.

Je me demandais combien de personnes ils **avaient** bien **pu** inviter.

Tu n'**étais** jamais **sortie** avec Yves avant la semaine passée?

Les parents de Louise étaient très fâchés parce qu'elle **était rentrée** à trois heures du matin.

Puisque nous **nous étions réveillés** trop tard, nous avons manqué notre train.

Les verbes ci-dessus en caractères gras (**avais acheté**, **était rentrée**, etc.) sont au **plus-que-parfait.**

Formation

Quels sont les verbes auxiliaires qu'on peut utiliser?

A quel temps sont ces verbes auxiliaires?

Quelle autre partie du verbe utilise-t-on dans la formation du plus-que-parfait?

Pourquoi a-t-on *avais* **acheté** et *avais* **quitté**, mais *étais* **sortie** et *était* **rentrée?**

Règle: Pour former le plus-que-parfait, on utilise les verbes auxiliaires _____ ou _____ à l'_____ (le temps du verbe auxiliaire) + le _____ _____.

Usage

Tu **avais** déjà **quitté** la salle de classe quand le directeur est entré.

Dans cette phrase, quelle action s'est passée d'abord: l'action de quitter la salle de classe ou l'action d'entrer?

Donc, on utilise le plus-que-parfait pour exprimer une action qui s'est passée **avant** une autre action au passé (une action **plus** au passé qu'une autre).

On utilise le plus-que-parfait aussi dans le discours indirect quand le verbe **dire**, **demander**, **répondre**, etc. est au passé:

    passé composé   plus-que-parfait

Yolande **a dit** que vous **aviez rendu** visite à sa soeur.

Trouvez d'autres exemples ci-dessus du discours indirect.

Exercices

A. Complétez les phrases suivantes par la forme qui convient du verbe au plus-que-parfait.

Exemple
André a dit que ses parents _____ en vacances hier. (partir)
André a dit que ses parents **étaient partis** en vacances hier.

1. Robert a demandé si nous _____ ses lunettes solaires. (voir)
2. Lucille a répondu qu'elle _____ une centaine de boulettes. (préparer)
3. Quand vous avez téléphoné, Angèle _____ déjà _____. (sortir)
4. Pourquoi n'avez-vous pas dit que vous _____ si malade? (être)
5. Avant de m'acheter ces bottes, j'_____ _____ dans beaucoup de magasins. (chercher)
6. As-tu expliqué pourquoi tu _____ si tard hier soir? (arriver)
7. Vous ne saviez pas que nous _____ déjà _____ de notre voyage? (revenir)
8. Michel a dit que vous _____ beaucoup de difficultés avec cet exercice. (avoir)

B. Complétez l'histoire suivante en utilisant les verbes de la liste suivante au plus-que-parfait. On a déjà fait le premier choix pour vous.

accepter/ s'amuser/ changer/ commencer/ croire/ décider/ dire/ faire/ s'habiller/ oublier/ voir/ vouloir

Mon premier rendez-vous avec Chantal

J'avais toujours **voulu** sortir avec Chantal et enfin elle _____ mon invitation. Quand je suis arrivé chez elle, elle ne _____ pas encore _____ pour sortir; elle était toujours dans sa chambre. Enfin elle était prête, mais je ne pouvais pas mettre l'auto en marche. J'_____ d'aller à la station-service pour acheter de l'essence comme ma mère me l'_____ _____. Vingt minutes plus tard, nous sommes partis. J'_____ que nous irions voir le nouveau film, *L'Empire des robots*. Quand nous sommes arrivés au cinéma, le film _____ déjà _____ et il n'y avait plus de places. A ce moment, Chantal m'a informé qu'elle _____ déjà _____ ce film. Quelle déception pour moi! Il a fallu changer nos plans. Chantal a dit que ses amis, Lucille et Guy, _____ du patinage à roulettes à une arène non loin du cinéma et qu'ils _____ bien _____. D'abord, je ne voulais pas y aller mais elle m'a persuadé. Elle avait raison! C'était une soirée fantastique. Après, Chantal m'a confié qu'elle n'_____ pas _____ qu'elle s'amuserait bien en sortant avec moi, mais qu'elle _____ d'avis. Et Chantal et moi, nous continuons à sortir ensemble — et souvent.

C. M. Leblanc était témoin d'un crime. Voici son rapport à la police.

1. Hier soir quand je promenais mon chien, j'**ai vu** un homme habillé tout en noir au coin des rues Pelissier et Pierre.
2. Cet homme **s'est approché** furtivement de la maison des Lemieux.
3. Il **a ouvert** une fenêtre silencieusement.
4. Ensuite, il **est entré** dans le salon par la fenêtre.
5. Immédiatement j'**ai téléphoné** à la police.

6. Avant l'arrivée de la police, l'homme **est sorti** de la maison par la fenêtre, un grand sac à la main.
7. **J'ai donné** un ordre à mon chien Rex, un grand berger allemand.
8. Rex **a couru** vers l'homme et **a sauté** sur lui.
9. Rex **a surpris** le voleur qui **a laissé** tomber le sac.
10. A ce moment, deux agents de police **sont arrivés** et ils **ont arrêté** le criminel.

Maintenant vous êtes l'agent de police et vous racontez le rapport à votre chef. N'oubliez pas que les verbes en caractères gras seront au plus-que-parfait.

1. M. Leblanc a dit qu'hier soir quand il promenait son chien, il **avait vu** un homme habillé tout en noir au coin des rues Pelissier et Pierre.
2. (Il a dit que) cet homme ...

D. Mettez les phrases suivantes au discours indirect en suivant les exemples.

N'oubliez pas de faire les changements nécessaires.

Exemples

Angèle a dit: «J'ai fini mes devoirs.»

Angèle a dit **qu'elle avait fini ses** devoirs.

Le professeur a demandé aux élèves: «Avez-vous compris l'histoire?»

Le professeur a demandé aux élèves **s'ils avaient compris** l'histoire.

1. Le joueur a expliqué: «L'arbitre a infligé des punitions à deux joueurs.»
2. La mère a demandé à son fils: «As-tu perdu tes gants?»
3. L'agent leur a dit: «J'ai trouvé un lieu tranquille pour vos vacances.»
4. René a dit: «J'ai eu une grande déception quand l'entraîneur ne m'a pas choisi pour l'équipe.»
5. L'arbitre a demandé au joueur: «Avez-vous entendu le sifflet?»
6. Réjean a expliqué: «Le verre s'est brisé quand je l'ai laissé tomber.»
7. Marie a demandé à Paul: «As-tu vu des mites dans le tiroir?»
8. Jacqueline a dit: «J'ai acheté ces chaussures de sport avec des semelles en caoutchouc.»

E. Complétez les phrases suivantes par un verbe qui convient au plus-que-parfait.

Essayez d'utiliser un verbe différent pour chaque phrase et si possible, trouvez plus d'un verbe pour compléter chaque phrase.

Exemple

Marc a dit qu'il _____ une nouvelle voiture.

Marc a dit qu'il **avait acheté** ⎫
avait trouvé ⎬ une nouvelle voiture.
avait choisi ⎭

1. Le professeur a demandé si nous _____ les exercices.
2. Thérèse n'a pas expliqué pourquoi elle n'_____ pas _____ ses devoirs.
3. Saviez-vous que les Larocque _____ une plus grande maison?
4. Je me suis demandé combien de personnes Alice_____ chez elle.
5. Avant ton arrivée à sept heures du matin, je m'_____ déjà _____.
6. Bernard était triste parce qu'il n'_____ pas _____ ton cadeau de Noël.
7. Puisque vous ne nous _____ pas _____, nous pensions que vous étiez fâché contre nous.
8. Francine a dit que tu _____ avec mon ami Louis.

Le passé du conditionnel

Qui aurait dû consulter le manuel avant de mélanger ces produits chimiques?

OBSERVATION GRAMMATICALE

Dans cette situation-là, je n'**aurais** rien **dit.**

Tu n'as pas compris l'exercice? Tu **aurais dû** demander de l'aide au professeur.

David n'est pas ici. C'est dommage. Il **aurait su** réparer le tourne-disque.

Nous **serions arrivés** plus tôt, mais nous avons manqué l'autobus.

Vous **auriez pu** nous aider avec notre projet.

M. et Mme Fréchette **se seraient réveillés** à sept heures, mais leur réveille-matin n'a pas fonctionné.

Exercices

A. Complétez les phrases suivantes par les verbes entre parenthèses à la forme qui convient du passé du conditionnel.

Exemple
A votre place, j'_____ le poste. (accepter)
A votre place, j'**aurais accepté** le poste.

1. Dans ces circonstances-là, j'_____ une lettre au directeur. (écrire)
2. Pauline _____ ses devoirs, mais elle se sentait mal hier soir. (finir)
3. Tu _____ lire toute l'histoire. (devoir)
4. Les élèves _____ l'exercice, mais ils ne l'ont pas compris. (faire)
5. M. Godin _____ cette maison, mais il pensait qu'elle était trop chère. (acheter)
6. Vous _____ parler au directeur hier, mais vous n'étiez pas là. (pouvoir)
7. Nous _____ après le dîner, mais il a commencé à pleuvoir. (se promener)
8. Je _____ voir le film, mais je ne savais pas qu'on le montrait. (aller)

B. Complétez ce passage en mettant les verbes entre parenthèses au passé du conditionnel à la forme qui convient.

Récriminations

Marcel avait mélangé deux produits chimiques. Le résultat: une odeur terrible!
Naturellement, il est très malheureux et les autres élèves aussi.

Philippe:	Marcel, tu es impossible. Les autres n'_____ jamais _____ les produits chimiques sans consulter le professeur. (mélanger)
Janet:	Tu _____ tuer quelqu'un! (pouvoir) Le professeur t'_____ d'attendre qu'il explique complètement l'expérience. (dire)
Marcel:	Je le sais, je le sais! Mais vous, mes amis, vous _____ m'empêcher de commencer l'expérience sans le professeur! (devoir)
Janet, Philippe:	Nous _____ t'empêcher? (devoir) Nous _____ beaucoup de difficultés à t'empêcher de faire une expérience de chimie — toi, le fanatique de chimie. (avoir) Personne n'_____ capable de te persuader d'attendre le professeur. (être)
Marcel:	Très bien. C'est ma faute, mais je ne peux rien faire maintenant. J'_____ savoir que je n'_____ pas _____ m'attendre à de la sympathie de vous, mes « amis ». (devoir, pouvoir)
Le professeur:	Vous êtes bien durs avec le pauvre Marcel! A vrai dire, il a bien fait: cette odeur misérable était le but de l'expérience comme vous _____ si vous aviez lu le chapitre dans le texte! (savoir) Maintenant, au travail! Nous allons refaire l'expérience que Marcel a faite!
Les autres:	Ah! non! Est-il possible de choisir un autre cours?

C. Qu'aurais-tu fait dans les situations suivantes? Réponds comme tu veux, mais utilise un verbe au passé du conditionnel dans ta réponse.

Exemple
Francine avait accepté de travailler vendredi soir comme gardienne du petit fils des Robichaud. Mercredi soir, son ami Jean-Luc a obtenu deux billets pour vendredi soir à un concert du groupe pop favori de Francine. Alors, Francine a téléphoné à Mme Robichaud et lui a dit qu'elle ne pourrait pas travailler vendredi soir. Qu'aurais-tu fait?

J'aurais fait la même chose. *ou*
J'aurais persuadé ma soeur de travailler pour moi. *ou*
J'aurais essayé de trouver quelqu'un pour me remplacer chez les Robichaud mais si c'était impossible, j'aurais refusé d'aller au concert avec Jean-Luc.

1. Michel avait remarqué qu'un élève qu'il connaissait avait cassé une fenêtre de l'école. Il a tout raconté à son professeur. Qu'aurais-tu fait?

2. Louise avait dit à Bob qu'elle irait au cinéma avec lui le samedi suivant. Ensuite, Jean-Jacques, qu'elle trouvait plus intéressant et plus beau, l'avait invitée à une partie qui aurait lieu le même soir. Elle a dit à Bob qu'elle ne pourrait pas aller au cinéma avec lui parce que sa mère ne lui avait pas donné la permission de sortir avec lui. Qu'aurais-tu fait? Qu'est-ce que Louise aurait dû faire?

3. Tom avait remarqué pendant un test que Lucille copiait ce que Michèle écrivait. Il n'a rien fait. Qu'aurais-tu fait?

4. Les parents de Kathy lui avait défendu de sortir avec Henri. Alors, elle leur avait dit qu'elle passerait la soirée à étudier chez Nicole, mais elle avait l'intention de sortir avec Henri. Qu'est-ce qu'elle aurait dû faire? Qu'est-ce que ses parents auraient dû faire quand ils ont découvert qu'elle leur avait menti? Qu'aurais-tu fait?

5. Yvon allait acheter une nouvelle paire de patins et il avait assez d'argent, mais sa soeur aînée lui a demandé s'il pourrait lui prêter dix dollars dont elle avait besoin pour acheter un livre nécessaire pour son cours de géographie au collège. Elle lui rendrait l'argent la semaine suivante. Yvon lui a refusé les dix dollars. Qu'aurais-tu fait? Pourquoi, à ton avis, Yvon aurait-il refusé l'argent à sa soeur?

6. M. Séguin avait gagné $200 000 à la loterie. Il s'est acheté une nouvelle maison, une nouvelle auto et il a fait cadeau de $1 000 à chacun de ses amis. Après un mois il avait tout dépensé. Qu'aurais-tu fait?

EN GARDE!

Le passé du conditionnel + *si* + le plus-que-parfait

Je t'**aurais donné** de l'argent si j'**avais su** que tu en avais besoin.

Nous **aurions visité** le musée si nous **avions eu** le temps.

Elle **serait allée** en Europe si elle **avait eu** assez d'argent.

Si tu **étais allé** à la partie, tu **te serais** bien **amusé.**

Quel temps emploie-t-on dans la proposition qui commence par **si**?
Quel temps emploie-t-on dans la proposition principale?
Ces phrases conditionnelles expriment des suppositions ou ce qui se serait passé dans certaines circonstances.
Les actions dans les propositions principales se sont-elles passées?
Quelle proposition exprime la circonstance dans laquelle l'action principale se serait passée?
Pour chaque phrase, indiquez la circonstance nécessaire pour que l'action dans la proposition principale ait lieu.

D. Complétez les phrases suivantes par la forme qui convient du verbe entre parenthèses en utilisant le plus-que-parfait ou le passé du conditionnel selon le cas.

Si Denis avait complété l'examen, il _____ la meilleure note. (recevoir)

Si Denis avait complété l'examen, il **aurait reçu** la meilleure note.

Si Aimée _____ à la partie, elle aurait rencontré Pierre. (venir)

Si Aimée **était venue** à la partie, elle aurait rencontré Pierre.

1. Si Roger avait suivi le cours de physique, il _____ étudier la médecine à l'université. (pouvoir)
2. Si le professeur n'_____ pas _____ l'histoire, les élèves ne l'auraient pas comprise. (expliquer)
3. Si tu avais passé l'été au Québec, tu _____ beaucoup de français. (apprendre)
4. Si nous _____ l'heure de votre arrivée, nous vous aurions rencontré à l'aéroport. (savoir)
5. Les élèves _____ à la classe d'histoire à l'heure, s'ils s'étaient dépêchés après la classe d'éducation physique. (arriver)
6. Vous auriez gagné beaucoup d'argent si vous _____ un poste dans cette compagnie. (accepter)
7. J'_____ à la question si j'avais su la réponse. (répondre)
8. Tes parents auraient été furieux si tu _____ à trois heures du matin. (rentrer)

E. Voici une série de situations qui auraient pu être malheureuses ou difficiles si les circonstances avaient été différentes. Composez des phrases conditionnelles en suivant les exemples pour exprimer ce qui aurait pu se passer.

Je n'ai pas manqué la première classe parce que tu m'as conduit à l'école.

Si tu ne m'avais pas conduit à l'école, j'aurais manqué la première classe.

La classe d'anglais était intéressante parce que le professeur était bon.

Si le professeur n'avait pas été bon, la classe d'anglais n'aurait pas été intéressante.

1. Thérèse n'a pas échoué à l'examen parce que Monique l'a aidée à étudier.
2. Mme Bezaire n'est pas morte de cette maladie grave parce que le médecin lui a sauvé la vie.
3. L'enfant n'est pas tombé parce que sa mère l'a attrapé.
4. Je n'ai pas oublié mon cahier avec mes devoirs parce que ma soeur m'a rappelé de l'apporter avec moi.
5. Tu as bien répondu parce que Luc t'a dit la réponse.
6. Cette équipe a gagné le match parce que les joueurs ont bien joué.
7. Vous avez reçu le poste dans cette compagnie parce que vous étiez le meilleur candidat.
8. La soirée était si fantastique parce que Nancy a joué de sa guitare et a chanté.

F. Complète ces phrases comme tu veux.

1. Si j'avais pu choisir mon nom, je me serais appelé(e) …
2. Si j'avais gagné à la loterie …
3. Si j'avais su (que) …
4. Si j'étais allé(e) au concert des …, je …
5. Si j'avais pu être un personnage célèbre, …
6. Si j'étais sorti(e) hier soir, …
7. Si j'avais échoué à l'examen de …, mes parents …
8. Si j'avais oublié de …

A L'ACHAT D'EXPRESSIONS

Au rayon de l'alimentation fine

Marc et Anne sont dans l'épicerie fine.

Marc: Nous avons le meilleur projet: celui de faire des recherches sur l'alimentation fine.

Anne: D'accord! Qu'est-ce qu'il y a ici? (*Elle lit.*) Escargots à la bourguignonne.

Marc: (*Il hésite.*) Des escargots? Euh … je ne veux pas essayer des escargots.

Anne: Eh bien, il y a beaucoup de choix. Ici ils offrent des moules marinière – elles doivent être délicieuses.

Marc: Des moules? Elles ressemblent à des palourdes. Je ne suis pas un raton laveur, moi. Je ne vais pas manger de moules marinière!

Anne: (*Elle s'impatiente.*) Bon, que penses-tu de ce pâté de foie gras? Il a l'air très bon. Ou il y a aussi une terrine de lapin.

Marc: As-tu dit « foie »? Je déteste le foie. Et « terrine de lapin »? C'est cruel de manger des lapins.

Anne: (*Elle soupire.*) Ce n'est pas la même chose. Essayons encore! Ici ils ont des huîtres fraîches.

Marc: Des huîtres? Est-ce qu'elles sont encore vivantes? Non! Ne me parle pas d'huîtres!

Anne: Je le vois bien. Tu n'es pas prêt pour déguster la cuisine des gourmets. Mais tiens! J'ai une autre idée. Vois-tu la pâtisserie d'à côté?

Marc: (*avec enthousiasme*) Ah! oui! Enfin quelque chose de comestible.

Anne: Fantastique! Qu'allons-nous commander? Il y a des éclairs, des tartes aux fraises, un gâteau St-Honoré …

Marc: Oui, je pourrais manger un baba au rhum, ces mille-feuilles et deux ou trois choux à la crème.

Anne: Je crois que nous avons un autre problème. Comment allons-nous manger toutes ces pâtisseries?

Marc: Courage, ma chère! Il faut faire un effort pour nos recherches. Passe-moi un éclair!

un raton laveur

des palourdes

Alimentation fine

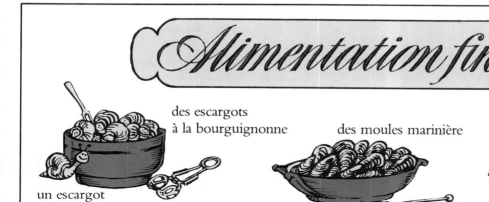

des escargots
à la bourguignonne

des moules marinière

du pâté de foie gras

un escargot

de la terrine de lapin

des huîtres fraîches

Pâtisseries

du gâteau St-Honoré

des babas au rhum

des choux à la crème

un mille-feuille

des tartes aux fraises

des éclairs au chocolat et au café

Compréhension

Répondez aux questions suivantes.

1. Où se trouvent Marc et Anne? Pourquoi sont-ils là?
2. Quels exemples de « cuisine des gourmets » y ont-ils trouvés?
3. A votre avis, pourquoi Marc ne veut-il pas essayer les escargots? Quelles raisons donne-t-il pour ne pas manger de moules marinière, de pâté de foie gras, de terrine de lapin ou d'huîtres fraîches?
4. Avez-vous jamais dégusté de l'alimentation fine? Donnez des exemples. Où l'avez-vous dégustée? Quand?
5. Aimeriez-vous manger des escargots, des moules marinière, du pâté de foie gras, de la terrine de lapin ou des huîtres? Lequel préféreriez-vous?
6. Qu'est-ce que Marc et Anne voient dans la pâtisserie d'à côté?
7. Aimez-vous les pâtisseries? Lesquelles?
8. Quel problème ont-ils maintenant selon Anne? Que pense Marc de ce problème?

De l'alimentation fine

Vocabulaire

Trouvez dans la colonne B la définition de chacun des mots de la colonne A.

A

1. l'alimentation (f.)
2. un chou à la crème
3. comestible
4. déguster
5. un éclair
6. une épicerie
7. un escargot
8. le foie
9. le gourmet
10. l'huître, la moule, la palourde
11. un mille-feuille
12. le pâté

B

a. boire ou manger
b. trois exemples de fruits de mer
c. de la viande hachée, cuite et conservée dans une terrine
d. le nom en général pour des choses à manger
e. un organe situé dans la partie supérieure droite de l'abdomen
f. un gâteau formé de nombreuses couches de pâte et de crème
g. mangeable (ce qui peut être mangé)
h. un gâteau arrondi rempli de crème
i. un magasin où l'on vend des produits (comestibles) variés
j. un petit gâteau allongé rempli d'une crème cuite
   (au café, au chocolat) et glacé sur le dessus
k. une personne qui connaît et qui aime la cuisine fine
l. un petit animal à coquille arrondie en spirale qui va très lentement

A faire et à discuter

1. Faites des recherches. Combien de calories (à peu près) y a-t-il dans chacune des pâtisseries mentionnées dans le dialogue (un baba au rhum, un chou à la crème, un morceau de gâteau St-Honoré, une tarte aux fraises, un éclair, etc.)?
2. Il y a un dicton: «Mois en R, où l'on peut manger des huîtres.» Quels sont les «mois en R» (mois avec un «r» dans le nom)? Pourquoi dirait-on ceci?
3. Trouvez la recette d'un des desserts suivants: la mousse au chocolat, la crème caramel, le flan.
4. A discuter. Les meilleurs chefs de cuisine sont en général des hommes. Vrai ou faux?

STRUCTURE

Depuis + l'imparfait

Le scientifique cherchait la formule depuis des années quand enfin il l'a découverte.

OBSERVATION GRAMMATICALE

Brigitte et Raoul **se connaissaient** depuis cinq ans quand ils se sont mariés.

Il **écrivait** son livre depuis huit mois quand il l'a fini.

Afin de devenir bilingues, nous **étudiions** le français et l'anglais depuis des années.

Dans ces phrases, quels verbes expriment un état ou une action qui a duré dans le passé?

A quel temps sont ces verbes?

Comment traduit-on ces phrases en anglais?

Exercices

A. Répondez aux questions suivantes en employant la réponse donnée.

Exemple

Depuis quand travaillais-tu quand elle est rentrée? (2 heures)

Je travaillais depuis deux heures quand elle est rentrée.

1. Depuis quand dépendais-tu de l'aide de tes amis avant de trouver enfin un poste? (3 mois)
2. Depuis quand cherchaient-ils le livre de recettes quand ils l'ont trouvé? (plusieurs jours)
3. Depuis quand le soldat était-il blessé quand on l'a trouvé? (2 jours)
4. Depuis quand menait-elle une vie tranquille quand tout a changé? (20 ans)
5. Depuis quand préparaient-elles le dîner du jour de l'An avant d'appeler les invités à table? (5 heures)
6. Depuis quand les outils étaient-ils disponibles quand on les a tous achetés? (2 semaines)
7. Depuis quand suiviez-vous le chemin quand vous avez eu l'accident? (20 minutes)
8. Depuis quand t'intéressais-tu à cette fille avant de lui parler? (2 ou 3 mois)

B. Complétez les phrases suivantes par la forme convenable d'un des verbes de la liste suivante.

aller/ attendre/ chercher/ être/ étudier/ habiter/ jouer/ préparer/ vendre

Exemple

Il _____ depuis une semaine afin de réussir à l'examen.

Il **étudiait** depuis une semaine afin de réussir à l'examen.

1. Le chef _____ son pâté de foie gras depuis plusieurs années avant d'en devenir célèbre.
2. Marie _____ constamment le nouveau disque de son groupe favori depuis un mois quand ses parents en avaient eu enfin assez.
3. J'_____ debout sous l'échelle depuis une minute quand l'outil m'est tombé sur la tête.
4. Nous _____ cette rue déjà depuis un an avant de faire la connaissance de nos voisins.
5. Il _____ des poêles à bois depuis des années avant de décider de vendre d'autres sortes de poêles.
6. _____-tu le médecin depuis longtemps quand il est enfin arrivé?
7. Le gourmet _____ un restaurant où il y avait des moules marinière excellentes depuis des mois quand enfin il a trouvé le restaurant « Le vieux pêcheur. »
8. Les Bénéteau _____ au sud en hiver depuis cinq ans quand ils ont acheté une maison en Floride.

C. Quel est l'équivalent en français? Cherchez les réponses dans la liste de verbes qui suit.

attendre/ chercher/ être/ habiter/ monter/ suivre

Exemple

Penny **était** en vacances depuis quelques jours quand elle est tombée malade.

Penny **had been** on vacation for several days when she fell ill.

1. Nous _____ la voiture depuis quelques minutes quand elle s'est arrêtée tout à coup.
   We **had been following** the car for several minutes when it stopped all of a sudden.
2. _____-vous la lettre depuis longtemps?
   Had you **been waiting** for the letter for a long time?

3. M. Dumont _____ la colline depuis une heure.
M. Dumont **had been climbing** the hill for an hour.

4. Les cerises n'_____ pas disponibles au magasin depuis plus d'une semaine.
Cherries **had not been** available at the store for more than a week.

5. Dracula _____ le sang d'une victime depuis minuit.
Dracula **had been looking** for the blood of a victim since midnight.

6. _____-tu dans l'Est depuis longtemps quand tu as décidé de déménager sur la côte Ouest?
Had you **been living** in the East for a long time when you decided to move to the West coast?

D. Réponds à ces questions personnelles.

1. Depuis quand attendais-tu ton professeur ce matin quand il est enfin entré dans la classe?
2. Depuis combien de temps regardais-tu la télé hier soir avant de te coucher?
3. Depuis quand allais-tu à l'école élémentaire avant de venir à cette école?
4. Qui a déménagé récemment? Depuis quand habitais-tu l'autre maison (appartement) avant de déménager?
5. Depuis quand penses-tu à aller chez le dentiste?
6. Depuis combien d'années étudiais-tu le français avant de venir à cette école? Avant d'entrer dans cette classe?

EN GARDE!

J'attendais **depuis** une demi-heure quand l'autobus est enfin arrivé.
Voilà une demi-heure **que** j'attendais quand l'autobus est enfin arrivé.
Ça faisait une demi-heure **que** j'attendais quand l'autobus est enfin arrivé.
Il y avait une demi-heure **que** j'attendais quand l'autobus est enfin arrivé.

Remarquez que toutes ces phrases indiquent une action qui a duré ou continué dans le passé jusqu'à une interruption.

Quelles expressions indiquent la durée de l'action?

E. Changez les phrases suivantes selon l'exemple en utilisant a) **Voilà ... que,** b) **Ça faisait ... que** et c) **Il y avait ... que.**

Exemple
Le repas était prêt depuis trois quarts d'heure quand les invités sont arrivés.

a) **Voilà** trois quarts d'heure **que** le repas était prêt quand les invités sont arrivés.
b) **Ça faisait** trois quarts d'heure **que** le repas était prêt quand les invités sont arrivés.
c) **Il y avait** trois quarts d'heure **que** le repas était prêt quand les invités sont arrivés.

1. Il cherchait des bûches dans la remise depuis dix minutes quand il en a trouvé deux ou trois.
2. Ils rentraient la récolte depuis une semaine quand il a commencé à pleuvoir.

3. M. Moison élevait des chevaux depuis des années quand il a vendu sa ferme.
4. L'enfant enrhumé reniflait depuis cinq minutes dans la classe quand l'institutrice lui a donné un mouchoir.
5. Monique étudiait depuis une heure quand Pierre lui a téléphoné.
6. Les élèves jouaient dans la cour depuis quinze minutes quand on a sonné la fin de la récréation.
7. Mme Dubois travaillait dans ce laboratoire depuis cinq ans quand elle a trouvé un autre poste.
8. Je lisais depuis une demi-heure quand j'ai entendu quelqu'un ou quelque chose dans la cuisine.

F. Complétez les phrases par la forme qui convient d'un verbe de la liste suivante.

attendre/ chercher/ collectionner/ être/ étudier/ faire/ habiter/ lire/ neiger

Exemple
Ça faisait des années qu'il _____ des timbres.
Ça faisait des années qu'il **collectionnait** des timbres.

1. Voilà dix ans que nous _____ cette rue.
2. Il y avait trois ans qu'ils _____ fiancés quand il se sont mariés.
3. Il _____ depuis trois jours et les autos ne pouvaient pas circuler dans les rues à cause de la neige.
4. Ça faisait dix ans que Bill _____ le français.
5. Les élèves _____ des recherches dans le centre de ressources depuis dix minutes quand le professeur est entré.

6. Voilà une semaine que je _____ mon disque favori quand je me suis rappelé que je l'ai prêté à Jacqueline.
7. Il y avait trois semaines que Paul _____ une réponse à sa lettre quand enfin il l'a reçue.
8. Ça faisait deux jours que Nicole _____ le roman quand elle l'a fini.

L'origine du mot *barbecue*

Savez-vous l'origine du mot **barbecue**? On pense que le mot **barbecue** provient des colons français en Floride qui rôtissaient les chèvres locales, tout entièrement, **de barbe en queue.**

Michel **attend** le taxi **depuis** vingt minutes.

Michel **attendait** le taxi **depuis** vingt minutes quand il est arrivé.

Ça fait dix ans **que** nous **habitons** cette maison.

Ça faisait dix ans **que** nous **habitions** cette maison quand nous avons déménagé.

Il y a cinq ans **qu'**elle **étudie** l'espagnol.

Il y avait cinq ans **qu'**elle **étudiait** l'espagnol quand elle est allée au Mexique.

Voilà une heure **qu'**il **regarde** la télé.

Voilà une heure **qu'**il **regardait** la télé quand Debbie lui a téléphoné.

Quelles phrases ci-dessus indiquent des actions qui ont commencé au passé et qui continuent encore?

Quelles phrases ci-dessus indiquent des actions qui ont commencé et duré au passé, mais qui étaient interrompues par une autre action?

Comment traduit-on en anglais les phrases ci-dessus?

G. Changez les phrases suivantes en ajoutant les renseignements entre parenthèses. Utilisez l'exemple comme modèle.

Exemple
Voilà trois heures que Jacques **joue** aux cartes avec ses amis. (sa femme lui a téléphoné)
Voilà trois heures que Jacques **jouait** aux cartes avec ses amis **quand** sa femme lui a téléphoné.

1. Voilà une heure que Marie **travaille** à la bibliothèque. (elle a fini ses devoirs)

2. Voilà six mois que les Lapierre **cherchent** une maison. (ils en ont acheté une)
3. Voilà trente ans que M. Lefebvre **travaille** comme plombier. (il a pris sa retraite)
4. Voilà trois heures que Gisèle **écoute** la radio. (elle s'est endormie)
5. Béatrice **écrit** son roman depuis un an. (elle l'a enfin fini)
6. Yves **joue** comme ailier gauche depuis deux ans. (il est devenu gardien de but)
7. Le chien **attend** sa nourriture depuis un quart d'heure. (sa maîtresse la lui a préparée)
8. Ces élèves **font** des exercices spéciaux dans le gymnase depuis trois semaines. (ils en ont démontré aux autres)

H. Réponds à ces questions personnelles.

1. Ça fait combien d'années que tu viens à cette école?
2. Sais-tu conduire? Depuis quand conduis-tu?
3. Sors-tu avec un(e) ami(e) préféré(e)? Ça fait combien de mois que tu sors avec lui/elle?
4. Joues-tu d'un instrument de musique? Duquel? Depuis quand joues-tu de cet instrument?
5. Qui fumait qui ne fume plus? Ça faisait combien d'années que tu fumais quand tu as décidé de cesser?
6. Qui suivait des cours de musique, mais ne les suit plus? Il y avait combien d'années que tu suivais des cours de musique quand tu les as arrêtés?
7. A quel sport jouais-tu auquel tu ne joues plus? Depuis combien d'années jouais-tu à ce sport quand tu as décidé que tu ne voulais plus y jouer?
8. Quand tu étais plus jeune, collectionnais-tu quelque chose? Quoi? Ça faisait combien d'années que tu en collectionnais quand tu as cessé de les collectionner?

L'ART DE CONVERSER

Comment exprimer le pour et le contre d'une question

Situation:	Le comité d'élèves chargé d'arranger la soirée dansante essaie de décider où l'événement aura lieu: au gymnase de l'école ou à un hôtel en ville.
Jean-Jacques:	D'un côté, ça va être moins cher si le bal a lieu ici à l'école, mais d'un autre côté, tout sera beaucoup plus élégant à l'hôtel.
Pauline:	N'oubliez pas que si nous nous décidons pour l'hôtel, leur service de banquet va arranger un dîner spécial. Autrement, ce sera à nous de faire les préparatifs pour le repas.
Marie:	Tu as raison, Pauline; il sera plus facile si l'hôtel arrange le repas; cependant, je préfère l'école comme lieu du bal. Après tout, nous n'avons pas besoin d'un repas spécial: les élèves préfèrent de la pizza ou du poulet frit et des frites et tout ça c'est facile à commander.
Luc:	L'hôtel sera plus élégant que l'école; pourtant, notre gymnase est plus grand que la salle de bal de l'hôtel et de plus, nous pourrions décorer le gymnase comme nous le voudrions.

Serge:	Admettons ceci: la chose la plus importante, c'est la musique. Nous aurons plus de choix quant à la musique si nous nous décidons pour notre école parce que nous aurons plus d'argent pour payer les musiciens. Toutefois, si vous préférez l'hôtel, je ne m'y opposerai pas.
Pauline:	Malgré tout, je préfère l'hôtel. C'est tellement romantique à l'hôtel!
Jean-Jacques:	Une dernière considération: combien d'argent avons-nous pour arranger la soirée dansante? L'hôtel va demander cinq mille dollars, mais ça c'est tout inclus: la salle, le repas, la musique et les décorations.
Marie:	A présent, nous n'avons que deux cents dollars. Néanmoins, nous pourrions vendre des billets à trente dollars chacun.
Jean-Jacques:	Soixante dollars le couple?!? Jamais! Je crois que nous avons pris la décision: la soirée dansante sera dans le gymnase de l'école.
Les autres:	D'accord!
Pauline:	Quand même, ça aurait été si élégant à l'hôtel!

Remarquez les mots que les élèves ont utilisés pour introduire le pour et le contre dans la discussion:
d'un côté, d'un autre côté, n'oubliez pas que …, autrement, cependant, après tout, pourtant, admettons ceci, toutefois, malgré tout, néanmoins, quand même, une dernière considération
Remarquez aussi comment ils ont utilisé ces mots.

Exercices

Maintenant choisissez une des situations suivantes et essayez de faire deux ou trois phrases qui expriment « le pour » de la situation et deux ou trois phrases qui expriment « le contre ». Arranger le tout sous forme de saynète.

Situations

1. Un élève qui a eu des difficultés à l'école décide de quitter l'école et d'essayer de trouver un emploi (un travail).
2. Les élèves de votre école viennent d'élire le meilleur acteur (la meilleure actrice) de l'école comme président(e) du Conseil des élèves. Cet (Cette) élève a promis des choses incroyables avant le scrutin.
3. Vos amis Fernand et Julie vont se marier cet été avant de finir leurs études.
4. Le professeur d'histoire a dit qu'il permettrait aux élèves d'apporter les textes et les cahiers pour les aider pendant l'examen.
5. Un de vos amis a mis beaucoup d'argent de côté parce qu'il voulait aller à l'université. Soudainement, il annonce qu'il va utiliser tout l'argent pour acheter une voiture.

STRUCTURE

ne ... ni ... ni ...

Alexandre est très grand; Tom est plutôt petit; mais Laurent n'est ni grand ni petit.

OBSERVATION GRAMMATICALE

Marc **n**'aime **pas** la musique classique?
Non, il **n**'aime **ni** la musique classique **ni** la musique pop.

Quelle expression négative emploie-t-on au lieu de **ne ... pas** s'il y a deux éléments dans la phrase négative?

Avez-vous des huîtres ou des moules? Non, nous **n**'avons **ni** huîtres **ni** moules.
As-tu vu Maurice ou Bertrand? Non, je **n**'ai vu **ni** l'un **ni** l'autre.
Pauline et Suzanne sont ici? Non, **ni** Pauline **ni** Suzanne **n**'est ici.
Il est fâché contre ses parents? Oui, et il **ne** parle **ni** à son père **ni** à sa mère.
Le malade **ne** peut **ni** se lever, **ni** manger, **ni** s'habiller.

Que veut dire **ne ... ni ... ni**?

Où place-t-on le **ne**? Où place-t-on **ni ... ni**?

Remarquez qu'on n'utilise ni le partitif (**du, des, de la, de l'**) ni l'article indéfini après **ni ... ni ...**. Dans ce cas, **ni** va juste devant le nom: **ni huîtres ni moules.**

Exercices

A. Mettez les phrases suivantes à la forme négative en utilisant l'expression négative **ne ... ni ... ni ...**.

Exemple
Paul mange du gâteau et de la crème glacée.
Paul **ne** mange **ni** gâteau **ni** crème glacée.

1. Nous achetons des éclairs et des tartes aux fraises.
2. Jacques étudie les mathématiques et les sciences.
3. Robert a parlé au professeur et au directeur.
4. L'enfant veut se reposer et dormir.
5. Les élèves sont méchants et paresseux.
6. Tu as un frère et une soeur?
7. M. Bondy a écrit des romans et des poèmes.
8. Marcel et Jean-Jacques étaient ici.

B. Répondez aux questions suivantes à la forme négative en utilisant l'expression **ne ... ni ... ni ...**.

Exemple
Avez-vous acheté des chemises ou des chaussures?
Nous **n'**avons acheté **ni** chemises **ni** chaussures.

1. As-tu étudié l'histoire ou la géographie du Canada?
2. A-t-elle écrit à sa tante et à ses cousines?
3. Ont-ils joué au basket-ball ou au base-ball?
4. Avez-vous vu leurs photos et leurs souvenirs de leur voyage en Afrique?
5. A-t-il acheté une motocyclette ou une auto?
6. Le film était-il amusant et intéressant?
7. Rose-Marie et Angèle ont été absentes hier?
8. Yves veut construire, réparer et vendre des maisons?

C. Complète ces phrases comme tu veux.

1. Je ne mange ni ... ni ...
2. Je n'aime ni ... ni ... (émissions de télé, cours à l'école, etc.)
3. Je ne comprends ni ... ni ...
4. Je ne veux ni ... ni ... (ni ...)
5. Ni ... ni ... n'est ici aujourd'hui.
6. Hier soir, je n'ai parlé au téléphone ni à ... ni à ...
7. Je ne suis ni ... ni ...
8. Cette année, je n'ai suivi ni le cours de ... ni le cours de ...

Des pâtisseries

LECTURE

Un jour de l'An chez les Brière

James Quig

(Suite et fin)

Le repas était si bon que je n'ai pas regretté un seul instant la dinde. Dès que la dernière tablée fut débarrassée,[1] Gordon s'éclipsa[2] et aussitôt après le père Noël arriva dans la cour, juché[3] sur un tracteur, en faisant éclater son rire sonore: sur l'épaule il portait une poche de cadeaux et de gâteries[4] pour tout le monde.

Robert, le frère aîné de ma femme, entonna[5] des chansons de Maurice Chevalier tout en se berçant[6] dans son fauteuil[7] préféré, mais Mme Brière lui vola la vedette[8] en interprétant, comme chaque année, *La Chandelle*[9] son grand succès.

Les chansons finies, Fernand installa la table à cartes, et Edna, une autre de mes belles-soeurs, me chuchota[10] à l'oreille:

— Si tu joues avec lui, fais bien attention à toi, il n'aime pas perdre.

— Ça m'est égal,[11] lui répondis-je, je ne joue pas aux cartes. Personne n'y joue chez nous.

Tout le monde se tut instantanément et mes beaux-parents[12] regardèrent leur fille avec stupéfaction:

— C'est vrai qu'il ne joue pas aux cartes? Même pas au cinq cents?

— Mais oui, c'est vrai, répliquai[13]-je, tout comme elle ne mange jamais de plum-pudding, même pas au jour de l'An.

— Et j'imagine que tu ne sais même pas tirer au poignet[14], dit Antoine, en faisant gonfler[15] ses biceps de 18 ans.

— C'est moi le champion à mon bureau, lui lançai-je.

Et je le battis trois fois de suite.

— Jusqu'à quand la fête va-t-elle durer? demandai-je.

— Elle ne fait que commencer, dit Françoise; maintenant, c'est l'heure de la guignolée.[16]

Nous nous sommes entassés[17] dans des voitures et des camionnettes et sommes partis dans la nuit, en faisant étape[18] à chaque ferme. Partout, on semblait content de nous voir et j'eus vraiment l'impression qu'on nous attendait, même si nous n'avions pas annoncé notre visite. L'une des fermes était plongée dans le noir, mais nous nous sommes tout de même engagés[19] dans l'entrée. «Ils sont allés fêter avec les Anglais la nuit dernière», dit Robert.

— Est-ce qu'ils ne vont pas être furieux si on les réveille? demandai-je.

— On ne restera pas longtemps, dit Fernand, en cognant[20] à la porte. C'est pas le temps de dormir. Tout le monde fête!

René donna un petit coup de klaxon et Edna entonna la chanson: «C'est dans le temps du jour de l'An, on s'donne la main, on s'embrasse …»

Une lampe s'alluma à l'étage. Un rideau s'écarta.[21] Un visage ensommeillé[22] apparut. En quelques secondes, toute la maison était réveillée, la porte s'ouvrit et, avant que j'aie pu[23] trouver un endroit où accrocher[24] mon manteau, Gordon avait sorti son violon, Mme Brière s'était mise à chanter, le petit verre repassait joyeusement de main en main et M. Brière était lancé dans la description des horizons sans fin de la Saskatchewan. 35

Nous étions de retour à la maison à 4 heures du matin et je disposai[25] quelques coussins[26] par terre devant le poêle pour m'y étendre.[27] Mon beau-père avait encore envie de chanter, mais, de sa chambre, sa femme lui rappela qu'il fallait «faire le train» à 6 heures, et il finit par aller se coucher.

Voilà maintenant une vingtaine[28] d'années de cela, mais je m'en souviens comme si c'était hier. 40 Les temps ont bien changé pourtant:[29] l'année dernière, le père Noël est venu à skis de fond, les vieilles chansons ont cédé la place à Beau Dommage[30] et aux danses disco dans le salon. Et de plus en plus nombreux sont ceux qui préfèrent le beaujolais[31] au whisky blanc.

Si Mme Brière a maintenant un beau grand congélateur[32] dans sa cave[33] pour remplacer la vieille armoire[34] de la remise, elle est toujours championne incontestée du ragoût de boulettes, et son mari, 45 quant à lui, a conservé le même entrain pour faire passer le petit verre de l'amitié.

Cette année, Suzanne, la fille de Gordon et de Marie, va venir avec ses nouveaux jumeaux[35] … Quant à moi, je crois bien que je vais apporter une dinde!

Sélection du *Reader's Digest*, janvier 1979

Lexique

[1]**fut débarrassée (débarrasser):** (le couvert de la table) fut enlevé

[2]**s'éclipsa (s'éclipser):** disparut (disparaître)

[3]**juché (jucher):** posé, perché (*perched*)

[4]**une gâterie:** un petit cadeau

[5]**entonna (entonner):** commença à chanter

[6]**se berçant (se bercer):** se balançant (*rocking himself*)

[7]**un fauteuil:** *armchair*

[8]**lui vola la vedette:** *stole the show from him*

[9]**une chandelle:** une bougie

[10]**chuchota (chuchoter):** murmura; parla bas

[11]**ça m'est égal:** ça ne me fait rien

[12]**les beaux-parents:** les parents de l'épouse (les parents de l'époux)

[13]**répliquai (répliquer):** répondis

[14]**un poignet:** *wrist*; **tirer au poignet:** *to arm-wrestle*

[15]**gonfler:** distendre, faire enfler; *ici: to flex his biceps*

[16]**la guignolée:** le tour de visites aux voisins le jour de l'An

[17]**nous nous sommes entassés (s'entasser):** *we crammed in*

[18]**une étape:** un lieu d'arrêt

[19]**nous nous sommes engagés (s'engager):** nous sommes entrés dans

[20]**cognant (cogner):** frappant

[21]**s'écarta (s'écarter):** s'ouvrit d'une direction (*moved to one side*)

[22]**ensommeillé:** mal réveillé; sous l'influence du sommeil

[23]**avant que j'aie pu:** *before I was able* (**j'aie pu:** le passé du subjonctif)

[24]**accrocher:** suspendre à un clou, à un crochet

[25]**disposai (disposer):** arrangeai

[26]**un coussin:** *cushion*

[27]**m'y étendre (s'étendre):** se coucher tout du long; s'allonger

une vingtaine: à peu près vingt
pourtant: conjonction qui indique une opposition (*however*)
Beau Dommage: un groupe pop
le beaujolais: une sorte de vin
le congélateur: *freezer*

la cave: la partie souterraine d'une maison
une armoire: un meuble en bois fermé de portes où l'on garde les vêtements, le linge, des aliments, etc.
les jumeaux (f. jumelles): des frères (soeurs) né(e)s en même temps (*twins*)

Compréhension

Répondez aux questions suivantes.

1. Comment le père Noël est-il arrivé? Qui a joué le rôle du père Noël?
2. Après la distribution des cadeaux, qu'est-ce que Robert et Mme Brière ont fait?
3. Qu'a-t-on fait ensuite?
4. Pourquoi les beaux-parents de James étaient-ils stupéfiés par leur beau-fils?
5. Que pensait Antoine? Avait-il raison? Pourquoi?
6. Qu'est-ce que c'est que « la guignolée » ?
7. Qu'est-ce que les Brière ont fait quand ils sont arrivés à une ferme où tout le monde dormait?
8. Les gens de cette ferme étaient-ils contents de voir la famille Brière? Comment le savez-vous?
9. A quelle heure sont-ils retournés à leur ferme?
10. Où James a-t-il dormi cette nuit et comment a-t-il préparé son « lit » ?
11. Comment les temps ont-ils changé depuis ce jour de l'An que James Quig a décrit?
12. Quels aspects de la fête et de la famille Brière sont encore aujourd'hui comme ils étaient il y a une vingtaine d'années?

Vocabulaire

A. Complétez chaque phrase par un des mots ou des expressions de la liste suivante.

accroché/ chuchoter/ congélateur/ coussins/ ensommeillé/ entonné/ étendu/ fauteuils/ jumeaux/ m'est bien égal/ pourtant/ tire au poignet

1. J'aimerais aller au cinéma ce soir; _____, il faut que je finisse mes devoirs; donc, je vais rester à la maison.
2. Micheline a _____ la chanson « Évangéline ».
3. En été, Mme Arsenault prépare des légumes et des fruits pour toute l'année et elle les conserve dans son _____.
4. Ces deux petits garçons se ressemblent comme deux gouttes d'eau; ce sont des _____?
5. Dans le salon il y a un sofa, trois _____, plusieurs petites tables, des lampes et le piano.
6. Gilles est très fort et il a les bras bien musclés; il gagne toujours quand il _____ _____.
7. Quand la mère a réveillé son enfant, il était encore à moitié endormi et il avait le visage tout _____.
8. Sur le lit il y avait des draps, une couverture, deux oreillers et trois petits _____ arrondis.
9. Pourquoi parles-tu si bas? Il n'est pas nécessaire de _____ ici.
10. Les élèves sont entrés dans la classe; ensuite ils ont _____ les manteaux dans le vestiaire.
11. — Voulez-vous venir avec nous ou avec Jean-Luc?
    — Je ne sais pas; ça _____ _____ _____.
12. Josée était assise devant la télé et son chien était endormi _____ à ses pieds.

B. Trouvez dans la lecture un synonyme de chacun des définitions ou des mots suivants.

1. répondre
2. disparaître
3. la partie souterraine d'une maison
4. une bougie

5. frapper
6. à peu près vingt
7. les parents de votre mari (femme)
8. arranger

A ton avis

1. Quel cadeau aimerais-tu recevoir? Quelles gâteries reçois-tu généralement à Noël ou pour ton anniversaire?
2. Aimes-tu jouer aux cartes? Quels jeux de cartes connais-tu? Quand joues-tu aux cartes?
3. Qui dans cette classe sait tirer au poignet? Qui est le champion (la championne)?
4. Comment te sens-tu si des ami(e)s arrivent très tard pour te rendre visite? Que ferais-tu si quelqu'un arrivait te rendre visite et tu t'étais déjà couché(e)?
5. As-tu jamais passé une nuit à visiter des ami(e)s ou à une partie? Quand? Comment te sentais-tu le lendemain?
6. Fais-tu du ski de fond ou du ski alpin? Lequel préfères-tu? Pourquoi?

7. Comment et où as-tu passé le dernier jour de l'An?
8. Quels seraient les avantages et les désavantages d'avoir un frère jumeau (une soeur jumelle)?

A faire et à discuter

Discutez le pour et le contre des suggestions suivantes.

1. On devrait toujours donner des cadeaux pratiques à Noël ou pour un anniversaire.
2. Quand un couple se marie, il est préférable de leur donner de l'argent au lieu d'un cadeau.
3. On peut manger autant qu'on veut et ce qu'on veut à une fête si l'on est prêt à jeûner avant et à suivre un régime sévère après.
4. Jouer aux cartes est un passe-temps bien inutile.

Faites des recherches.

Au début de l'unité, vous avez recherché *quand* les personnes d'autres cultures et d'autres religions fêtent le jour de l'An. Maintenant choisissez un groupe et faites un rapport qui traite *comment* ce groupe fête le jour de l'An. Exemples: les Chinois, les Hindous, les Musulmans, les Grecs, les Japonais, les Juifs, les Ukrainiens.

L'hiver à la campagne

POT-POURRI

A. Votre réaction, s'il vous plaît.

B. Complétez le dialogue suivant en mettant les verbes entre parenthèses au plus-que-parfait ou au passé du conditionnel selon le cas.

Maurice et Josée sont sortis en auto quand tout d'un coup il y a eu une crevaison.

Josée: Qu'est-ce qui est arrivé?

Maurice: C'est une crevaison.

Josée: Si tu n'_____ pas _____ (conduire) si vite dans cette rue terrible, nous n'_____ pas _____ (avoir) ce problème.

Maurice: Ce n'est pas ma faute et je sais changer un pneu crevé.

Josée: Commence tout de suite. Il faut que je rentre avant six heures.

Maurice: (*Il ouvre le coffre.*) Euh – Josée, nous avons un autre problème. Je ne peux trouver ni le cric ni la roue de secours.

Josée: Si tu _____ (demander) la permission à ta mère avant de prendre l'auto, elle t'_____ (dire) que la roue de secours n'était pas dans le coffre. Qu'est-ce que nous allons faire maintenant?

Maurice: Peut-être qu'une autre auto passera.

Josée: C'est peu probable. Si tu n'_____ pas _____ (choisir) cette rue déserte, il y _____ (avoir) une possibilité de circulation, mais pas ici.

Maurice: Nous pourrions marcher; ce n'est que cinq kilomètres.

Josée: Avec mes souliers? Je ne pourrais pas marcher cinq kilomètres.

Maurice: Si tu n'_____ pas _____ (mettre) ces souliers ridicules, nous _____ (pouvoir) marcher.

Josée: Si je n'_____ pas _____ (être) si stupide, je n'_____ jamais _____ (accepter) de sortir avec toi et tu peux être certain que je ne sortirai plus jamais avec toi!

Maurice: Josée!!

C. Mettez les phrases suivantes à la forme négative en remplaçant le(s) mot(s) en caractères gras par une expression négative.

ne ... aucun/ ne ... jamais/ ne ... ni ... ni (ni ... ni ... ne)/ ne ... (à) personne (personne ... ne)/ ne ... plus/ ne ... que/ ne ... rien (rien ... ne)

Exemple
Je fais **toujours** mes devoirs en classe.
Je **ne** fais **jamais** mes devoirs en classe.

1. Jacqueline a parlé à **M. Lajeunesse**.
2. Elle prend **du** sucre et **de la** crème dans son café.
3. Cet exercice a **une** faute.
4. J'ai entendu **quelque chose**.
5. Victor a lu **seulement** un chapitre.
6. **Bill et David** sont allés à Calgary. (2 possibilités)
7. **Tout** est intéressant.
8. Elles étudient **souvent** à la bibliothèque. (2 possibilités)
9. Henri a eu **de la** difficulté avec cet exercice.
10. Mandy a invité **quelqu'un** chez elle.
11. Elle passe ses vacances **tout le temps** avec ses beaux-parents. (2 possibilités)
12. Robert donne **toujours quelque chose** à **ses amis**.

D. Voici la réponse. Posez la question correspondante.

Exemples

Jacques regardait la télé depuis sept heures du soir.

Depuis quelle heure du soir Jacques regardait-il la télé?

Oui, si j'avais pu lui parler, je lui aurais tout expliqué.

Lui aurais-tu tout expliqué si tu avais pu lui parler?

Elle n'a choisi ni la robe ni la blouse.

A-t-elle choisi la robe ou la blouse?

1. Maurice suivait des cours de russe depuis 1978.
2. Oui, si j'avais su la réponse, je la lui aurais dite.
3. Non, il n'a ni frère ni soeur.
4. Ça faisait quarante-cinq minutes qu'elle parlait au téléphone.
5. Oui, si elle avait écouté le professeur, elle aurait compris l'exercice.
6. Ni Andrée ni Denise n'a reçu une seule carte postale de Thérèse.
7. Il y avait une vingtaine d'années que les Laliberté habitaient cette maison.
8. Non, si vous ne nous l'aviez pas indiqué, nous ne l'aurions jamais reconnu.

E. Mettez les phrases suivantes au discours direct.

Exemples

Guillaume a dit qu'il avait conduit ses amis au concert.

Guillaume a dit: «J'ai conduit mes amis au concert.»

Brenda a dit qu'elle préparerait la salade.

Brenda a dit: «Je préparerai la salade.»

1. Jennifer a répliqué qu'elle viendrait quand elle aurait le temps.
2. Marcel a admis qu'il avait emprunté l'auto de sa mère, mais qu'il ne lui avait rien dit.
3. Beth a répondu qu'elle ne voulait pas aller à la colonie de vacances parce qu'elle savait que son ami Richard lui manquerait trop.
4. Ben a expliqué qu'il avait tout réparé, mais qu'il reviendrait quand même le lendemain.
5. Paul a dit qu'il écrirait la lettre avant la fin de semaine.
6. Nicole a dit que ses parents avaient acheté un congélateur.
7. Louise a expliqué que son mari n'avait aimé ni les fauteuils ni les divans ni les tapis de ce magasin.
8. Sylvie a dit qu'elle chercherait des coussins pour le divan dans le salon.

Brûlez les calories!

Diverses activités physiques vous permettent de brûler des calories à des taux variés. Par exemple, vous pouvez brûler les calories contenues dans un morceau de pain:

    en marchant pendant 15 minutes

    en nageant pendant 7 minutes

    en faisant de la bicyclette pendant 10 minutes

    en courant pendant 4 minutes

Le jogging

Activités en minutes

Nourriture	Calories	la marche	le cyclisme	la natation	le jogging
1 éclair au chocolat	275	53	34	25	15
10 pommes frites	156	30	19	14	8
un coke	105	20	13	9	5
1 demi-tasse de carottes	45	9	5	4	2
une pomme	76	15	9	7	4
la dinde rôtie (113 g.)	230	44	28	21	12

VOCABULAIRE ACTIF

Noms (masculins)

l'aîné
le beau-frère
le beau-père
le congélateur
le coussin
le fauteuil
le foie
le four
le fourneau
le poêle
le poignet
le raton laveur
le souhait

Noms (féminins)

l'aînée
l'alimentation
l'armoire
l'aube
la belle-mère
la belle-soeur
la cave
la chandelle
l'épicerie
la pâtisserie
la poignée de main
la récolte
la vingtaine

Verbes

accrocher
avaler
chuchoter
se débrouiller
déguster
se dérouler
se diriger
élever
s'étendre
s'étonner
manquer
se mettre à
poursuivre

Adjectifs

comestible
ensommeillé, -e

Adverbes

désormais

Conjonctions

pourtant
tandis que

Expressions

ça m'est égal

La francophonie

Femmes haïtiennes au travail

Fort de France, Martinique

Guadeloupe

Abidjan, Côte d'Ivoire

*L*e monde francophone

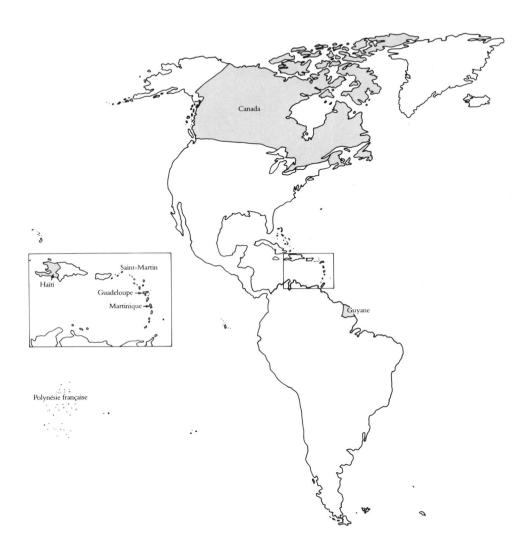

Pays où le français est la langue officielle

Pays où on parle français

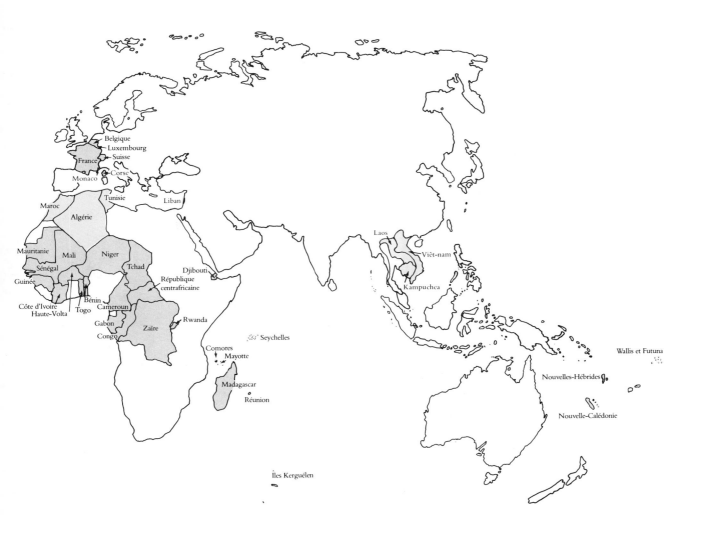

Belgique
Luxembourg
Suisse
France
Corse
Monaco
Tunisie
Liban
Maroc
Algérie
Mauritanie
Mali
Niger
Sénégal
Tchad
Guinée
Djibouti
République
centrafricaine
Côte d'Ivoire
Bénin
Haute-Volta
Togo
Cameroun
Gabon
Congo
Zaïre
Rwanda
Seychelles
Comores
Mayotte
Madagascar
Réunion
Laos
Viêt-nam
Kampuchea
Wallis et Futuna
Nouvelles-Hébrides
Nouvelle-Calédonie
Îles Kerguélen

POÉSIE DU MONDE FRANCOPHONE

Paul Verlaine

Paul Verlaine naquit en 1844 à Metz, France. Quand il était encore jeune sa famille s'installa à Paris. C'est là où il fit ses études et où il trouva un poste administratif qui lui laissa beaucoup de temps libre pour la poésie.[1] De caractère instable,[2] il se maria en 1869, mais en 1871 il abandonna sa femme et voyagea avec un autre poète, Arthur Rimbaud. Pendant une dispute il tira deux coups de revolver sur Rimbaud, qui fut légèrement blessé. Verlaine passa deux ans en prison, et mourut pauvre et malade en 1896.

Pourtant,[3] sa réputation littéraire[4] était grande, et beaucoup d'admirateurs allèrent à son enterrement.[5] «Monsieur Prudhomme» est le premier poème que Verlaine publia.

Lexique

[1]**la poésie:** un ensemble de poèmes
[2]**instable:** le contraire de stable
[3]**pourtant:** *however*
[4]**littéraire:** *adj. de* littérature
[5]**un enterrement:** une cérémonie pour quelqu'un qui vient de mourir

Monsieur Prudhomme

Paul Verlaine

Il est grave: il est maire[1] et père de famille.
Son faux-col[2] engloutit[3] son oreille. Ses yeux
Dans un rêve sans fin flottent,[4] insoucieux,[5]
Et le printemps en fleur sur ses pantoufles brille.

5 Que lui fait[6] l'astre[7] d'or, que lui fait la charmille[8]
Où l'oiseau chante à l'ombre,[9] et que lui font les cieux,[10]
et les prés[11] verts et les gazons[12] silencieux?
Monsieur Prudhomme songe[13] à marier sa fille

Avec monsieur Machin, un jeune homme cossu.[14]
10 Il est juste-milieu,[15] botaniste et pansu.[16]
Quant aux faiseurs[17] de vers,[18] ces vauriens, ces maroufles,[19]

Ces fainéants[20] barbus,[21] mal peignés, il les a
Plus en horreur[22] que son éternel coryza,[23]
Et le printemps en fleur brille sur ses pantoufles.

Lexique

[1]**un maire:** un chef d'une ville ou d'un village
[2]**un faux-col:** *detachable collar*
[3]**engloutit (engloutir):** avale
[4]**flottent (flotter):** *float*
[5]**insoucieux:** sans problèmes
[6]**que lui fait:** que lui importe
[7]**un astre:** une étoile
[8]**une charmille:** une allée d'arbres
[9]**une ombre:** un lieu à l'abri du soleil (*shade*)
[10]**les cieux (m.):** *pl. de* ciel
[11]**un pré:** un champ
[12]**un gazon:** *lawn*
[13]**songe (songer):** pense, rêve
[14]**cossu:** riche
[15]**juste-milieu:** *middle of the road (in politics)*
[16]**pansu:** quelqu'un qui a un gros ventre
[17]**un faiseur (f. faiseuse):** quelqu'un qui fait
[18]**un vers:** une ligne de poésie
[19]**un maroufle:** un vaurien
[20]**un fainéant:** quelqu'un qui est paresseux
[21]**barbu:** quelqu'un qui a une barbe
[22]**il ... a ... en horreur:** il déteste
[23]**un coryza:** un rhume de tête

Compréhension

Répondez aux questions suivantes.

1. Quel est le trait principal de la personnalité de M. Prudhomme?
2. a) Qu'est-ce qu'il fait dans la vie?
   b) Est-ce qu'il a beaucoup de responsabilités?
3. a) Est-ce que son faux-col est grand ou petit?
   b) D'après des photos que vous avez vues, le faux-col est-il un vêtement confortable?
   c) Est-ce que le faux-col de M. Prudhomme va bien avec sa personnalité? Expliquez.
4. Décrivez les yeux de M. Prudhomme.
5. a) Décrivez les pantoufles de M. Prudhomme.
   b) Vont-ils bien avec son caractère, son travail et ses vêtements? Pourquoi?
6. M. Prudhomme apprécie-t-il la nature? Donnez trois exemples.
7. A quoi pense-t-il?
8. a) Décrivez M. Machin.
   b) Pourquoi est-ce que M. Prudhomme veut marier sa fille avec lui?
   c) Est-ce que M. Machin et M. Prudhomme se ressemblent? Expliquez.
9. a) Est-ce que M. Machin ressemble aux poètes? Expliquez.
   b) M. Prudhomme aime-t-il les poètes? Expliquez.
      Quels mots emploie-t-il pour les décrire?
10. Le dernier vers est-il ironique? Pourquoi?

Vocabulaire

A. Dans le poème, trouvez un synonyme des mots suivants.

1. sérieux
2. avale
3. sans soucis
4. l'étoile
5. l'allée d'arbres
6. les champs
7. pense
8. riche
9. poètes
10. une personne paresseuse

B. Les noms ont souvent une signification; par exemple, « M. Boulanger » est une personne dont les ancêtres ont fait le pain.

Dans ce poème, les noms ont une signification aussi.

1. M. **Prudhomme** a deux significations possibles.
   a) un homme qui est **prude**
      Que signifie « prude »? Est-ce que c'est un mot qui décrit bien M. Prudhomme? Expliquez.
   b) un homme qui est **preux** (« Preux » est un vieux mot qui signifie « courageux »; par exemple, le roi Arthur était preux.) Est-ce que c'est un mot qui décrit bien M. Prudhomme? Expliquez.
2. M. **Machin** signifie **chose**.
   Est-ce que c'est un nom distingué? Est-ce que M. Prudhomme trouve le jeune homme distingué? Pourquoi? Alors, pourquoi le poète a-t-il choisi ce nom pour le jeune homme?

C. Expliquez le jeu de mots dans « il est maire et père de famille. »

A ton avis

1. Peut-on connaître une personne par ses vêtements? Donne un exemple.
2. a) M. Machin est-il sympathique?
   b) Quelles qualités devrait-on chercher dans un(e) fiancé(e)?
3. a) Est-ce que la fille de M. Prudhomme peut choisir son mari? Que penses-tu de cette situation?
   b) Certaines personnes disent que les mariages arrangés par les parents sont plus stables et plus heureux que les mariages d'amour. Es-tu d'accord? Pourquoi?
4. Est-ce que M. Prudhomme a une opinion réaliste des poètes?

Jacques Prévert

Né en 1900, Jacques Prévert est un des poètes français les plus connus de notre siècle. Il vécut à Paris, où il écrivit des poèmes et aussi des scénarios de films. Il mourut en 1977, mais ses poèmes continuent à être chantés et récités. Dans sa poésie il parle de l'amour, de la nature, et des enfants, et il critique les injustices sociales et la guerre.

Arc de Triomphe, Paris

Familiale

Jacques Prévert

La mère fait du tricot[1]
Le fils fait la guerre
Elle trouve ça tout[2] naturel la mère
Et le père qu'est-ce qu'il fait le père?

Il fait des affaires
Sa femme fait du tricot
Son fils la guerre
Lui des affaires
Il trouve ça tout naturel le père
Et le fils et le fils
Qu'est-ce qu'il trouve le fils?
Il ne trouve rien absolument rien le fils
Le fils sa mère fait du tricot son père des affaires lui la guerre
Quand il aura fini[3] la guerre
Il fera des affaires avec son père
La guerre continue la mère continue elle tricote[4]
Le père continue il fait des affaires
Le fils est tué il ne continue plus
Le père et la mère vont au cimetière
Ils trouvent ça tout naturel le père et la mère
La vie continue la vie avec tricot la guerre les affaires
Les affaires la guerre le tricot la guerre
Les affaires les affaires et les affaires
La vie avec le cimetière.

Extrait de *Paroles*, Jacques Prévert
Editions Gallimard

Lexique

[1]**le tricot:** *knitting*
 fait (faire) du tricot: *knits*
[2]**tout:** complètement
[3]**aura fini:** *finishes*
[4]**tricote (tricoter):** fait du tricot

Compréhension

Répondez aux questions suivantes.

1. Qui sont les membres de la famille?
2. a) Qu'est-ce que la mère fait?
   b) Qu'est-ce que le fils fait?
   c) Qu'est-ce que le père fait?
3. a) Comment la mère trouve-t-elle cette situation?
   b) Comment le père trouve-t-il cette situation?
   c) Est-ce que le fils en a une opinion aussi?
4. Qu'est-ce que le fils fera après la guerre?
5. Est-ce que la guerre finit vite?
6. Qu'est-ce que la mère, le père et le fils font pendant que la guerre continue?
7. a) Où les parents vont-ils après la mort du fils?
   b) Que pensent-ils de la mort de leur fils?
8. Quelle sorte de vie continue après la mort du fils?

Vocabulaire

A. Remplacez les tirets par un mot de la liste suivante.

guerre/ naturel/ affaires/ tout/ absolument/ tuer/ cimetière/ tricote/ vie/ fils

1. C'est une question de _____ ou de mort.
2. J'aime le goût _____ de ce yoghourt.
3. Pendant qu'elle regarde la télévision, elle _____.
4. Ces soldats viennent de partir pour la _____.
5. Il ne chasse pas parce qu'il ne veut pas _____ des animaux.
6. Je ne peux _____ pas sortir ce soir.
7. Je trouve que cet exercice est _____ simple.
8. L'enterrement aura lieu au _____.
9. Personne n'achète rien; alors, les _____ vont mal.
10. M. et Mme Perrin sont fiers de leur _____ parce qu'il a gagné un prix.

B. Utilisez les expressions suivantes avec **faire** dans une phrase qui en montre la signification.

Exemple
faire du soleil
S'il faisait du soleil, nous pourrions jouer dehors.

1. faire du tricot
2. faire du ski
3. faire la guerre
4. faire le ménage
5. faire des affaires
6. faire des réparations

A ton avis

1. Trouves-tu la mort du fils « tout naturel »? Explique ta réponse.
2. Est-ce que Jacques Prévert est pour ou contre la guerre? Explique ta réponse.
3. Prévert met ensemble la guerre, le tricot et les affaires.
   a) Comment est-ce que la guerre encourage le développement des affaires?
   b) Est-ce que la guerre peut encourager le tricot? Comment?
4. Est-ce qu'il y aura une troisième guerre mondiale?
5. Est-ce que l'homme moyen peut faire quelque chose pour encourager la paix? Quoi?

« Monsieur Prudhomme » et « Familiale »

A faire et à discuter

1. Verlaine et Prévert critiquent la société dans leurs poèmes. Connaissez-vous un autre auteur (de poèmes, de romans, ou de pièces de théâtre) qui fait la même chose? Qu'est-ce qu'il critique? Comment?

2. « Ces deux poèmes sont vieux, mais ils s'appliquent au monde d'aujourd'hui. » Discutez.

3. Dans certains pays, par exemple en France, le pays de Jacques Prévert, le service militaire est obligatoire. En travaillant en groupe, faites un débat où vous présentez le pour et le contre du service militaire obligatoire.

4. En regardant le dernier mot de chaque vers, trouvez les rimes dans chaque poème.

Rina Lasnier

Née en 1915 à Saint-Grégoire d'Iberville dans la province du Québec, Rina Lasnier passa son enfance[1] à la campagne, où elle apprit à aimer la nature. Après des études secondaires en Angleterre et à Montréal elle voulut devenir médecin, mais une longue maladie lui fit changer d'avis. Alors, elle étudia la littérature française et la bibliothéconomie.[2] Après quelques années de travail, elle décida de refuser un poste important dans la fonction publique[3] pour se consacrer à[4] une carrière littéraire. Cette décision porta des fruits:[5] jusqu'à présent, Rina Lasnier est l'auteur de plusieurs pièces de théâtre et de beaucoup de recueils[6] de poésie. Ses poèmes ont souvent un thème religieux.

Lexique

[1]**l'enfance (f.):** quand on est enfant
[2]**la bibliothéconomie:** ce qu'on étudie avant de travailler dans une bibliothèque
[3]**la fonction publique:** *civil service*
[4]**se consacrer à:** faire exclusivement
[5]**porta (porter) des fruits:** apporta du succès
[6]**un recueil:** un groupe de poèmes, de pièces, etc., en un volume

Rina Lasnier

Chanson

Rina Lasnier

Tu m'as dit: « J'ai besoin de toi ».
Pourtant c'est toi la source,[1] moi le caillou;[2]
toi l'arbre, moi l'ombre;
toi le sentier,[3] moi l'herbe[4] foulée.[5]

5   Moi j'avais soif, j'avais froid, j'étais perdue;
toi tu m'as soutenue,[6] rassurée et cachée dans ton coeur.
Pourquoi donc aurais-tu besoin de moi?

*
*   *

La source a besoin du caillou pour chanter,
l'arbre a besoin de l'ombre pour rafraîchir,[7]
10   le sentier a besoin de l'herbe foulée pour guider.[8]

Extrait de *Images et Proses,*
Editions du Richelieu, 1941

Lexique

[1]**une source:** de l'eau qui vient de la terre
[2]**un caillou:** *pebble*
[3]**un sentier:** un chemin
[4]**l'herbe (f.):** *grass*
[5]**foulée (fouler):** *trampled down*
[6]**soutenue (soutenir):** aidée
[7]**rafraîchir:** rendre plus frais (*to refresh*)
[8]**guider:** *to guide*

Compréhension

Répondez aux questions suivantes.

1. a) Qu'est-ce qu'on a dit au poète?
   b) Au début, est-ce que Lasnier comprend pourquoi on a dit cela?
2. a) Est-ce qu'il y a une relation entre le poète et l'autre?
   b) Quelles images décrivent cette relation? (trois)
3. Comment Lasnier était-elle avant de rencontrer l'autre?
4. Qu'est-ce que l'autre a fait pour elle?
5. a) Qui est plus fort, l'autre ou Lasnier?
   b) Alors, est-ce que l'autre semble avoir besoin d'elle?
6. a) A la fin, est-ce que Lasnier pense que l'autre a besoin d'elle?
   b) Par quelles images décrit-elle ce besoin? (trois)

Vocabulaire

A. Remplacez les tirets par un mot de la liste suivante.

pourtant/ source/ caillou/ ombre/ sentier/ herbe/ soif/ coeur/ rafraîchi/ guider

1. Armand connaît bien la route; alors, il va nous _____.
2. Ils ont bu l'eau d'une _____ dans les montagnes.
3. D'habitude quand il fait chaud on a _____.
4. J'aimerais aller au cinéma ce soir; _____, je devrais étudier.
5. Elle a mal au pied parce qu'elle a un _____ dans son soulier.
6. Ce verre de limonade m'a beaucoup _____.
7. Il fait trop chaud au soleil; je vais m'asseoir à l' _____.

8. L'_____ était très verte après la pluie.
9. Le jour de la Saint-Valentin, Pierre a donné à son amie une boîte de chocolats en forme de _____.
10. Nous avons suivi le _____ jusqu'au chalet.

B. Rina Lasnier aime beaucoup le nature. Quels mots de la liste suivante parlent de la nature?

1. besoin	9. sentier
2. arbre	10. sentir
3. abri	11. gazon
4. ombre	12. herbe
5. pourtant	13. foule
6. source	14. rassurer
7. sourd	15. rafraîchir
8. caillou	

C. Lasnier utilise des images de choses qui vont ensemble dans « Chanson ».
En choisissant un mot de la colonne A et le mot qui convient de la colonne B, trouvez les paires parmi les mots suivants.

Exemple
anniversaire / cadeau

A	**B**
1. source	a. amour
2. arbre	b. cadeau
3. sentier	c. caillou
4. poulet	d. poème
5. coeur	e. ombre
6. mari	f. oeuf
7. fille	g. herbe foulée
8. guerre	h. glace
9. vers	i. femme
10. eau	j. mort
11. anniversaire	k. fils

A ton avis

1. A qui est-ce que le poète parle dans «Chanson»?
2. Est-ce que les idées suivantes sont vraies ou fausses? Explique ton avis.
   a) Tout le monde a besoin de quelqu'un.
   b) On ne devrait jamais demander de l'aide à personne; c'est un signe de faiblesse.
   c) Quelqu'un qui se compare à un caillou a un complexe d'infériorité.
   d) Il est normal de se sentir perdu(e) de temps en temps.
   e) Si on soutient et rassure les autres, ils deviennent faibles et incapables de fonctionner.
   f) On doit avoir le sentiment d'être utile.

Birago Diop

Birago Diop naquit en 1906 au Sénégal, dans l'Afrique de l'Ouest. Après des études universitaires[1] en France, il rentra en Afrique pour y devenir vétérinaire. Sous l'influence d'autres écrivains africains[2] il commença à publier des contes,[3] pour lesquels il est maintenant bien connu. Il publia aussi un recueil de poésie en 1960. La même année, il devint ambassadeur sénégalais[4] en Tunisie.[5]

Lexique

[1]**universitaire:** à l'université
[2]**africains:** d'Afrique
[3]**un conte:** une petite histoire
[4]**sénégalais:** du Sénégal
[5]**la Tunisie:** un pays de l'Afrique du nord

Le palais présidentiel (au centre) Dakar, Sénégal

Impossibilité[1]

Birago Diop

Je voudrais vous dire des choses si tendres.
　　Vous murmurer[2] des mots si doux.
Que seules les fleurs mortes peuvent entendre
　　Car c'est tout ce que j'ai de vous.

Je voudrais vous confier[3] mon rêve de folie[4]
　　Mon beau rêve si insensé,[5]
Hanté par le spectre[6] de la mélancolie[7]
　　Où viennent sombrer[8] mes pensers.[9]

Je voudrais vous dire pourquoi mon âme pleure
　　Quand tout aime et refleurit.[10]
Pourquoi elle gémit[11] à la fuite[12] de l'heure
　　Qui part sans apporter l'oubli.[13]

Je voudrais vous dire comment je vous adore.
　　Hélas je ne le pourrais pas.
Et c'est en mon rêve qui s'envole[14] à l'aurore[15]
　　Que je dois le dire tout bas.

Extrait de *Leurres et Lueurs* (1960),
Présence Africaine, Paris

Lexique

[1]**une impossibilité:** une chose impossible
[2]**murmurer:** parler bas
[3]**confier:** dire en secret
[4]**la folie:** l'état d'être fou
[5]**insensé:** fou
[6]**un spectre:** une apparition menaçante
[7]**la mélancolie:** l'état d'être triste; la tristesse
[8]**sombrer:** *to sink*
[9]**un penser:** une pensée
[10]**refleurit (refleurir):** a encore une fois des fleurs
[11]**gémit (gémir):** *moans*
[12]**une fuite:** *flight*
[13]**l'oubli (*m.*):** quand on oublie
[14]**s'envole (s'envoler):** s'en va vite
[15]**une aurore:** une aube

Compréhension

Répondez aux questions suivantes.

1. A qui Diop voudrait-il parler?
2. a) Que voudrait-il dire?
   b) Que voudrait-il murmurer?
3. a) Qui est-ce qui peut entendre les paroles du poète?
   b) Pourquoi a-t-il des fleurs mortes?
   c) A-t-il autre chose de sa bien-aimée?
4. a) Qu'est-ce qu'il veut lui confier?
   b) Décrivez son rêve.
5. Est-ce que le poète est de bonne humeur? Expliquez.
6. a) Est-ce que la nature est triste?
   b) Quelle saison est-ce? Comment le savez-vous?
7. Est-ce que le passage du temps lui apporte une consolation?
8. a) Que voudrait-il dire à la fin?
   b) Pourrait-il le faire? Comment?

Vocabulaire

A. Voici la définition. Trouvez le mot défini dans le poème.

1. parler bas
2. pas vivantes
3. une suite d'images qu'on voit quand on dort
4. l'état d'être fou
5. qui n'a pas de sens
6. idées
7. se plaindre
8. aimer beaucoup
9. s'en aller vite
10. l'aube

B. Dans les listes suivantes, trouvez le mot qui n'appartient pas.

Exemple
oeuf/orange/orage
orage

1. dire/ murmurer/ se taire/ confier
2. tendre/ doute/ doux
3. folie/ insensé/ sensible
4. pleuvoir/ pleurer/ mélancolie/ gémir
5. fuite/ partir/ s'envoler/ partager
6. aimer/ amuser/ adorer

A ton avis

A. Décris

1. un incident où tu as été trop timide pour parler.
2. un beau cadeau que tu as donné à quelqu'un.
3. un rêve insensé que tu as fait.
4. un moment de mélancolie que tu as eu.
5. un moment difficile que tu as oublié avec le passage du temps.

B. Qu'est-ce que tu préférerais?

1. recevoir des fleurs ou des chocolats d'un(e) ami(e)
2. entendre des mots romantiques ou des mots drôles de quelqu'un que tu aimes
3. faire des rêves fous ou dormir sans rêves
4. être triste ou être sans émotions
5. aimer quelqu'un qui ne t'aime pas ou être aimé de quelqu'un que tu n'aimes pas

« Chanson » et « Impossibilité »

A faire et à discuter

1. « On a souvent besoin d'un plus petit que soi. »
   a) Etes-vous d'accord?
   b) Racontez un incident qui illustre cette idée.
   c) Connaissez-vous une fable qui illustre cette idée?
2. Que diriez-vous aux personnes suivantes pour les aider avec leurs problèmes?
   a) Jeanne: «Je vais à l'école, je fais mes devoirs, je mange, et je m'endors. J'ai l'impression que je ne suis pas utile à la société.»
   b) Laurent: «C'est bête, mais depuis que je ne sors plus avec mon amie, rien ne m'intéresse. Je ne réussis pas à l'oublier.»
   c) Jean-Jacques: «Je trouve que les gens sont trop matérialistes. Tout le monde pense à l'argent et personne ne pense aux choses importantes de la vie.»
   d) Line: «Je suis tombée amoureuse d'un garçon qui va à mon école. Je n'ose pas lui parler et je n'ose pas parler de mes sentiments à mes amies.»
3. « L'amour heureux n'est pas intéressant. »
   a) Etes-vous d'accord?
   b) Racontez une histoire d'un amour heureux et une histoire d'un amour malheureux.

Un village de huttes, Sénégal

UNITÉ 4

BUTS

Apprenez à toute vitesse

- quelque chose au sujet du Maroc et de son peuple ;
- à exprimer des sentiments ;
- à parler de vos possessions et de celles des autres ;
- à vous préparer à voyager ;
- à exprimer une généralisation ;
- à contredire une généralisation.

LECTURE

La Civilisation, ma Mère! …

Driss Chraïbi

La Civilisation, ma Mère! … *est l'histoire d'une mère de famille qui habite le Maroc, en Afrique du Nord. L'action se passe avant et pendant les années de la seconde guerre mondiale. Au début, cette femme ignore la vie moderne. Pourtant, avec l'aide de ses deux fils, le narrateur et Nagib, et au moyen du téléphone, de la radio et d'autres appareils électriques, cette femme se libère peu à peu de son ancienne vie encombrée de mythes et de superstitions, et commence à participer pleinement au nouveau monde technologique.*

La première lecture tirée du roman est une partie du premier chapitre et démontre la grande différence entre le monde dans lequel la mère existe et celui de ses deux fils, qui sortent chaque jour pour aller à un collège européen.

Je revenais de l'école, jetais mon cartable[1] dans le vestibule et lançais d'une voix de crieur public:

— Bonjour, maman!

En français.

Elle était là, debout, se balançant[2] d'un pied sur l'autre et me regardant à travers[3] deux boules de tendresse noire: ses yeux. Elle était si menue,[4] si fragile, qu'elle eût pu[5] tenir aisément[6] dans mon cartable, entre deux manuels scolaires qui parlaient de science et de civilisation. 5

— Un sandwich, disait mon frère Nagib. Tu coupes un pain en deux dans le sens de la longueur[7] et tu mets maman entre les deux tranches.[8] Haha! Evidemment, ce serait un peu maigre. Il faudrait y ajouter une plaquette[9] de beurre. Haha!

Il adorait sa mère. Jamais il ne s'est marié. Un mètre quatre-vingts centimètres à douze ans. Deux mètres dix à l'âge adulte. La force et la joie de manger et de rire, de se lever et de se coucher avec le soleil. 10

— Ecoute, mon fils, me disait ma mère avec reproche. Combien de fois dois-je te répéter de te laver la bouche en rentrant de l'école?

— Tous les jours, maman. A cette même heure. Sauf[10] le jeudi, le dimanche et les jours fériés.[11] J'y vais, maman. 15

— Et fais-moi le plaisir d'enlever ces vêtements de païen![12]

— Oui, maman. Tout de suite.

— Allez, va, mon petit! concluait Nagib en faisant claquer ses doigts. Obéis à la créatrice de tes jours.[13]

Elle marchait sur lui, le chassait à coups de torchon[14] de cuisine et il se sauvait, courbant[15] le dos, 20 terrorisé, hurlant de rire.[16]

J'allais me laver la bouche avec une pâte dentifrice de sa fabrication. Non pour tuer les microbes. Elle ignorait ce que c'était — et moi aussi, à l'époque (microbes, complexes, problèmes …). Mais pour chasser les relents[17] de la langue française que j'avais osé[18] employer dans sa maison, devant elle. Et j'ôtais[19] mes vêtements de civilisé, remettais ceux qu'elle m'avait tissés[20] et cousus[21] elle-même … 25

(*A suivre*)

Extrait de
La Civilisation, ma Mère! …,
Editions Denoël, 1972

Lexique

[1]**un cartable:** un sac d'écolier où l'élève met ses cahiers, ses livres, etc.

[2]**se balançant (se balancer):** bougeant alternativement d'un côté à l'autre

[3]**à travers:** *(through)*; *ici*: avec

[4]**menue:** petite, mince

[5]**qu'elle eût pu:** (le plus-que-parfait du subjonctif) qu'elle aurait pu

[6]**aisément:** facilement

[7]**dans le sens de la longueur:** dans la direction de la longueur

[8]**une tranche:** un morceau assez mince (de pain, gâteau, tarte) qu'on a coupé

[9]**une plaquette:** un petit morceau (de beurre)

[10]**sauf:** excepté

[11]**les jours fériés:** les jours de congé, où l'on ne travaille pas

[12]**un païen:** *pagan*

[13]**la créatrice de tes jours:** ta mère; celle qui t'a mis au monde

[14]**un torchon:** une sorte de serviette en toile (*duster* or *dishcloth*)

[15]**courbant (courber):** penchant; arrondissant

[16]**hurlant de rire (hurler):** riant très fort; **hurler:** crier

[17]**un relent:** une mauvaise odeur (qui reste dans la bouche); une trace

[18]**que j'avais osé (oser):** que j'avais risqué, que je m'étais permis de (*dared*)

[19]**j'ôtais (ôter):** j'enlevais

[20]**tissés (tisser):** fabriqués par tissage (*woven*)

[21]**cousus (coudre):** *sewn*

Compréhension

Répondez aux questions suivantes.

1. Cette histoire se passe au Maroc. Quelle langue parlerait-on normalement au Maroc?
   Quelle langue le fils a-t-il utilisée quand il a salué sa mère?
   Quelle langue parle-t-il à l'école?
2. Décrivez la mère.
3. Qu'est-ce que nous apprenons du frère Nagib?
4. Selon sa mère, qu'est-ce que le fils (le narrateur) devrait faire en rentrant de l'école?
5. Le narrateur va à une école européenne. Quelle sorte de vêtements porterait-il à cette école?
6. A votre avis, pourquoi est-ce que la mère appelle les vêtements de son fils « ces vêtements de païen»?
7. Pourquoi le narrateur doit-il se laver la bouche? Qu'est-ce qu'il emploie pour se laver la bouche?
8. Que fait-il avec ses vêtements d'école? Comment s'habille-t-il à la maison?

Vocabulaire

Complétez les phrases suivantes par un des mots de la liste suivante.

cartable/ ôté/ fériés/ hurlé/ osent/ païen/ pâte dentifrice/ sauf/ torchon/ tranches

1. Georges avait faim et il a mangé deux _____ de gâteau.
2. Tous les élèves _____ Jean étaient présents hier.
3. Après la classe, l'élève a mis ses livres, ses cahiers et ses stylos dans son _____.
4. Une personne sans religion est un _____.
5. Quand Adèle a marché sur le chien il a _____.
6. J'aime me brosser les dents avec cette nouvelle _____.
7. On ne travaille pas les jours _____.
8. Quand Henri est entré chez lui, il a _____ son manteau et son chapeau et les a mis dans l'armoire.
9. M. Daniel est un professeur très strict; dans sa classe les élèves n'_____ jamais ne pas faire leurs devoirs.
10. Dois-je laver la vaisselle avec ce _____ de cuisine?

A ton avis

1. Qui dans cette classe a visité le Maroc ou l'Afrique du Nord?
   Qui connaît quelqu'un qui a visité l'Afrique du Nord?
2. Est-ce que tes parents savent parler plusieurs langues? Quelles langues parlent-ils? Quelle langue parles-tu à la maison?
3. Quelles autres langues aimerais-tu apprendre?
4. Quel est le meilleur casse-croûte (snack) à manger quand on rentre de l'école?

5. Quelle est ta grandeur en centimètres? Qui est le (la) plus grand(e) de la classe?
6. En France il n'y a pas de classes le jeudi, mais on va à l'école le samedi matin. Préférerais-tu ce système ou est-tu satisfait(e) de notre système où l'on a cinq jours d'école et pas de classes le samedi ni le dimanche? Pourquoi préfères-tu l'un à l'autre?
7. A ton avis, quelle pâte dentifrice est la meilleure? Pourquoi?
8. Que fais-tu tout d'abord quand tu rentres de l'école?

A faire et à discuter

1. Au Canada, il y a beaucoup de gens dont la langue maternelle n'est ni l'anglais ni le français. Est-ce que leurs enfants devraient parler ou apprendre la langue des parents ou devraient-ils parler seulement anglais et/ou français? Pourquoi? Discutez le pour et le contre de pouvoir parler plusieurs langues.
2. Faites des recherches sur le Maroc:
   a) Où se trouve le Maroc exactement? Préparez une carte du pays.
   b) Quelle est la ville capitale? Nommez deux ou trois autres villes principales.
   c) Qui est le roi du Maroc?
   d) Comment est la géographie du Maroc? Y a-t-il des montagnes? Des plages? Où? Comment est le climat?
   e) Quelle est la religion du peuple?
   f) Quelles langues parle-t-on au Maroc?
   g) Pourquoi parlait-on français autrefois au Maroc?
   h) Trouvez des exemples de musique marocaine.
   i) Que mange-t-on au Maroc?
   j) Comment sont les vêtements marocains?

STRUCTURES

Le présent du subjonctif de quelques verbes irréguliers

Il est étonnant qu'elle puisse jouer si bien.

OBSERVATION GRAMMATICALE

Le verbe *faire* au présent du subjonctif

Angèle est contente que je **fasse** la vaisselle pour elle.
David est heureux que tu **fasses** son lit.
Isabelle est surprise que Paul **fasse** du ski nautique en avril.
Le professeur est étonné que nous **fassions** si peu de fautes.
Vos parents s'inquiètent que vous **fassiez** de mauvaises études.
Le professeur est fâché que ces garçons ne **fassent** pas attention en classe.

Le verbe *pouvoir* au présent du subjonctif

Il est triste que je ne **puisse** pas venir.
Je suis content que tu **puisses** m'accompagner au concert.
Etes-vous heureux qu'il **puisse** jouer avec nous?
Es-tu fâché que nous ne **puissions** pas venir chez toi?
Jacqueline regrette que vous ne **puissiez** pas l'aider.
Nous sommes surpris qu'ils **puissent** acheter une auto.

Le verbe *savoir* au présent du subjonctif

Le professeur est étonné que je **sache** la réponse.

Jacques est content que tu **saches** conduire.

Je suis surpris que Marc ne **sache** pas nager.

M. St-Pierre regrette que nous ne **sachions** pas jouer au soccer.

Je suis fâché que vous **sachiez** mon numéro de téléphone.

Nous sommes étonnés que ces enfants **sachent** parler si bien le français.

Regardez les phrases ci-dessus. Quel est le radical du verbe **faire** au subjonctif? Du verbe **pouvoir** au subjonctif? Du verbe **savoir**?

Est-ce qu'on garde ce radical dans toutes les formes du verbe au subjonctif?

Quelles sont les terminaisons de ces verbes au présent du subjonctif?

Remarquez que **faire**, **pouvoir** et **savoir** ont les terminaisons normales du présent du subjonctif.

Dans l'Unité 2, vous avez appris qu'on utilise le subjonctif après les expressions et les verbes de volonté comme **il faut que**, **il est nécessaire**, **je voudrais**, etc.

Dans les phrases ci-dessus, on voit qu'on utilise le subjonctif aussi après les verbes ou les adjectifs qui expriment un sentiment ou une émotion.

Voici quelques-unes de ces expressions:

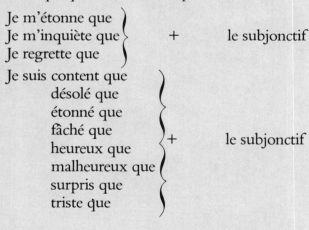

Je m'étonne que ⎫
Je m'inquiète que ⎬ + le subjonctif
Je regrette que ⎭

Je suis content que ⎫
désolé que ⎪
étonné que ⎪
fâché que ⎬ + le subjonctif
heureux que ⎪
malheureux que ⎪
surpris que ⎪
triste que ⎭

Exercices

A. Complétez les phrases suivantes par la forme qui convient du verbe entre parenthèses.

Exemple

Je regrette que Paul ne _____ pas trouver un poste. (pouvoir)

Je regrette que Paul ne **puisse** pas trouver un poste.

1. Je suis content que vous _____ ce travail pour moi. (faire)
2. Béatrice est étonnée que je _____ parler espagnol. (savoir)
3. Les élèves sont contents que nous _____ venir leur parler. (pouvoir)
4. Marcel veut que tu _____ ces exercices. (faire)
5. Nous sommes désolés que les Brazeau ne _____ pas rester chez nous. (pouvoir)
6. Il est nécessaire que Louise _____ ces nouvelles. (savoir)
7. Je suis fâché que mon frère ne _____ rien pour aider nos parents. (faire)
8. Il faut que vous _____ ces détails par coeur. (savoir)

B. Madame Laval a des problèmes avec son fils Victor et elle parle de la situation avec un psychologue.
Exprimez ce qu'elle pense des mauvaises habitudes de son fils en suivant l'exemple.

Exemple

Victor sort chaque soir avec ses amis. (Je suis désolée)

Je suis désolée que Victor **sorte** chaque soir avec ses amis.

1. Victor ne m'aide jamais. (Je suis fâchée)
2. Victor ne fait jamais ses devoirs. (Je m'inquiète)
3. Victor ne sait ni lire ni écrire. (Je suis étonnée)
4. Victor regarde constamment la télé. (Je ne suis pas contente)
5. Victor ne peut pas faire ses problèmes de mathématiques. (Je suis triste)
6. Victor boit trop de coke. (Je suis surprise)
7. Victor se bat souvent avec son petit frère. (Je suis malheureuse)
8. Victor met toutes ses choses sur le plancher de sa chambre. (Je suis furieuse)
9. Victor n'apprend rien à l'école. (Je regrette)
10. Victor nous dit des choses terribles. (Je suis désolée)

Fez, Maroc

Le présent du subjonctif des verbes *aller* et *vouloir*

Le présent du subjonctif du verbe *aller*

Il est nécessaire que j'**aille** à la banque.
Il est content que tu **ailles** à son école.
Marie est heureuse que Robert **aille** au concert avec elle.
Il voudrait qu'ils **aillent** au théâtre vendredi soir.
Jean-Pierre est très content que nous **allions** en Europe cet été.
Suzanne est triste que vous n'**alliez** pas à la partie de Michel.

Le présent du subjonctif du verbe *vouloir*

Claire est fâchée que je ne **veuille** pas aller au cinéma avec elle.
Luc est triste que tu ne **veuilles** pas aller au concert avec lui.
Il est désolé que Denise ne **veuille** pas continuer ses études.
Le professeur s'étonne que les élèves **veuillent** faire plus de devoirs.
Jacques est malheureux que nous **voulions** déménager.
Monique est surprise que vous **vouliez** manger dans ce restaurant.

Quel est le radical du verbe **aller** au présent du subjonctif? Et du verbe **vouloir**?

Dans le subjonctif d'**aller** et de **vouloir**, emploie-t-on toujours le même radical?

A quel autre temps les formes avec **nous** et **vous** ressemblent-elles?

Est-ce que les terminaisons sont les mêmes que celles des autres verbes?

Vous souvenez-vous d'autres verbes dont les formes avec **nous** et **vous** au présent de l'indicatif et du subjonctif diffèrent des autres formes? (par exemple: **boire**)

C. Complétez les phrases suivantes par la forme qui convient du verbe entre parenthèses.

Exemple
Il est surpris que nous _____ voir ce film. (aller)
Il est surpris que nous **allions** voir ce film.

1. Le professeur est heureux que Jacques _____ étudier les sciences à l'université. (vouloir)

2. Je m'étonne que Marie et Jeanne _____ au Maroc. (aller)

3. Il faut que j'_____ tôt à l'école ce matin. (aller)

4. Pierre est désolé que vous ne _____ pas le conduire au cinéma. (vouloir)

5. Il est nécessaire que tu _____ à l'hôpital. (aller)

6. Nicole est contente que je _____ l'aider avec ses devoirs. (vouloir)

7. Roger est fâché que nous ne _____ pas l'inviter à la partie. (vouloir)
8. Je veux que vous _____ au bureau du directeur. (aller)
9. Georges s'inquiète que ses filles _____ louer leur propre appartement. (vouloir)
10. Fred est triste que nous _____ sans lui. (aller)

D. Marcel a une adoratrice. Pour savoir ce qu'elle pense de lui, répondez aux questions suivantes en imitant l'exemple.

Exemple
Tu es heureuse que Marcel et moi, nous **allions** à la partie ce soir?
Oui, et je suis surtout heureuse que Marcel **aille** à la partie.

1. Tu es désolée que Marcel et moi, nous ne **voulions** pas aller au cinéma avec toi?
2. Tu es contente que Marcel et moi, nous **recevions** des billets pour le concert?
3. Tu es heureuse que Marcel et moi, nous **devions** t'amener au concert?
4. Tu voudrais que Marcel et moi, nous t'**achetions** des fleurs?
5. Il est nécessaire que Marcel et moi, nous **venions** chez toi en auto?
6. Tu voudrais que Marcel et moi, nous t'**appelions** avant de partir?
7. Tu es heureuse que Marcel et moi, nous **espérions** sortir encore avec toi?
8. Tu t'inquiètes que Marcel et moi, nous ne te **prenions** pas au sérieux?

EN GARDE!

J'ai peur que Nicole **ne** sache déjà la mauvaise nouvelle.
Je crains que Nicole **ne** sache déjà la mauvaise nouvelle.
Nous craignons que Jacques **ne** veuille quitter l'école.

Quel mode emploie-t-on après les verbes d'émotion **avoir peur que** et **craindre que**?

Quel petit mot met-on devant le verbe au subjonctif même si la proposition est à l'affirmative?

E. Combinez les phrases suivantes selon les exemples. Faites les changements nécessaires.

Exemples

Janine arrive trop tard? J'en ai peur.
J'ai peur que Janine **n'arrive** trop tard.

Gisèle fait une faute sérieuse? Nous le craignons.
Nous craignons que Gisèle **ne fasse** une faute sérieuse.

1. Marc veut se battre avec Paul? J'en ai peur.
2. Nous savons la vérité terrible? Elle le craint.
3. Ils vont à la guerre? Nous le craignons.
4. Elle peut mourir? Le médecin en a peur.
5. Raymond dit des bêtises? Je le crains.
6. Je prends une mauvaise décision? Les élèves en ont peur.
7. Les élèves font trop d'erreurs? Nous en avons peur.
8. Nous nous trompons? Ils le craignent.

Le couscous

Le plat national du Maroc est **le couscous,** un mets arabe préparé avec de la farine de mil, de blé ou de riz écrasé, un ragoût épicé de viande ou de poulet.

Le présent du subjonctif des verbes *avoir* **et** *être*

Le présent du subjonctif du verbe *avoir*

Yves est surpris que j'**aie** raison.
Marc est furieux que tu **aies** toujours de la chance.
Je crains qu'elle n'**ait** tort.
Nous avons peur qu'ils n'**aient** vraiment de grandes difficultés.
Elle regrette que nous **ayons** des problèmes.
Je m'étonne que vous **ayez** déjà trente ans.

F. Complétez les phrases suivantes par la forme qui convient d'**avoir** ou d'**être** selon le cas.

Exemple
J'ai peur que Marie ne _____ malade.
J'ai peur que Marie ne **soit** malade.

1. Nous regrettons que vous _____ malheureux ici.
2. La mère s'étonne que son fils _____ encore faim.
3. Paul est triste que nous _____ tant de difficultés.
4. Le directeur craint que les élèves n'_____ trop de temps libre.
5. Mme Leclair est contente que je _____ à l'heure.
6. Nous sommes surpris que tu _____ seulement quatorze ans.
7. Je regrette que Michel ne _____ pas ici aujourd'hui.
8. Grégoire craint que nous ne _____ fâchés contre lui.
9. Le professeur veut que j'_____ ces livres-ci.
10. Nous nous étonnons que les Fabré ne _____ jamais à la maison quand nous leur téléphonons.
11. Il est nécessaire que tu _____ à l'école jusqu'à cinq heures cet après-midi.
12. Elle est surprise que vous _____ peur de son chien.

G. Que dis-tu dans les situations suivantes? Emploie un verbe ou un adjectif qui exprime un sentiment dans la réponse; par exemple, **je regrette**, **j'ai peur**, **je suis fâché(e)**, **désolé(e)**, etc.

Exemple
Le chat de ton ami(e) est mort.
Je regrette que ton chat **soit** mort.

1. Ton ami(e) a une meilleure note que toi sur un test.
2. Ta cousine est très malade.
3. Le professeur est furieux.

4. Ton frère a des difficultés à faire ses devoirs.
5. Tes ami(e)s sont en retard.
6. L'auto que tu conduis a une crevaison.
7. Je suis malheureux (malheureuse).
8. Nous avons des problèmes.
9. Tes frères ont toujours faim.
10. Nous sommes mal à l'aise dans la classe de mathématiques.

EN GARDE!

Il est bon que tu sois à l'heure.

Il est étonnant que les élèves fassent tant de travail.

Il est triste que tu ne saches pas la vraie histoire.

C'est dommage que Marc n'ait pas assez de temps pour nous accompagner au concert.

Quel mode emploie-t-on après les expressions impersonnelles **il est bon**, **il est étonnant**, **il est triste** et **c'est dommage**?

Remarquez que ces expressions impersonnelles expriment un sentiment ou une émotion comme **regretter**, **s'étonner**, **je suis content**, etc.

H. Changez les phrases suivantes en ajoutant **il est bon**, **il est étonnant**, **il est triste** ou **c'est dommage**, comme vous voulez. Imitez l'exemple et faites les changements nécessaires.

Exemple
Tu vas à une bonne école.
Il est bon que tu **ailles** à une bonne école.

1. Tu peux nous aider.

2. Ces filles veulent trouver du travail.
3. Tu ne sais pas nager.
4. Nous n'avons pas assez d'argent.
5. Les élèves font toujours leurs devoirs.
6. Vous n'êtes pas satisfait.
7. Nous n'allons pas en Europe cette année.
8. Vous voulez vendre votre motocyclette.

I. Complète ces phrases comme tu veux.
1. Je suis content(e) que …
2. J'ai peur que …
3. C'est dommage que …
4. Il est étonnant que …
5. Je regrette que …
6. Il est bon que …
7. Ma mère est fâchée/ contente que …
8. Le professeur est surpris que …
9. Il est triste que …
10. Mes parents craignent que …

Tinerhir, Maroc

L'impératif des verbes **avoir**, **être**, **savoir**

N'ayez pas peur. Nous n'allons pas vous faire mal.

OBSERVATION GRAMMATICALE

Il est nécessaire que tu **aies** confiance en lui.　　**Aie** confiance en lui!

Il est nécessaire que nous **ayons** confiance en lui.　**Ayons** confiance en lui!

Il est nécessaire que vous **ayez** confiance en lui.　**Ayez** confiance en lui!

Il faut que tu **sois** courageux.　　**Sois** courageux!

Il faut que nous **soyons** courageux.　　**Soyons** courageux!

Il faut que vous **soyez** courageux.　　**Soyez** courageux!

Je veux que tu **saches** ceci.　　**Sache** ceci!

Je veux que nous **sachions** ceci.　　**Sachons** ceci!

Je veux que vous **sachiez** ceci.　　**Sachez** ceci!

A quoi est-ce que l'impératif des verbes **avoir**, **être** et **savoir** ressemblent?

Quelles formes de l'impératif avec **tu** diffèrent du subjonctif et comment?

Quelles formes de l'impératif avec **nous** et avec **vous** diffèrent du subjonctif et comment?

Exercices

A. Mettez les phrases suivantes à l'impératif.

Exemple
Je ne veux pas que tu sois méchant.
Ne **sois** pas méchant!

1. Il est nécessaire que vous sachiez ce qu'il a dit.
2. Il ne faut pas que nous ayons peur.
3. Je voudrais que tu aies de la sympathie pour ces pauvres enfants.
4. Le capitaine ordonne que nous soyons prêts demain matin à six heures. Obéissons-lui.
5. Je veux que tu saches la raison pour laquelle il a fait cela.
6. Il veut que vous soyez à l'aise ici.
7. Il ne faut pas que vous ayez pitié de ce monstre.
8. Il est nécessaire que nous sachions d'abord ce que nous allons faire.

Driss Chraïbi

Driss Chraïbi naquit le 15 juillet 1926 à El Jadeda au Maroc. Il assista à une école coranique jusqu'à l'âge de 10 ans; il continua son éducation dans une école française à Casablanca. En 1945, il quitta le Maroc pour aller en France où il étudia la chimie à Paris. Il reçut un diplôme d'ingénieur-chimiste et commença des études en neuro-psychiatrie — études qu'il ne compléta pas cependant. Il voyagea beaucoup et exerça plusieurs métiers parmi lesquels: ingénieur-chimiste, journaliste, professeur d'arabe, photographe. Il passa quelques mois à l'Université Laval à Québec où il enseigna des cours. Il est l'auteur de plusieurs récits, pièces de théâtre et de nombreux romans dont *La Civilisation, ma Mère!* … est le septième.

B. Quel ordre donne-t-on dans les situations suivantes?

Exemples
Ta petite soeur a peur d'aller chez le dentiste.
N'aie pas peur.

Tes amis sont toujours en retard.
Ne soyez pas en retard. (Soyez à l'heure.)

1. Les élèves devraient avoir confiance en Paul.
2. Un jeune campeur est triste le premier jour à la colonie de vacances.
3. Les élèves doivent savoir la leçon par coeur.
4. Un garçon se moque d'un chien blessé. Il doit avoir pitié du chien.
5. Les enfants sont méchants. Ils doivent être sages.
6. Une amie doit savoir que Fernand l'aime beaucoup.
7. Nous devons avoir de la sympathie pour le professeur.
8. Nous voulons être heureux.

Tetouan, Maroc

A L'ACHAT D'EXPRESSIONS

A la pharmacie d'un grand magasin

La vendeuse: Pourrais-je vous aider, Mademoiselle?

Lise: Oui, merci. C'est que je pars en vacances samedi prochain et je voulais acheter deux ou trois choses pour le voyage.

La vendeuse: Très bien. De quoi auriez-vous besoin? De la pâte dentifrice? Une nouvelle brosse à dents peut-être?

Lise: Oui, bien sûr et de l'antisudorifique, du talc, du rince-bouche et aussi une petite bouteille de shampooing.

La vendeuse: Bon, bien. Les shampooings se trouvent là-bas. Avez-vous l'intention d'acheter des médicaments ou des vitamines peut-être?

Lise: Ah! oui, c'est une bonne idée! Je prendrai une bouteille de vitamines-multiples, des aspirines et peut-être un petit paquet de pansements. De la crème médicamenteuse serait utile aussi et peut-être un paquet de pastilles contre la toux. Je m'enrhume facilement même en été.

La vendeuse: Où allez-vous si je peux vous le demander? Vous passerez beaucoup de temps au soleil? Auriez-vous besoin de lotion solaire? Ou faites-vous du camping? Dans ce cas, vous devriez acheter du chasse-moustiques. Cette marque-ci est très efficace.

Lise: Merci, je les achèterai tous les deux. Je vais suivre un cours à l'Ecole des Beaux-arts à Banff et après, je voudrais faire du camping pendant deux semaines à Jasper.

La vendeuse: De belles vacances, alors! Voulez-vous encore quelque chose?

Lise: Deux ou trois paquets de papiers-mouchoirs, s'il vous plaît.

La vendeuse: Est-ce que vous vous intéressez au maquillage? Actuellement, nous offrons nos cosmétiques et nos maquillages les plus populaires en grand rabais. Nous avons un grand choix de rouge à lèvres, d'ombre à paupières, de crayons à sourcils, d'eye-liner à trace fine, de mascara, de poudre et même de vernis à ongles de couleurs variées. Si vous en achetez pour dix dollars, nous vous donnerons un sac à cosmétiques gratuit.

Lise: Merci, non. Si j'en achète plus, je n'aurai pas de place dans ma valise pour mes vêtements — et je n'aurai pas d'argent pour le voyage!

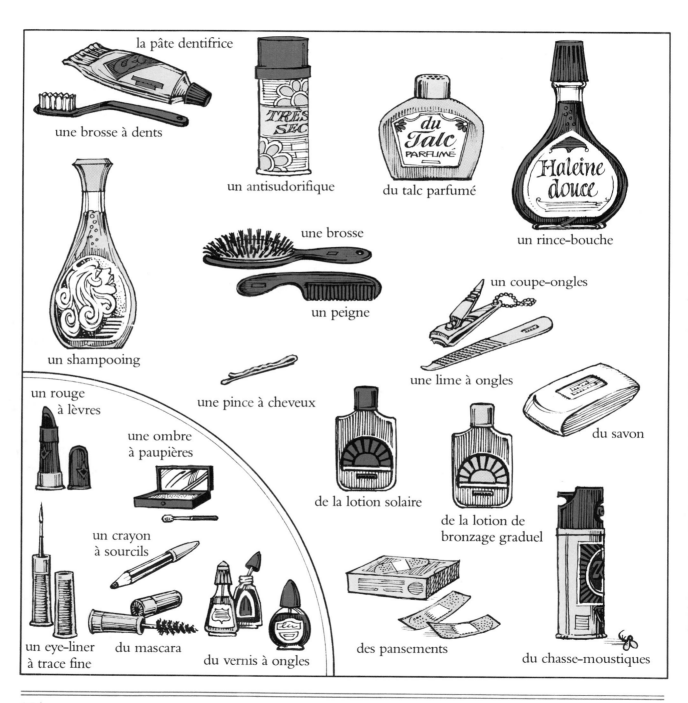

la pâte dentifrice

une brosse à dents

un antisudorifique

du talc parfumé

un rince-bouche

une brosse

un peigne

un coupe-ongles

une lime à ongles

du savon

un shampooing

une pince à cheveux

de la lotion solaire

de la lotion de bronzage graduel

un rouge à lèvres

une ombre à paupières

un crayon à sourcils

un eye-liner à trace fine

du mascara

du vernis à ongles

des pansements

du chasse-moustiques

154

Compréhension

Répondez aux questions suivantes.

1. Pourquoi Lise se trouve-t-elle à la pharmacie?
2. Qu'est-ce qu'elle achète?
   Quelle marque de pâte dentifrice aimez-vous?
   Quelle marque de shampooing?
3. A votre avis, pourquoi achète-t-elle:
   a) des vitamines-multiples?
   b) des aspirines?
   c) des pansements?
   d) de la crème médicamenteuse?
   e) des pastilles contre la toux?
   Comment utiliserait-elle ces choses?
4. Que faut-il utiliser si l'on ne veut pas être brûlé par le soleil?
5. Que met-on pour se protéger contre les insectes quand on fait du camping?
6. Qu'est-ce que Lise va faire pendant ses vacances?
7. Qu'est-ce que la vendeuse veut que Lise achète aussi, et comment l'encourage-t-elle à acheter ces choses?
8. Pourquoi Lise refuse-t-elle d'acheter ces choses?

Vocabulaire

Voici des définitions. Trouvez le mot défini dans le dialogue ou par les images.

1. Quand on donne une chose sans la faire payer, c'est quelque chose de _____.
2. Quand on se maquille, on utilise ceci pour donner un teint aux lèvres (pour les peindre).
3. Les médicaments que l'on utilise quand on a mal à la gorge et quand on tousse.
4. Quand on se coupe le doigt, on peut utiliser de la _____ _____ et l'on peut appliquer un _____.
5. On se lave la bouche avec ceci pour éviter la mauvaise haleine.
6. Quelque chose qui produit l'effet attendu ou qui fonctionne comme il faut est _____.
7. Un bagage de forme rectangulaire qui peut être porté à la main.
8. Ce qui couvre et protège la partie antérieure de l'oeil.
9. Ce qu'on emploie pour guérir une maladie.
10. Les lignes de poils situées au-dessus des yeux.
11. Un carré de linge ou de tissu (ou de papier) avec lequel on s'essuie le nez quand on renifle.
12. Quand on vend des choses à un prix plus bas que le prix normal, on les vend en _____.
13. Un liquide, généralement rouge, avec lequel on peint les ongles.
14. Quelque chose qui diminue la transpiration.
15. L'interception de la lumière par un corps opaque. Les jours ensoleillés quand il fait bien chaud, on cherche l'_____ des arbres pour éviter les rayons de soleil.

A faire et à discuter

1. Si vous alliez en vacances, qu'est-ce que vous achèteriez à la pharmacie avant de partir? Allez à une pharmacie et faites une liste des choses nécessaires pour le voyage. Combien coûteraient toutes ces choses?
2. Imaginez que vous allez passer le mois de juillet en France. Que mettriez-vous dans votre valise? Si vous alliez voyager à travers le Canada pendant l'été, que mettriez-vous dans votre sac à dos?
3. Le maquillage est mauvais pour la peau. Vrai ou faux?
4. Faites des recherches. Qu'est-ce que c'est que l'Ecole des Beaux-arts à Banff? Que peut-on étudier à cette école? Que faut-il faire pour être accepté à cette école?
5. Si vous vouliez devenir artiste ou musicien, où iriez-vous pour vous préparer à ce métier?

STRUCTURES

Les pronoms possessifs

Avec ton auto et la mienne, nous pourrons transporter l'équipe et
l'équipement — du moins je l'espère!

OBSERVATION GRAMMATICALE

Mon frère s'appelle David et **le tien**?	**Le mien** s'appelle Rick.
Et le frère de Marie? (Son frère)	**Le sien** s'appelle Pierre.
Ma soeur travaille à l'hôpital et **la tienne**?	**La mienne** travaille dans une banque.
Et celle de Fernand? (Sa soeur)	**La sienne** étudie à l'université.
Mes parents ne fument pas et **les tiens**?	**Les miens** non plus.
Et les parents de Jean? (Ses parents)	**Les siens** fument trop.
Mes notes sont bonnes et **les tiennes**?	**Les miennes** sont bonnes aussi.
Et les notes de Luc? (Ses notes)	**Les siennes** sont mauvaises.
Notre prof est gentil et **le vôtre**?	**Le nôtre** est strict.
Et celui de ces élèves-là? (Leur prof)	**Le leur** est très gentil.
Notre classe est intéressante et **la vôtre**?	**La nôtre** est ennuyeuse.
Et celle de ces élèves-là? (Leur classe)	**La leur** est amusante.
Nos exercices sont difficiles et **les vôtres**?	**Les nôtres** sont difficiles aussi.
Et ceux de ces élèves-là? (Leurs exercices)	**Les leurs** sont faciles.
Nos réponses sont bonnes et **les vôtres**?	**Les nôtres** sont bonnes aussi.
Et celles de ces élèves-là? (Leurs réponses)	**Les leurs** sont mauvaises.

Les mots ci-dessus en caractères gras sont des pronoms possessifs.

Quel nom est-ce que chaque pronom possessif remplace?

Quelles sont les deux parties du pronom possessif?

Comment sait-on si le pronom possessif remplace un nom masculin ou féminin ou un nom singulier ou pluriel?

Est-ce qu'il y a des cas où le pronom possessif n'indique pas s'il remplace un nom masculin ou féminin? Lesquels?

Remarquez que le pronom correspond à l'adjectif possessif.

Adjectifs possessifs			**Pronoms possessifs**
masc. sg.	mon		le mien
	ton	professeur	le tien
	son		le sien
masc. pl.	mes		les miens
	tes	professeurs	les tiens
	ses		les siens
fém. sg.	ma		la mienne
	ta	classe	la tienne
	sa		la sienne
fém. pl.	mes		les miennes
	tes	classes	les tiennes
	ses		les siennes
masc. sg.	notre		le nôtre
	votre	entraîneur	le vôtre
	leur		le leur
fém. sg.	notre		la nôtre
	votre	équipe	la vôtre
	leur		la leur
masc./	nos		les nôtres
fém. pl.	vos	entraîneurs/équipes	les vôtres
	leurs		les leurs

Remarquez la différence en prononciation entre **notre / nɔtr /** et **le nôtre / lə notr /.**
Comment prononcerait-on **le vôtre**?

Exercices

A. Remplacez les mots en caractères gras par un pronom possessif.

Exemple
Prends ta brosse à dents et non pas **ma brosse à dents.**
Prends ta brosse à dents et non pas **la mienne.**

1. Il a son mouchoir et je lui donne **mon mouchoir** aussi.
2. Je promène mon chien et **le chien des Giroux** en même temps.
3. Mon stylo ne fonctionne pas. Pourrais-tu me prêter **ton stylo**?
4. Tu pourrais emprunter mes gants ou **les gants de Madeleine.**
5. Il a pris tes photos et **nos photos** mais pas **leurs photos.**
6. Il a lu ma lettre et **ta lettre** aussi.
7. André aime notre classe mais pas **votre classe.**
8. Le professeur ne choisira pas mon projet; il choisira **le projet de Gérald.**
9. Va-t-il corriger les devoirs de Pauline ou **mes devoirs**?
10. Mme Prudhomme va voyager avec la grand-mère de Cécile et avec **notre grand-mère.**

B. Réponds aux questions suivantes en suivant l'exemple.

Exemple
C'est ton cartable?
Oui, c'est le mien.

1. Ce sont vos parents, Paul et Emile?
2. C'est son cahier?
3. C'est leur ami(e)?
4. C'est ma place ici?
5. Ce sont ses photos?
6. C'est notre problème?
7. C'est ton frère, Marie?
8. Ce sont mes lettres?
9. C'est la cousine de Bob?
10. C'est la maison des Godin?

Ecole des Beaux-arts à Banff

C. Les phrases de la colonne A ne sont pas très claires. Remplacez les pronoms possessifs par le nom qui convient de la colonne B.

Exemple
Jacques a perdu les siennes.
Jacques a perdu **ses chaussures de sport.**

A
1. Je veux emprunter les vôtres.
2. Je ne trouve pas la mienne.
3. Beth garde les leurs le samedi soir.
4. Nous ne pouvons pas comprendre la vôtre.
5. Cet élève a pris le tien.
6. Où est le nôtre?
7. As-tu pris le mien?
8. Je vais vous montrer la nôtre.
9. Connais-tu la sienne?
10. Le leur est méchant.

B
a) notre professeur
b) les enfants des St-Pierre
c) vos disques
d) sa soeur
e) ma brosse à dents
f) leur chien
g) ses chaussures de sport
h) ton cartable
i) votre réponse
j) notre maison
k) mon stylo

D. Evitez les répétitions dans les comparaisons suivantes en imitant l'exemple.

Exemple
Ton frère est moins beau que mon frère.
a) Ton frère est moins beau que **le mien.**
b) **Le tien** est moins beau que **le mien.**

1. Ma note est meilleure que ta note.
2. Sa raquette de tennis coûte plus cher que votre raquette de tennis.
3. Leurs parents sont plus stricts que nos parents.
4. Votre maison est plus grande que notre maison.
5. Son professeur est aussi intéressant que mon professeur.
6. Leur projet est moins compliqué que notre projet.
7. Ton travail est plus intéressant que mon travail.
8. Ses frères sont moins paresseux que mes frères.

E. Serge va à l'école Laurier et il est très fier de son école. Son cousin Jean-Guy va à l'école St-Martin et il en est fier aussi; il se fâche quand Serge glorifie trop son école. Imaginez que vous êtes Jean-Guy et que vous devez répondre à ce que Serge dit de son école. Utilisez un pronom possessif dans la réponse.

Exemple
Serge: Je vais à une très bonne école — la meilleure de la ville.
Jean-Guy: **La mienne** est bonne aussi et je crois qu'elle est même meilleure que **la tienne.**

Serge dit:

1. Mes professeurs sont très intelligents.
2. Le directeur de mon école est très gentil.
3. Les élèves de ma classe ont des notes excellentes. Mes copains sont vraiment doués.
4. Notre salle de classe est très grande.
5. Je suis membre de l'équipe de basket-ball; mon équipe gagne toujours.
6. Notre école a un gymnase énorme et une piscine.
7. Notre équipe de hockey est fantastique.
8. Les joueurs de toutes nos équipes jouent vraiment bien — mieux que les joueurs des autres écoles.

EN GARDE!

J'ai parlé à mes parents. As-tu parlé **aux tiens**?

Nous avons donné un disque à notre prof. Qu'avez-vous donné **au vôtre**?

Je m'occupe de mes affaires. Occupez-vous **des vôtres**!

Il s'est servi de mon stylo et je me suis servi **du sien.**

Que fait-on quand un pronom possessif masculin ou pluriel est précédé de la préposition **à** ou **de**?

Pourquoi fait-on ceci?

F. Remplacez les mots en caractères gras par un pronom possessif.

Exemple
S'est-il moqué de son dessin ou **de mon dessin**?
S'est-il moqué de son dessin ou **du mien**?

1. As-tu peur de notre chien ou **de leur chien**?
2. J'ai écrit à mes amis et **à ses amis.**
3. Je préfère mon livre **à ton livre.**
4. Parlait-il de son frère ou **de mon frère**?
5. Le directeur s'intéresse à leurs projets et **à vos projets.**
6. Luc s'est servi de ses idées et **de mes idées.**
7. Ils avaient besoin de leur argent et **de notre argent.**
8. J'ai envoyé des invitations à mes cousines et **à tes cousines.**

G. a) Voici une description d'Yvette. Lis-la et puis parle-nous de toi-même.

Exemple
Son nom est Yvette.
Le mien est …

1. Ses yeux sont bleus.
2. Ses cheveux sont blonds et longs.
3. Sa couleur préférée est le bleu.
4. Son père est ingénieur.
5. Sa mère est institutrice.
6. Son frère s'appelle André.
7. Ses soeurs s'appellent Aline et Marguerite.
8. Sa matière préférée est le français.
9. Son sport préféré est le basket-ball.
10. Son ambition est de devenir médecin.

b) Maintenant, fais le portrait de toi-même et puis d'une autre personne (un(e) autre élève dans la classe). Est-ce que les autres peuvent deviner la personne que tu as décrite?

Exemple
Mes yeux sont bruns. Les siens sont … etc.

L'infinitif à la forme négative

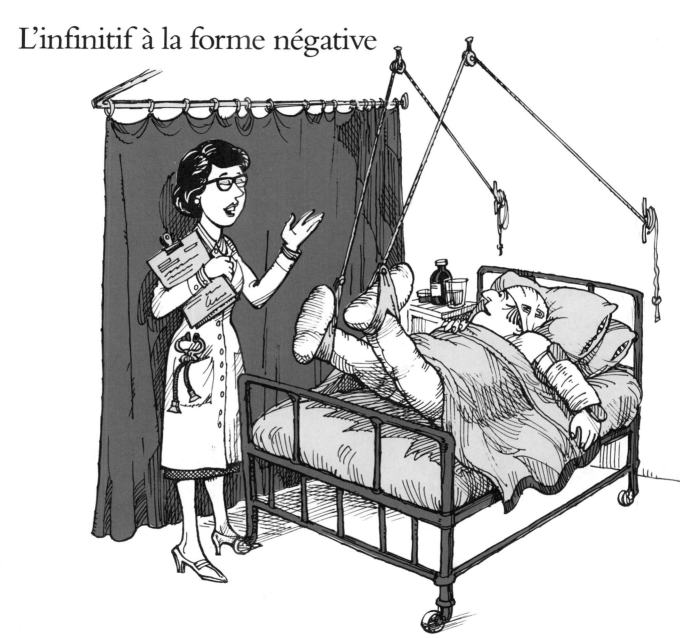

— Docteur, il faut que j'aille à mon bureau.
— Je vous conseillerais de ne pas y aller.

Il s'est décidé à **ne rien** faire.
Le professeur leur a ordonné de **ne pas** parler.
Le chef leur a dit de **ne jamais** revenir.
Il vaut mieux **ne rien** leur dire.

Quand on met un infinitif au négatif, où met-on l'expression négative?

S'il y a un pronom complément de l'infinitif négatif, où met-on le pronom complément?

Il y a quelques exceptions:

L'avocat lui conseille de **ne** parler **à personne.**
Il espère **ne** faire **aucune** faute.
Elle a décidé de **ne** suivre **ni** le cours de géographie **ni** celui de chimie.

Si une partie de l'expression négative suit une préposition ou modifie un nom, que fait-on alors pour mettre l'infinitif à la forme négative?

Exercices

A. Vous n'êtes pas d'accord. Répondez à ces conseils en imitant l'exemple et en utilisant l'expression négative entre parenthèses.

Exemple
Il me conseille de partir immédiatement.
(ne … pas)
Il vaudrait mieux **ne pas** partir immédiatement.

1. Il me conseille de l'écouter. (ne … pas)
2. Il me conseille de parler à la police.
   (ne … personne)
3. Il me conseille de le choisir comme avocat.
   (ne … pas)
4. Il me conseille de lui dire toute l'histoire.
   (ne … rien)
5. Il me conseille de lire un journal.
   (ne … aucun)
6. Il me conseille de travailler avec lui.
   (ne … plus)

7. Il me conseille de lui donner mon argent.
   (ne … rien)
8. Il me conseille de dépendre toujours de lui.
   (ne … plus jamais)

B. Répondez négativement aux ordres suivants en imitant l'exemple. Vous pouvez utiliser **ne … pas, ne … jamais, ne … rien,** etc. dans la réponse.

Exemple
Levez-vous à six heures du matin chaque jour.
Je préfère **ne pas** me lever à six heures du matin.

1. Arrivez à huit heures du matin!
2. Habillez-vous tout en noir!
3. Parlez au directeur demain!
4. Racontez tout!
5. Expliquez vos actions!
6. Ayez confiance en vos amis.
7. Dépêchez-vous!
8. Soyez toujours obéissant!

L'ART DE CONVERSER

Généralisations – Illustrations – Contradictions

Dans des conversations familières et des échanges de point de vue, on entend souvent des **généralisations** soutenues par des **exemples**. Mais une généralisation n'est pas nécessairement vraie. Pour cette raison, on pourrait utiliser aussi des **contradictions** ou des **objections**, soutenues elles aussi, par des exemples.

Voici quelques locutions que l'on pourrait utiliser pour introduire une généralisation:

d'habitude; en général; généralement parlant; habituellement; sauf de rares exceptions; ordinairement; dans la plupart des cas; le plus souvent; à part quelques exceptions; normalement.

Pour confirmer une généralisation, on peut dire:

par exemple; dans bien des cas; considérons, par exemple; illustrons le cas par cet exemple; notamment.

Pour contredire une généralisation, on peut utiliser des locutions comme:

à part cela, il y a toujours des exceptions; bien entendu, il y a des exceptions; tout bien considéré; cependant; toutefois; pourtant; d'un autre côté; on ne peut pas oublier que; néanmoins.

Exemple

Généralisation: D'habitude, les filles ne s'intéressent pas aux sports.

Illustration: Considérons, par exemple, le fait que la plupart des filles ne choisissent pas l'éducation physique comme matière à l'école secondaire.

Contradiction: Bien entendu, il y a des exceptions, notamment Nancy Greene, Karen Magnussen, Debbie Brill, Diane Jones-Konihowski, Cindy Nicholas et bien des autres. (Pouvez-vous donner d'autres exemples d'exceptions à la généralisation ci-dessus?)

Exercices

A. Travail en groupes

Voici quelques généralisations. Illustrez chaque généralisation par un exemple (si possible) et puis exprimez une/des exception(s) et donnez un/des exemple(s) de l'exception.

a) Normalement les garçons et les hommes n'aiment pas danser.

b) Sauf de rares exceptions, les émissions à la télé sont ennuyeuses et ridicules.

c) En général, les films récents sont trop violents.

d) Généralement parlant, les Nord-américains sont trop gros.

e) Dans la plupart des cas, les athlètes professionnels ne méritent pas le salaire énorme qu'ils gagnent.

B. Appuyez les généralisations suivantes par une des locutions dans la liste ci-dessus. Ensuite, illustrez la généralisation et donnez une exception à la règle. Utilisez en ce cas les locutions qui introduisent des exemples et des exceptions.

a) ... le (la) plus jeune enfant de la famille est gâté(e).

b) ... les jeunes ne respectent pas les adultes.

c) ... les adultes ne respectent pas les droits des jeunes.

d) ... les hivers au Canada sont trop sévères.

e) ... la plupart des élèves trouvent l'école ennuyeuse.

f) ... les hommes ne comprennent pas les femmes.

g) ... les femmes ne comprennent pas les hommes.

h) ... les parents ne comprennent pas leurs enfants.

i) ... les gens ne sont plus sensibles aux malheurs des autres.

j) ... les jeunes de nos jours s'habillent tous plus ou moins de la même façon.

k) ... les enfants passent trop de temps devant la télé.

l) ...? (votre généralisation)

Diane Jones-Konihowski

STRUCTURE

Le passé du subjonctif

Je suis étonné qu'il ait pu compter!

OBSERVATION GRAMMATICALE

Nicole a fait la vaisselle.
Mme LaPorte est contente que Nicole **ait fait** la vaisselle.

Lucien est sorti avec Mireille.
Bernadette est surprise que Lucien **soit sorti** avec Mireille.

Les verbes en caractères gras sont au **passé du subjonctif.**

Comment forme-t-on le passé du subjonctif?

Pourquoi utilise-t-on le subjonctif dans les phrases ci-dessus?

Exercices

A. Chaque année les Dubois font un pique-nique. Pour savoir ce qui s'est passé à leur pique-nique cette année, complétez les phrases suivantes par la forme qui convient du passé du subjonctif. Utilisez le verbe entre parenthèses dans la réponse.

Exemple
C'est dommage qu'il _____ le jour du pique-nique. (pleuvoir)
C'est dommage qu'il **ait plu** le jour du pique-nique.

1. Il est bon que nous _____ nos imperméables. (apporter)
2. Jennie est désolée que Richard ne _____ pas _____. (venir)
3. Je suis fâché que tu _____ les sandwichs. (oublier)
4. Je suis heureux que j'_____ tant de poulet frit. (préparer)
5. Nous sommes surpris que les enfants _____ nager. (vouloir)
6. C'est dommage que vous n'_____ pas _____ jouer au base-ball. (pouvoir)
7. Les autres sont contents que nous _____ les assiettes, les fourchettes, les couteaux et les cuillers. (apporter)
8. Marie est furieuse que Louise n'_____ pas _____ de tasses. (acheter)
9. Je regrette que vous _____ si tôt. (partir)
10. Je suis triste que tu ne _____ pas bien _____ au pique-nique. (s'amuser)

B. Combinez les deux phrases selon les exemples.

Exemples
Paul est arrivé encore en retard. J'en ai peur.
J'ai peur que Paul ne **soit arrivé** encore en retard.

Nous avons gagné le grand prix. C'est merveilleux.
Il est merveilleux que nous **ayons gagné** le grand prix.

1. Les élèves ont oublié leurs livres. Le professeur est furieux.
2. Tu t'es acheté de nouveaux vêtements. C'est bon.
3. Il s'est habillé tout en blanc. Je suis surpris.
4. Vous avez manqué l'avion. Nous le regrettons.
5. Je suis tombé malade. C'est dommage.
6. Ils se sont réveillés à six heures du matin. Nous sommes étonnés.
7. Nous sommes allés au cinéma. Il se fâche.
8. Tu as fini tes devoirs. Je suis content.

C. Changez les phrases suivantes en ajoutant les mots entre parenthèses. Faites les changements nécessaires.

Exemple
Je suis surpris qu'il fasse tant de fautes. (hier)
Je suis surpris qu'il **ait fait** tant de fautes hier.

1. C'est dommage que je ne puisse pas venir. (hier)
2. Je suis content qu'il vende sa motocyclette. (la semaine passée)
3. Je regrette que vous partiez. (si tôt hier soir)
4. Il est bon que ces joueurs gagnent leur match. (hier)
5. Je suis triste que tu ne sortes pas avec moi. (hier soir)
6. Il est content que nous venions le voir. (samedi passé)
7. Elle est désolée que vous ne vouliez pas l'accompagner au bal. (vendredi passé)
8. Il est étonnant que tu ne comprennes rien dans la classe de mathématiques. (ce matin)

D. Les élèves reviennent d'une visite au Carnaval du Québec. Voici leurs impressions.
Composez des phrases selon l'exemple.

Exemple
Je regrette que … (nous/ ne pas/ pouvoir/ rester/ plus longtemps)
Je regrette que **nous n'ayons pas pu rester plus longtemps.**

1. Il est bon que … (nous/ visiter/ Québec/ au temps du Carnaval)
2. Je suis content que … (nous/ voir/ le palais de glace)
3. C'est dommage que … (nous/ ne pas/ assister/ aux courses de canots/ sur le St-Laurent)
4. Je suis content que … (je/ essayer/ la grande glissade/ en face du Château Frontenac)
5. Je suis heureuse que … (nous/ avoir/ le temps/ de faire du ski/ dans les Laurentides)
6. Je regrette que … (nous/ assister/ à seulement un match du tournoi de hockey peewee)
7. Je suis contente que … (nous/ manger/ dans plusieurs bons restaurants)
8. Il est bon que (l'on/ nous/ donner/ un tour de la ville/ le lendemain de notre arrivée)
9. C'est dommage que … (nous/ ne pas/ faire la connaissance de/ plus de jeunes Québécois)
10. Il est étonnant que … (personne/ ne/ dormir/ pendant cinq jours)

E. Complète les phrases comme tu veux, mais utilise le passé du subjonctif dans chaque phrase.

Exemple
Je m'étonne que …
Je m'étonne que le Conseil des élèves ait invité ce groupe pop à jouer à notre soirée dansante.

1. C'est dommage que …
2. Il est bon que …
3. J'ai peur que …
4. Je suis heureux (heureuse) que …
5. Je m'étonne que …
6. Je regrette que …
7. Je suis content(e) que …
8. Il est étonnant que …

LECTURE

La Civilisation, ma Mère! ...

Driss Chraïbi

(Suite et fin)

Le deuxième passage du roman La Civilisation, ma Mère! ... est le neuvième chapitre et la fin de la première partie. A ce moment-là, la mère est libre de «la carapace[1] d'ignorance, d'idées reçues et de fausses valeurs qui la maintenaient prisonnière au fond d'elle-même». Son fils lui a appris à lire et à écrire; elle comprend que les appareils électriques dans sa maison ne fonctionnent pas par magie. Ses fils l'ont amenée hors de sa maison d'où elle n'était jamais sortie après son mariage et elle commence à connaître le monde autour d'elle. Elle se rend compte de[2] tout. Mais elle n'est plus sûre d'elle-même; elle ne sait pas si elle pourrait être heureuse. Elle dit: «La liberté est poignante ... Elle fait parfois souffrir ... Elle ne résout pas le problème de la solitude.» De plus, son fils cadet,[3] le narrateur, a fini ses études au Maroc et il part pour la France où il va suivre des études de médecine. Dans le neuvième chapitre, Chraïbi nous présente la scène entre mère et fils la veille[4] du départ de celui-ci.

— Non, je ne peux pas le lui dire. Il ne comprendra pas.

Nous sommes assis en haut de la falaise,[5] sous l'ombre d'un cèdre hérissé.[6] Repoussant l'horizon à coups de vagues déferlantes,[7] la mer. Deux mouettes[8] s'enlacent[9] dans le ciel. Tout en bas, sur la plage, un cheval blanc court en liberté, boit des franges d'écume,[10] s'ébroue.[11] Mon cheval. Mon père me l'avait donné en récompense.[12] Un de ses chevaux sauvages. Un mois durant, je m'étais approché de lui, pas à pas. Jusqu'à ce qu'il m'eût *senti*.[13] Le jour où je l'avais caressé est le plus beau de ma vie. Je l'appelais Blanco.

— Non, répète maman, je ne le lui dirai pas.

Elle est là, assise, souriante, avec un arrière-plan d'inquiétude[14] dans les yeux: elle est la dernière image de mon passé.

— Je garde cela pour moi, pour nous. Un jour, il se rendra compte.

— Oui, maman ... Tu sais, je pars demain.

— Ne me parle pas de cela tout de suite. Plus tard, plus tard ...

Je lui prends la main et je l'embrasse.

— Je reviendrai te voir: à Noël, aux fêtes de Pâques et pendant les grandes vacances.

Elle ne répond pas. Elle regarde au loin, le vent balaie[15] sa chevelure,[16] son chagrin.[17]

— Maman, prends soin de Blanco. Je te le donne.

— Oui. Oui.

— Nagib restera avec toi, il s'occupera de toi. Il a abandonné ses études, il ne peut pas venir avec moi en France.

— Combien d'années dureront tes études de médecine?

— Je ne sais pas. Cinq, six ans. Peut-être davantage.[18] Mais je reviendrai tous les trois mois. Et puis, je t'écrirai tous les jours. Et tu me répondras tous les jours, dis?

— Oui. Oui.

Elle arrache[19] un brin d'herbe[20] et le mâchonne.[21] Projetée vers un avenir qu'elle essaie de deviner, d'aplanir.[22]

— La liberté est poignante,[23] dit-elle à mi-voix. Elle fait parfois souffrir.

— Comment ça?

— Elle ne résout pas le problème de la solitude. Tu vois, je vais te dire: je me demande si vous avez bien fait, Nagib et toi, d'ouvrir la porte de ma prison.

— Je ne comprends pas, maman.

— Mais si! Réfléchis.[24] Cette prison, je suis bien obligée d'y rentrer le soir. Comme avant ... comme avant ...

— Maman, tu l'aimes, ton mari? Dis, tu l'aimes?

Elle me saisit par les épaules, me secoue,[25] crispée,[26] le visage hagard et la voix âpre:[27]

— Qu'est-ce que c'est, aimer? Qu'est-ce que ça veut dire? ... Quand je suis entrée dans cette maison, j'étais une enfant. Devant un homme qui me faisait peur. Seule avec lui, comprends-tu? ... Et puis, je me suis habituée au cours des années. L'habitude est un sentiment. Je ne me posais pas de questions, je ne savais pas qui j'étais. Tandis que[28] maintenant! ...

— Maman, maman ... Calme-toi, ne pleure pas, je t'en prie!

— Je ne me rendais compte de rien.

Elle a pleuré un peu, s'est mouchée[29] d'un geste de défi,[30] a relevé la tête, m'a souri. Elle m'a consolé, m'a supplié[31] de ne pas avoir la nostalgie de la terre natale,[32] et surtout pas d'elle.

— Je suis grande maintenant ...

Et, tant qu'il y eut une lueur[33] à l'horizon, elle m'a raconté des histoires abracadabrantes[34] pour m'empêcher[35] de penser. Sur la plage, mon cheval dansait au bord de l'eau. La nuit tomba d'un noir fondamental sur nous tous — et ce fut la fin de mon passé.

Extrait de
La Civilisation, ma Mère! ...,
Editions Denöel, 1972

Lexique

[1]**une carapace:** un organe dur qui protège le corps de certains animaux (par exemple, la carapace d'une tortue)

[2]**se rend compte de (se rendre compte de):** est conscient de; comprend

[3]**un (fils) cadet:** le fils après le fils aîné, le plus jeune fils

[4]**la veille:** le jour avant

[5]**une falaise:** un escarpement (*cliff*)

[6]**sous l'ombre d'un cèdre hérissé:** *under the shade of a shaggy (bristly) cedar*

[7]**vagues déferlantes:** *breaking waves*

[8]**une mouette:** un oiseau de mer

[9]**s'enlacent (s'enlacer):** s'entrelacent

[10]**des franges d'écume:** *fringes of foam*

[11]**s'ébroue (s'ébrouer):** le bruit fait par un cheval qui souffle en secouant la tête

[12]**en récompense:** un cadeau qu'on mérite par une bonne action

[13]**m'eût senti:** (le plus-que-parfait du subjonctif) m'avait senti

[14]**un arrière-plan d'inquiétude:** *ici:* l'inquiétude derrière son sourire.

[15]**balaie (balayer):** *ici:* entraîne avec soi (*the wind ruffles her hair*)

[16]**la chevelure:** l'ensemble des cheveux

[17]**le chagrin:** la peine, la déception

[18]**davantage:** plus

[19]**arrache (arracher):** détache

[20]**un brin d'herbe:** *a blade of grass*

[21]**mâchonne (mâchonner):** mâche lentement avec négligence (*chew*)

[22]**aplanir:** rendre sans inégalités (*smooth out*)

[23]**poignante:** qui cause une impression très vive; qui déchire le coeur

[24]**réfléchis (réfléchir):** considérer soigneusement, penser longuement

[25]**secoue (secouer):** remuer avec force (*shake*)

[26]**crispée:** contractée par la souffrance

[27]**âpre:** dur, rude

[28]**tandis que:** dans le même moment que, pendant que; *ici:* mais

[29]**s'est mouchée (se moucher):** a utilisé son mouchoir

[30]**un défi:** une déclaration provocatrice (*challenge*)

[31]**m'a supplié (supplier):** m'a prié

[32]**la nostalgie de la terre natale:** *home-sickness*

[33]**une lueur:** une lumière faible

[34]**histoires abracadabrantes:** histoires extraordinaires; histoires sans logique, incroyables

[35]**empêcher:** ne pas permettre; rendre impossible en s'opposant

Compréhension

Répondez aux questions suivantes.

1. Quand la mère dit «je ne veux pas le lui dire», à qui pense-t-elle?
2. Où se trouvent la mère et le fils?
3. Pourquoi le père avait-il donné le cheval au narrateur? En récompense de quoi à votre avis?
4. Combien de temps fallait-il au cheval pour accepter le narrateur? Comment le narrateur a-t-il gagné la confiance de son cheval?
5. Où va le narrateur et pourquoi? Pourquoi Nagib ne va-t-il pas accompagner son frère?
6. Qu'est-ce que le narrateur dit à sa mère pour la consoler un peu?
7. Pourquoi la mère est-elle inquiète?
8. Pourquoi pense-t-elle maintenant que ses fils n'ont pas bien fait d'ouvrir la porte de sa «prison»? Que veut-elle dire quand elle parle de sa «prison»?
9. Comment la mère se sent-elle envers son mari?
10. Pourquoi la mère trouve-t-elle que la vie était plus facile auparavant?
11. Comment a-t-elle essayé de consoler son fils?
12. On peut dire que le cheval Blanco symbolise en quelque sorte la mère.
    a) Le cheval était une possession du père. Comment, à votre avis, considérait-il sa femme?
    b) Pourquoi peut-on dire que le cheval et la mère vivaient en dehors de la civilisation?
    c) Que faisait le fils pour amener sa mère et son cheval dans le monde dit civilisé?

Vocabulaire

Pour chacune des phrases suivantes, remplacez les mots en caractères gras par son équivalent de la liste suivante.

abracadabrantes/ âpre/ a arraché/ chagrin/ davantage/ un défi/ empêcher/ une lueur/ mouettes/ en récompense/ réfléchir/ se rendre compte de/ a saisi/ secouer/ a supplié/ tandis que/ la veille de

Exemple

Vers le bout du tunnel on pouvait voir **une lumière faible**.

Vers le bout du tunnel on pouvait voir **une lueur**.

1. Tu manges constamment, **pendant que** moi, j'essaie de suivre un régime.
2. Le directeur commence à **être conscient de** nos problèmes.
3. Jérôme veut seulement une semaine de vacances, mais moi, j'en veux **plus**.
4. Guillaume veut se battre avec Georges; il lui a lancé **une déclaration provocatrice**.
5. Mon père m'a donné cette montre **comme cadeau** parce que j'ai reçu de bonnes notes.
6. M. Tardif a voulu **interdire** le mariage de sa fille.
7. **Le jour avant** son départ, il a acheté des chèques de voyage.
8. Plusieurs **grands oiseaux de mer** volaient au-dessus du bateau.
9. Le soldat parlait d'une voix **rude et dure**.
10. La mère **a prié** son enfant de ne plus pleurer.
11. Quand son chien est mort, elle avait le coeur plein de **tristesse**.
12. L'enfant **a détaché** une branche de l'arbre avec difficulté.
13. Ma tante aimait nous raconter des histoires **incroyables**.
14. L'enfant m'**a pris** par la main.
15. Pierre voulait **agiter** le cerisier pour en obtenir des cerises.
16. Il faut **penser** avant d'agir.

A ton avis

Réponds aux questions suivantes.

1. Si la mère expliquait à son mari qu'elle n'était plus la personne qu'il avait épousée, pourrait-il la comprendre? Pourquoi?
2. As-tu l'intention d'étudier à l'université ou à un collège après tes études dans cette école? Quels cours voudrais-tu suivre?
3. Préférerais-tu étudier loin de cette ville ou aussi proche de ta maison que possible? Pourquoi?
4. A ton avis, pourquoi le narrateur ne peut-il pas suivre ses études de médecine au Maroc?
5. Quand tu es loin de ta famille, combien de fois par semaine lui écris-tu?
6. Penses-tu qu'il soit difficile d'être libre? Pourquoi?
7. Es-tu d'accord avec la mère que ses fils n'ont pas bien fait d'ouvrir la porte de sa « prison»? Pourquoi?
8. Penses-tu qu'il soit préférable d'être ignorant(e) du monde, de ne pas se poser de questions plutôt que de se rendre compte de tout, et peut-être alors d'être malheureux (malheureuse)? Pourquoi?
9. Si l'on est loin de sa maison et qu'on ait la nostalgie de ses parents, que doit-on faire?
10. Quand tu étais jeune, est-ce que tes parents te lisaient des histoires abracadabrantes? Quelles sortes d'histoires aimais-tu quand tu étais jeune?

A faire et à discuter

A discuter:

1. Quand on cherche l'université où l'on va étudier, il vaudrait mieux en choisir une aussi loin de chez soi que possible. Vrai ou faux?
2. Heureux celui qui vit dans l'ignorance. Vrai ou faux?
3. La femme traditionnelle a moins de problèmes que la femme libérée. Vrai ou faux?

Faites des recherches:

Où peut-on trouver des chevaux sauvages de nos jours?
Pourquoi les chevaux sauvages se trouvent-ils là?
Que devrait-on faire avec ces animaux?

Université Laval à Québec

POT-POURRI

A. Votre réaction, s'il vous plaît.

B. Combinez les phrases suivantes selon l'exemple.

Exemple
Je ne suis pas à l'heure. J'en ai peur.
J'ai peur de ne pas être à l'heure.

1. Je ne peux pas trouver mon portefeuille.
   J'en ai peur.
2. Je ne rencontre pas Gérard. Je suis triste.
3. Je ne peux pas résoudre ces problèmes.
   Je m'inquiète.
4. Je ne sais pas comment vous répondre.
   Je suis désolé.
5. Je n'ai pas assez d'argent. Je le regrette.
6. Je ne peux pas l'aider. Je le regrette.
7. Je ne suis pas malade. Je suis content.
8. Je ne sais pas parler japonais. Je le regrette.

C. Répondez aux questions suivantes selon l'exemple. Utilisez un pronom possessif dans la réponse.

Exemple
Ce cheval est à toi?
Oui, c'est le mien.

1. Cette maison est à M. Vernet?
2. Ces cadeaux sont à moi?
3. Ces examens sont à ces élèves-là?
4. Cette raquette est à vous?
5. Ces vêtements sont à nous?
6. Cette place est à toi?
7. Ces cahiers sont à Nicole?
8. Cette classe est à ces élèves?
9. Cette note est à moi?
10. Ces clefs sont à vous?

Dans les Laurentides

D. Votre amie Barb vous a écrit une lettre. Quelles sont vos réactions à ses nouvelles? Si vous voyez un astérisque, composez une phrase qui exprime vos sentiments ou l'ordre qu'elle vous donne. Utilisez une expression comme **Je suis content/ heureux/ surpris/ étonné/ triste/ désolé/ malheureux; c'est dommage; je crains que; il est bon que; ou elle veut/ voudrait que.**

Exemple
Je t'écris enfin!*
Je suis content qu'elle m'écrive enfin.

> Mon cher ami,
>   Je t'écris enfin!* J'ai une nouvelle merveilleuse à t'apprendre.* J'ai enfin trouvé du travail pour l'été.* J'ai essayé d'abord de trouver quelque chose en ville.* Je n'ai pas réussi.* A vrai dire, je préfère rester en ville pendant l'été.* Mais mon poste est à St-Vincent-du-Lac à trois cents kilomètres au nord de Montréal. Je peux commencer immédiatement.* Je travaille comme serveuse pendant six semaines à l'Hôtel Sans-Souci.* Je ne gagne pas beaucoup d'argent.* Cependant les clients satisfaits donnent toujours un pourboire généreux à une bonne serveuse.* Les propriétaires m'ont dit qu'ils cherchent encore un instructeur de tennis.* J'ai pensé immédiatement a toi!* Est-ce que tu t'intéresserais à un travail comme cela? Nous pourrions passer l'été ensemble.* Téléphone-leur immédiatement!* Leur numéro de téléphone est (613) 761–4982 et le propriétaire s'appelle M. St-Cyr. Dis-lui que c'est de ma part.* Même si tu n'obtiens pas le poste, viens me voir à St-Vincent-du-Lac. Je veux te voir bientôt.*
>
>   Je t'embrasse,
>   Barb

VOCABULAIRE ACTIF

Noms (masculins)

le cartable
le chagrin
le défi
le maquillage
le pansement
le papier-mouchoir
le peigne
le savon
le torchon

Noms (féminins)

la brosse
la pastille
la toux
la tranche
la veille

Verbes

arracher
craindre
empêcher
s'enrhumer
hurler
oser
ôter
réfléchir
se rendre compte de
secouer
supplier

Adjectifs

efficace
étonnant, –e
gratuit, –e

Adverbes

davantage

Conjonctions

sauf

Expressions

C'est dommage!

UNITÉ 5

BUTS

Apprenez à toute vitesse:

- à choisir un métier;
- à faire des prédictions;
- à chercher du travail;
- à faire du bricolage;
- à exprimer des doutes;
- à varier vos pensées;
- à utiliser correctement quelques prépositions.

LECTURE

Gagner ma vie

Gabrielle Roy

Un soir, dans ma petite pièce¹ du grenier² que j'avais passée au lait de chaux,³ qui était blanche mais folle aussi, encombrée de choses disparates,⁴ et telle que⁵ je pensais la vouloir, dans mon refuge maman arriva, essoufflée⁶ d'avoir monté vite les deux escaliers. D'un coup d'oeil⁷ elle chercha où s'asseoir, car je professais que les chaises sont banales et je n'avais que des coussins par terre. Je jouais à l'artiste, ignorant encore que l'écrivain est l'être le plus indépendant — ou le plus solitaire! — et qu'il pourrait aussi bien écrire au désert, si toutefois dans le désert il éprouvait⁸ encore le besoin de communiquer avec ses semblables. En tout cas, je m'ingéniais⁹ à me créer une atmosphère et maman était décontenancée¹⁰ chaque fois qu'elle pénétrait dans ce qu'elle nommait mon « abracadabra ». Mais était-ce étonnant? Je me décontenançais moi-même tous les jours, en ce temps-là. Maman, très mal à l'aise sur un petit banc, aborda¹¹ tout de suite le sujet qui l'amenait: 5

   — Christine, me dit-elle, as-tu songé¹² à ce que tu vas faire dans la vie? Te voilà dans ta dernière année d'école. As-tu réfléchi? 10

— Mais, je te l'ai dit, maman: je voudrais écrire …

— Je te parle sérieusement, Christine. Il va te falloir choisir un emploi. — Sa bouche trembla un peu. — Gagner ta vie …

Certes, j'avais entendu l'expression bien des fois déjà, mais il ne m'avait pas semblé[13] qu'elle pût jamais me concerner tout à fait. C'est ce soir-là qu'elle me voua[14] à la solitude. Gagner sa vie! Comme cela m'apparaissait mesquin,[15] intéressé,[16] avare![17] La vie devait-elle se gagner? Ne valait-il pas mieux la donner une seule fois, dans un bel élan?[18] … Ou même la perdre? Ou encore la jouer, la risquer … que sais-je! Mais la gagner petitement, d'un jour à l'autre! … Ce fut, ce soir-là, exactement comme si on m'avait dit: « Par le seul fait que tu vis, tu dois payer. »

Je pense n'avoir jamais fait découverte plus désolante;[19] toute la vie assujettie[20] à l'argent; tout travail, tout songe[21] évalué en vue d'un rendement.[22]

— Oh, je gagnerai peut-être ma vie à écrire … un peu plus tard … avant longtemps …

— Pauvre enfant! a dit ma mère, et, après un silence, après un soupir,[23] elle a continué: Attends d'abord d'avoir vécu! Tu auras bien le temps, va. Mais, en attendant, pour vivre, que comptes-tu faire? …

Puis elle m'avoua:[24]

— Presque tout le vieux gagné[25] que ton père nous a laissé est mangé. J'y ai bien fait attention; mais nous allons bientôt en voir la fin.

Alors les infinis calculs,[26] la dure partie qui avait été celle de maman, je les ai vus; mille souvenirs m'ont prise à la gorge: maman ravaudant[27] tard dans une mauvaise lumière, tout occupée à ménager l'argent,[28] nous envoyant coucher tôt pour pouvoir baisser[29] le feu. « Couché, on sent moins le froid … » Et je revis cent occasions où j'aurais pu l'aider, tandis qu'elle m'envoyait étudier une sonate. Elle me disait: « Tu me fais bien plus plaisir, va, en étant la première de ta classe qu'en m'aidant à la vaisselle. » Et une fois où j'avais insisté pour prendre sa place à la lessiveuse à bras,[30] elle m'avait dit:
« Si tu tiens vraiment à me soulager,[31] va, pendant que je continue, me jouer le *Moment Musical*. C'est curieux comme ce morceau agit sur moi; si gai, si enlevé, il m'ôte toute fatigue. »

Oui, il en avait été ainsi. Mais, ce soir, je passai d'un extrême à l'autre. Je désirai ardemment gagner de l'argent. A cause de maman, je pense avoir même décidé que j'en ferais beaucoup.

— Dès demain, lui ai-je annoncé, je vais me chercher du travail. N'importe quoi![32] Dans un magasin, un bureau …

— Toi, dans un magasin! a-t-elle dit … D'ailleurs, il faut une certaine expérience pour être vendeuse. Non, il ne s'agit pas de gagner ta vie dès demain et de n'importe quelle[33] façon. Je peux te maintenir un an encore aux études.

Et elle me confia[34] ce qu'elle désirait pour moi de toute son âme:[35]

— Si tu voulais, Christine, devenir institutrice! … Il n'y a pas d'occupation plus belle, plus digne, il me semble, pour une femme …

(A suivre)

Extrait de *Rue Deschambault*, Collection Québec 10/10,
Editions Internationales Alain Stanké Ltée., 1980

Lexique

¹une pièce: une chambre (La salle de bains est une des pièces d'une maison.)

²un grenier: le contraire de sous-sol (*attic*)

³j'avais passée au lait de chaux: *I had whitewashed*

⁴disparates: qui ne sont pas en harmonie avec ce qui l'entoure

⁵telle que: comme

⁶essoufflée: pouvant à peine respirer (*out of breath*)

⁷un coup d'oeil: un regard rapide

⁸éprouvait (éprouver): avait, ressentait

⁹m'ingéniais (s'ingénier): essayais de faire de mon mieux pour

¹⁰décontenancée: mal à l'aise

¹¹aborda (aborder): commença à parler de

¹²songé (songer): pensé

¹³il ne m'avait pas semblé: comme je voyais les choses, je n'avais pas pensé que, il ne m'était pas apparu que

¹⁴voua (vouer): condamna

¹⁵mesquin: *stingy, petty*

¹⁶intéressé: *calculating*

¹⁷avare: qui garde l'argent sans en dépenser

¹⁸un élan: un mouvement d'enthousiasme

¹⁹désolante: qui cause une grande affliction (*distressing*)

²⁰assujettie à (assujettir): mise dans la dépendance de

²¹un songe: une pensée, un rêve

²²en vue d'un rendement: en vue de ce qu'on allait gagner

²³un soupir: *sigh*

²⁴avoua (avouer): dit ce qu'elle pensa; *admit*

²⁵le vieux gagné: l'argent; l'héritage

²⁶un calcul: l'action de faire les opérations mathématiques, additions, soustractions, etc.

²⁷ravaudant (ravauder): *darning, mending*

²⁸ménager l'argent: économiser (*save, manage*)

²⁹baisser: mettre plus bas

³⁰une lessiveuse à bras: *washtub with a wringer*

³¹soulager: rendre moins difficile, moins mal

³²n'importe quoi: *anything*

³³n'importe quelle: *no matter what*

³⁴confia (confier): dit en secret; fit ses confidences

³⁵une âme: *soul*

Compréhension

Répondez aux questions suivantes.

1. a) Où se trouve la chambre de Christine?
   b) De quelle couleur sont les murs? Pourquoi?
   c) Y a-t-il beaucoup de choses dans sa chambre? Comment sont-elles?
   d) Y a-t-il des chaises? Pourquoi? Où peut-on s'asseoir?
   e) Dans l'ensemble, quelle sorte de décor y a-t-il?

2. a) Qu'est-ce que Christine veut faire dans la vie?
   b) Selon elle, est-ce que le décor de sa chambre va bien avec le métier qu'elle veut faire?
   c) Plus tard, est-ce qu'elle trouvera ce décor nécessaire à ce métier?

3. a) La mère est-elle à l'aise dans la chambre de Christine?
   b) Quel nom donne-t-elle à cette chambre?

4. a) Christine se sent-elle à l'aise à cette époque de sa vie?
   b) Va-t-elle à l'école?
   c) En quelle année est-elle?

5. a) Pourquoi la mère est-elle venue dans la chambre de Christine?
   b) Que pense-t-elle du métier que sa fille veut faire?

6. a) Christine a-t-elle beaucoup pensé à l'idée de gagner sa vie?
   b) Comment cette idée lui apparaît-elle maintenant?
   c) Quelle idée a-t-elle de la vie?
   d) Quels sont les sentiments de Christine quand elle pense à l'idée de gagner sa vie?

7. a) Est-ce que la mère trouve pratique le métier que Christine veut faire?

   b) Selon la mère, quand est-ce que Christine pourra faire ce métier? Pourquoi?

8. a) Est-ce que la famille est riche ou pauvre? Pourquoi?

   b) Qu'est-ce que la mère a fait pour ménager l'argent? (2 choses)

9. a) Est-ce que Christine a beaucoup aidé sa mère? Pourquoi?

   b) Quels sont les sentiments de Christine quand elle se rappelle cette situation?

10. a) Qu'est-ce que Christine décide de faire?

    b) Sa mère est-elle d'accord? Pourquoi?

    c) Qu'est-ce que sa mère veut qu'elle fasse? Pourquoi?

Vocabulaire

A. Complétez les phrases par un mot de la liste suivante. Faites tous les changements nécessaires aux mots.

confier/ baisser/ n'importe quoi/ soulager/ tels que/ essoufflé/ rendement/ n'importe quel / éprouver/ aborder/ avouer/ grenier/ soupir/ coup d'oeil

1. Tout ce que je ne peux pas mettre au premier étage, au deuxième étage, et au sous-sol, je vais le garder au _____ .

2. M. Bézaire veut une augmentation de salaire et il va _____ ce sujet avec son patron demain.

3. Les récoltes étaient excellentes cette année. Le _____ était bon.

4. Jacques a la réponse. _____ les mains, les élèves.

5. A la fin du marathon, les coureurs avaient parcouru 100 km et ils étaient _____ .

6. Il a poussé un gros _____ parce qu'il était si malheureux.

7. Le criminel a _____ au juge qu'il avait commis le crime.

8. La Croix-Rouge demande aux gens de leur donner de vieux vêtements _____ _____ des chapeaux, des manteaux, des pantalons, des robes et des chemises.

9. Le médecin a donné un médicament au malade pour _____ sa douleur.

10. Il travaille toujours seul. Il ne _____ jamais à personne ce qu'il fait.

11. Il est entré dans la salle; il a jeté un _____ autour de lui; ensuite, il est parti.

12. Il m'aime beaucoup et il fera _____ _____ pour me faire plaisir.

13. Les mères _____ de l'amour pour leurs enfants.

14. Ils achèteront la maison à _____ _____ prix parce qu'ils veulent y habiter.

B. Trouvez dans le texte un synonyme de chacun des mots suivants.

1. une opération mathématique
2. le rêve
3. ressentir
4. il me paraît
5. penser
6. le contraire de *généreux*
7. le contraire de *sous-sol*
8. la salle à manger, la cuisine sont des
   _____

A ton avis

A. Complète les phrases suivantes et explique ton avis.

1. La chambre de Christine est
   a) bizarre.
   b) confortable.
   c) intéressante.
   d) ?

2. Le métier d'écrivain est
   a) difficile.
   b) le plus intéressant des métiers.
   c) trop solitaire.
   d) ?

3. Les idées de Christine sur la vie sont
   a) très nobles.
   b) assez justes.
   c) peu pratiques.
   d) ?

4. Lorsque Christine était plus jeune, elle
   a) était une enfant sage.
   b) n'a pas assez aidé sa mère.
   c) n'a pas compris la situation.
   d) ?

5. La mère de Christine
   a) veut que sa fille soit heureuse.
   b) essaie de dominer sa fille.
   c) veut refaire sa fille à sa propre image.
   d) ?

B. Vrai ou faux? Explique ta réponse.

1. Un(e) enfant a le droit de décorer sa chambre exactement comme il (elle) veut.
2. On devrait choisir un métier avant l'âge de quinze ans.
3. La chose la plus importante de la vie est le métier qu'on fait.
4. Les parents ne doivent pas expliquer leur situation financière à leurs enfants.
5. Un(e) enfant devrait aider ses parents à faire le ménage avant de faire ses devoirs.

A faire et à discuter

A. Faites des recherches.

1. Trouvez des renseignements sur la vie d'un écrivain que vous aimez. A-t-il (elle) fait un autre métier avant de devenir écrivain?
2. Faites des recherches sur un métier qui vous intéresse. Renseignez-vous sur les études qu'il faut faire, les conditions de travail, le salaire, etc.

B. Discutez en groupe.

1. Est-ce que Christine devrait obéir à sa mère et devenir institutrice?
2. « ... devenir institutrice! ... Il n'y a pas d'occupation plus belle, plus digne, il me semble, pour une femme ... »
   a) Quelles occupations sont traditionnellement féminines? Traditionnellement masculines?
   b) Avez-vous remarqué des changements de nos jours? Lesquels?
   c) Selon vous, quelle est l'occupation la plus belle et la plus digne qui existe?

STRUCTURE
Le futur antérieur

Demain à cette heure, j'aurai fini les examens!

OBSERVATION GRAMMATICALE

Demain à cette heure, j'**aurai pris** une décision.
Tu **seras revenu** à dix heures du soir.
Il **aura mangé** avant mon arrivée.
Quand vous rentrerez, elle **se sera** déjà **couchée.**
Nous **aurons vu** le film avant votre départ.
Vous comprendrez le problème quand vous l'**aurez entendu.**
Lorsque nous rentrerons des vacances, ils **auront acheté** un nouveau stéréo.

Les verbes en caractères gras dans les phrases ci-dessus (**aurai pris, seras revenu**, etc.) sont au **futur antérieur.**

Formation

Quels sont les verbes auxiliaires qu'on peut utiliser avec le futur antérieur?

A quel temps sont ces verbes auxiliaires?

Quelle autre partie du verbe utilise-t-on dans la formation du futur antérieur?

Pourquoi a-t-on *aurai* **pris** et *aura* **mangé**, mais *seras* **revenu** et *se sera* **couchée**?

Règle: Pour former le futur antérieur, on utilise les verbes auxiliaires _____ ou _____ au _____ (temps du verbe auxiliaire) + le _____ _____.

Usage

Je vous téléphonerai dès que j'**aurai pris les billets.**

Lorsque j'**aurai examiné** toutes les carrières possibles, je prendrai une décision.

Quand vous arriverez, elle **sera** déjà **partie.**

Aussitôt qu'elle **sera partie**, nous nous coucherons.

Après qu'elle **aura mangé**, elle ira au cinéma.

Au moment où les arbitres rentreront, nous **serons** déjà **sorti(e)s.**

Dans la première phrase, quelle action se passera d'abord **– l'action de téléphoner** ou **l'action de prendre les billets**? Et dans les autres phrases?

Donc, on utilise le futur antérieur pour parler d'un événement à un moment déterminé dans l'avenir qui précédera une autre action future.

Quelles conjonctions utilise-t-on avec le futur antérieur?

Quel est le temps du verbe dans la proposition principale? Et dans la proposition subordonnée?

Exercices

A. Complétez les phrases suivantes en mettant le verbe entre parenthèses à la forme qui convient du futur antérieur.

Exemple
Elle _____ avant mon arrivée. (manger)
Elle **aura mangé** avant mon arrivée.

1. J'_____ les réponses avant la fin de l'année. (recevoir)

2. Au moment où vous _____ à manger, je vous raconterai l'histoire. (se mettre)

3. A la fin de l'année prochaine, ils _____ la maison. (bâtir)

4. Demain à cette heure, nous _____ un magnétophone à cassettes. (acheter)

5. Après que tu _____ ta pièce d'identité, ils te laisseront passer la frontière. (montrer)

6. Dans un mois, elle _____ de voyage. (rentrer)

7. Dès que vous _____ le chèque, je vous donnerai un reçu. (faire)
8. Aussitôt que l'arbitre _____ le signal, le match commencera. (donner)
9. Quand j'_____ les copies, vous pourrez partir. (ramasser)
10. Nos beaux-parents _____ avant minuit. (se coucher)

B. Combinez les phrases suivantes en utilisant a) **quand**, b) **dès que** et c) **aussitôt que**. Faites des phrases en utilisant le futur et le futur antérieur.

Exemple
Elle rentre. Elle se met au travail.
Quand elle **sera rentrée,** elle **se mettra** au travail.
Dès qu'elle **sera rentrée**, elle **se mettra** au travail.
Aussitôt qu'elle **sera rentrée,** elle **se mettra** au travail.

1. Je reçois la réponse. Je vous le dis.
2. Vous rentrez. Nous allons au concert.
3. Nous achetons de nouveaux appareils sonores. Nous vous les montrons.
4. Tu comprends le passé simple. Tu n'as plus de problèmes.
5. Il s'habille. Il est prêt à partir.
6. Elles mangent des huîtres. Elles sont contentes.
7. Vous comprenez le problème. Vous pouvez le résoudre.
8. Les gens du monde apprennent à vivre ensemble. Le monde est en paix.

C. Pierre fait des prédictions dans l'annuaire de l'école. Qu'est-ce que les élèves auront accompli à l'âge de 40 ans? Complétez les phrases suivantes en choisissant des verbes de la liste ci-dessous et en les mettant au futur antérieur.

savoir/ écrire/ gagner/ acheter/ devenir/ s'amuser/ voyager/ aller/ ouvrir/ passer/ faire/ courir/ résoudre

Exemple
Robert _____ partout dans le monde.
Robert **aura voyagé** partout dans le monde.

1. Anne _____ un médecin célèbre.
2. Moi, j'_____ plusieurs voyages en Afrique du Nord.
3. Jules et André _____ leur propre magasin.
4. Gilles et moi, nous _____ en fusée dans l'espace.
5. Jean et Nicole, vous _____ les problèmes du monde.
6. Marie, tu _____ plusieurs de tes grandes vacances sur la lune.
7. Line _____ le marathon trois fois.
8. Nous _____ beaucoup _____ à des parties.
9. Sylvie et Gisèle _____ des maisons qu'ils vendront à leurs clients.
10. Hélène _____ trois romans et un livre de poèmes.

EN GARDE!

Nous nous **coucherons** quand il arrivera.
Nous nous **serons** déjà **couchés** quand il arrivera.

Présent	Futur antérieur	Futur
Présent	Futur antérieur	Nous nous coucherons quand il arrivera. Futur
	Nous nous serons déjà couchés	quand il arrivera.

Dans la première phrase, est-ce que les actions de se coucher et d'arriver se passeront en même temps au futur? Et dans la deuxième phrase?

Dans la deuxième phrase, quelle action se passera d'abord — **l'action de se coucher** ou **l'action d'arriver**?

Règle: Si les actions au futur se passent simultanément, on utilise le _____ (temps du verbe) dans les deux propositions.

Si une action au futur se passe avant l'autre, on utilise le _____ _____ pour l'action qui se passe en premier, et le _____ pour l'action qui se passe ensuite.

D. Combinez les phrases suivantes deux fois selon les indications suivantes et en utilisant la conjonction entre parenthèses pour montrer:
a) les actions qui se passeront en même temps
b) une action qui se passera avant une autre

Exemples
Vous partez. Ils rentrent. (quand)
a) Vous **partirez** quand ils **rentreront**.
b) Vous **serez parti** quand ils **rentreront**.

Nous nous levons. Le réveille-matin sonne. (aussitôt que)
a) Nous **nous lèverons** aussitôt que le réveille-matin **sonnera**.
b) Nous **nous lèverons** aussitôt que le réveille-matin **aura sonné**.

1. Il se couche. Elle revient. (quand)
2. Elle mange le pâté de foie. Vous rentrez. (au moment où)
3. Nous dînons. Il finit ses devoirs. (aussitôt que)
4. Tu fais les préparatifs pour Noël. Les enfants s'endorment. (quand)
5. Elles ramassent les outils. Vous entrez dans le grenier. (lorsque)
6. Je m'habille. Tu te réveilles. (dès que)
7. Vous vous mettez au travail. La cloche sonne. (quand)
8. Je trouve la solution. Vous me le dites. (quand)
9. Tu apprends le français. Les classes se terminent. (lorsque)
10. Il va mieux. Il prend le médicament. (aussitôt que)

E. Complète ces phrases comme tu veux. Emploie le futur antérieur ou le futur.

Exemple
Demain à cette heure,
Demain à cette heure, **j'aurai fini mes devoirs, j'aurai réussi à l'examen**, etc.

1. Demain à cette heure, je …
2. Quand nos ami(e)s seront venu(e)s, nous …
3. Lorsque j'aurai examiné toutes les possibilités, je …
4. Aussitôt que j'aurai terminé l'école, je …
5. Quand l'année scolaire sera terminée au mois de juin, je …
6. A la fin du mois d'août, je …
7. L'année prochaine, je …
8. A la fin de ma vie, je …

F. Qu'est-ce que tu auras fait ou qu'est-ce que tu n'auras pas fait à l'âge de 25 ans? Utilise les expressions suivantes ou ajoute d'autres possibilités.

Exemple
se marier
A l'âge de 25 ans, je me serai marié(e).
A l'âge de 25 ans, je ne me serai pas encore marié(e).

1. se marier
2. avoir deux enfants
3. terminer mes études à l'université
4. obtenir mon doctorat
5. voyager beaucoup
6. choisir une carrière (un métier)
7. acheter une maison
8. devenir riche, célèbre, heureux (heureuse), …
9. jouer le rôle principal dans plusieurs pièces de théâtre
10. ?

Gabrielle Roy

Comme la Christine de « Gagner ma vie », Gabrielle Roy fut institutrice dans les Prairies, de 1929 à 1937. Ensuite, après un séjour de deux ans en Europe, elle s'installa à Montréal, où elle fit du journalisme, tout en travaillant à son premier roman, *Bonheur d'occasion*.
Depuis cette époque-là, elle continue à écrire des romans qui peignent la vie canadienne.
« De même que Balzac est français, Dickens anglais, Gabrielle Roy, elle, est canadienne », dit une critique littéraire.

A L'ACHAT D'EXPRESSIONS

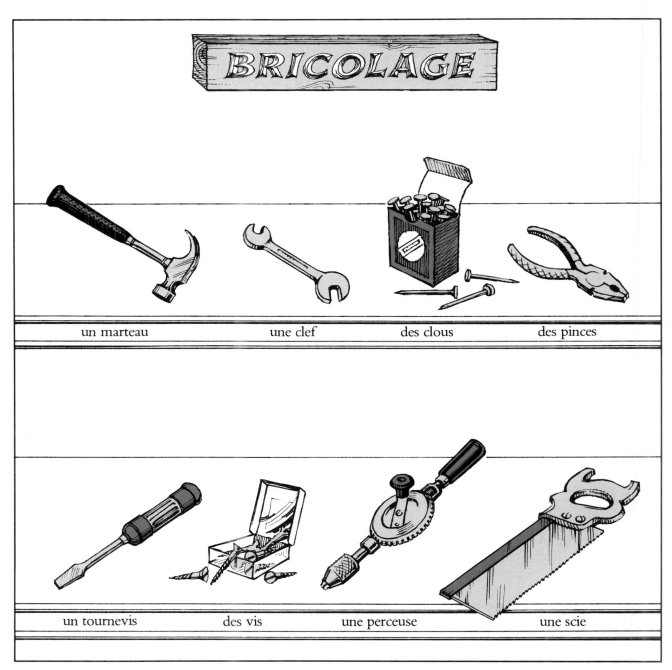

BRICOLAGE

un marteau   une clef   des clous   des pinces

un tournevis   des vis   une perceuse   une scie

Au service du personnel

Francine est au service du personnel d'un grand magasin.

La secrétaire: Bonjour, Mademoiselle. Est-ce que je pourrais vous aider?

Francine: Bonjour, Madame. J'ai rendez-vous avec le chef du personnel à quatre heures.

La secrétaire: Très bien. M. Berthier sera libre dans quelques instants. Voulez-vous vous asseoir?

Francine: Merci beaucoup.

Quelques instants plus tard, Francine se trouve dans le bureau de M. Berthier.

M. Berthier: Bonjour, Mademoiselle.

Francine: Bonjour, Monsieur. Je cherche un travail dans votre magasin.

M. Berthier: Bien. Quand voulez-vous travailler? Allez-vous toujours à l'école?

Francine: Oui, Monsieur. Je suis actuellement en dernière année à l'école secondaire. J'aimerais travailler le vendredi soir et le samedi pendant l'année scolaire et puis en été, quand j'aurai terminé mes études, je pourrai travailler à plein temps.

M. Berthier: Pourquoi voulez-vous travailler?

Francine: Mais, pour gagner de l'argent, bien sûr! J'espère aller à l'université en septembre et j'aurai besoin d'argent.

M. Berthier: Quelle sorte de travail avez-vous fait jusqu'à présent?

Francine: Eh bien, j'ai souvent gardé des enfants. J'ai de très bonnes références …

M. Berthier: Ah! Mademoiselle, je suis désolé! Je regrette que vous n'ayez pas assez d'expérience. Garder des enfants et travailler dans un grand magasin — ce n'est pas du tout la même chose! Je doute que vous soyez capable de vendre une robe ou de conseiller des femmes sur le choix du maquillage. Voyons, c'est tout simplement une question d'expérience.

Francine: Mais qui parle de vendre des robes? Justement, je voudrais travailler là où j'ai de l'expérience — au rayon du bricolage.

M. Berthier: Au rayon du bricolage? De l'expérience? Vous? Je ne comprends pas …

Francine: Oh! Monsieur, c'est tout simple. L'été passé j'ai aidé mon père à construire notre nouvelle maison. Je me suis servie de tout — d'un marteau, d'une clef, d'un tournevis, d'une perceuse. Je connais très bien le bricolage et ça m'intéresse beaucoup. C'est là où j'aimerais travailler.

M. Berthier: Très bien! Alors, je vous offre un poste au rayon du bricolage! Vous commencerez vendredi prochain à cinq heures du soir.

Francine: Merci beaucoup, Monsieur. Vous ne regretterez pas votre décision, j'en suis sûre.

Compréhension

Répondez aux questions suivantes.

1. Où se trouve Francine?
2. a) A qui parle-t-elle d'abord?
   b) A qui veut-elle parler?
   c) Doit-elle attendre?
3. Pourquoi a-t-elle rendez-vous avec M. Berthier?
4. Quand voudrait-elle travailler?
5. a) A-t-elle fini ses études?
   b) Qu'est-ce qu'elle veut faire en septembre?
6. a) Quel travail a-t-elle déjà fait?
   b) Qu'est-ce que M. Berthier pense de cette expérience?
7. a) A quel rayon veut-elle travailler? Pourquoi?
   b) Y a-t-elle de l'expérience?
8. a) Quelle est la réaction de M. Berthier?
   b) Est-ce qu'elle obtient le poste?

Vocabulaire

A. De quoi se sert-on?

Pour le savoir, complétez les phrases par un mot de la liste suivante.

perceuse/ marteau/ tournevis/ pinces/ scie

1. Pour couper un morceau de bois en deux, on se sert d'une _____.
2. Pour faire un trou dans un mur, on se sert d'une _____.
3. Pour planter un clou dans un morceau de bois, on se sert d'un _____.
4. Pour enlever une vis, on se sert d'un _____.
5. Pour saisir un clou ou une vis, on se sert de _____.

B. Devinettes

Trouvez dans le dialogue les mots indiqués par les devinettes suivantes.

1. Où on va dans une grande compagnie quand on cherche du travail.
2. Un plombier s'en sert souvent.
3. Ça commence en septembre et finit en juin.
4. Pas à mi-temps.
5. Ceux qui aiment travailler avec les mains en font.
6. On les demande souvent pour savoir si une personne est honnête.
7. Il s'occupe des employés d'une compagnie.

A faire et à discuter

1. Bricolage:
   Qu'est-ce qu'on devrait réparer ou construire chez vous?
   Avez-vous les outils nécessaires? Etes-vous capable de le faire?
2. Préparez un curriculum vitae que vous pouvez utiliser si vous cherchez un travail.
3. En travaillant avec un autre étudiant, préparez un dialogue entre un chef du personnel et quelqu'un qui cherche un travail.
4. A discuter en groupe:
   Quels problèmes avez-vous eus au travail ou en cherchant un travail?
5. Vrai ou faux?
   « Si les jeunes vont à l'école et travaillent à mi-temps, ils n'ont pas le temps d'être jeunes. »

STRUCTURE

Le subjonctif avec les expressions de doute, d'incertitude et de négation

Je doute que le numéro 9 gagne.
Je ne doute pas que le numéro 9 perd.

OBSERVATION GRAMMATICALE

Je doute qu'elle **soit** institutrice.
Je ne crois pas qu'il **devienne** écrivain.
Je ne pense pas qu'il **pleuve** demain.
Je ne suis pas certaine que vous **fassiez** le travail.
Je ne suis pas sûr qu'il **vienne.**
Je ne dis pas que vous **ayez eu** tort.

Remarquez qu'après une expression de doute, d'incertitude, ou de négation, on emploie **le subjonctif.**

Je doute qu'elle **soit** institutrice.

(Je pense qu'elle n'est pas institutrice, mais je ne suis pas sûr(e).)

Dans les phrases ci-dessus, quelles sont les expressions qui expriment le doute, l'incertitude ou la négation?

Pourquoi est-ce qu'on emploie le subjonctif après ces expressions?

Règle: Quand le verbe de la proposition principale exprime le doute, l'incertitude ou la négation, on utilise le _____ dans la proposition subordonnée.

Je ne doute pas qu'elle **est** institutrice.
Je crois qu'il **deviendra** écrivain.
Je pense qu'il **pleuvra** demain.
Je suis certaine que vous **ferez (faites)** le travail.
Je suis sûr qu'il **viendra (vient)**.
Je dis que vous **avez eu** tort.

Je ne suis pas certain qu'il **vienne**.

(Je pense qu'il viendra, mais je ne suis pas sûr(e).)

Je suis certain qu'il **viendra**.

(Je sais qu'il viendra; donc, il n'y a pas de doute.)

Regardez ces phrases.

Je ne crois pas que Marie **ait fait** une erreur.
Je crois que Marie **a fait** une erreur.

Dans la première phrase, est-ce que la personne qui parle est sûre que Marie ait fait une erreur? Et dans la deuxième phrase?

Regardez toutes les phrases ci-dessus. Quel temps emploie-t-on dans la phrase subordonnée? Pourquoi?

Règle: Si l'élément de doute, de négation ou d'incertitude est éliminé dans les expressions, on emploie _____.

Remarquez qu'on peut employer le présent, le futur ou le passé dans les phrases à l'indicatif, tandis qu'on n'emploie que le présent ou le passé au subjonctif.

Je doute qu'il **pleuve (ait plu)**.
Je ne doute pas qu'il **pleuvra (pleut, a plu)**.

Exercices

A. Introduisez les phrases par les expressions indiquées.

Exemple
Le film est bon. (Je ne crois pas que)
Je ne crois pas que le film **soit** bon.

1. Il travaille dans un grenier. (Nous ne croyons pas que)
2. Leur maison a 18 pièces. (Elle n'est pas sûre que)
3. Ils se sont mis à travailler. (Je doute que)
4. Tu as acheté un casque d'écoute. (Elle n'est pas certaine que)
5. Vous venez à l'heure. (Elles ne sont pas sûres que)
6. Nous nous souvenons de votre nom. (Vous ne croyez pas que)
7. Elle a ôté son manteau. (Vous ne pensez pas que)
8. Il fera froid demain. (Nous ne croyons pas que)
9. Je ramasse les outils. (Il ne dit pas que)
10. Ses vêtements lui conviennent. (Tu ne crois pas que)
11. Nous nous rendons compte de la situation. (Elle doute que)
12. Elle a saisi le problème. (Je ne suis pas certain que)

B. Complétez les phrases suivantes en utilisant le verbe entre parenthèses. Mettez le verbe au futur de l'indicatif ou au présent du subjonctif selon le cas.

Exemples
Je crois qu'il _____ demain. (pleuvoir)
Je crois qu'il **pleuvra** demain.

Je ne crois pas qu'il _____ demain. (pleuvoir)
Je ne crois pas qu'il **pleuve** demain.

1. Il est sûr qu'il _____ à l'heure. (être)
2. Elles ne doutent pas que je _____ à l'examen. (réussir)
3. Vous ne croyez pas que je _____ la course. (gagner)
4. Je doute qu'il _____ avant le début de la pièce. (arriver)
5. Je pense qu'elle _____ un nouveau tourne-disque. (acheter)
6. Je crois qu'elle _____ institutrice. (devenir)
7. Il est certain qu'ils _____ votre belle-mère en été. (voir)
8. Je ne crois pas que vous _____ le voyage. (faire)
9. Tu doutes qu'il _____ demain. (pleuvoir)
10. Nous ne pensons pas que tu _____ la solution du problème. (savoir)
11. Il n'est pas sûr que nous _____ visite à nos beaux-parents cette année. (rendre)
12. Je ne dis pas que vous _____ des problèmes. (avoir)

C. Lisez la description de Marie Leclerc. Ensuite, modifiez les phrases selon vos connaissances d'elle et selon le modèle.

> **Marie Leclerc**
> Elle a 16 ans.
> Elle est une bonne élève.
> Elle est sympathique.
> Elle est généreuse.
> Elle aime les oeufs.
> Elle n'aime pas l'alimentation fine.
> Elle travaille beaucoup.
> Tout le monde l'aime.

Exemples

Elle a 35 ans. (Je pense que non)
Je **ne pense pas** qu'elle **ait** 35 ans.

Elle a 16 ans. (Je pense que oui)
Je **pense** qu'elle **a** 16 ans.

1. Elle va au cinéma au lieu d'assister au cours. (Je ne crois pas)
2. Elle est méchante. (Je ne crois pas)
3. Elle est intelligente. (Je pense)
4. Elle partage ce qui lui appartient. (Je pense que oui)
5. Elle échoue aux examens. (Je doute)
6. Elle a beaucoup d'amis. (Je ne doute pas)
7. Elle réussit aux examens. (Il est sûr)
8. Elle fait beaucoup de fautes. (Je doute)
9. Elle mange des omelettes. (Il est sûr)
10. Elle aime les huîtres. (Il n'est pas sûr)

D. Complète les phrases comme tu veux.

1. Je (ne) doute (pas) que …
2. Je (ne) pense (pas) que …
3. Je (ne) crois (pas) que …
4. Je (ne) suis (pas) sûr(e) que …
5. Je (ne) suis (pas) certain(e) que …
6. Je (ne) dis (pas) que …

E. Que penses-tu de ce qui va se passer dans l'avenir? Réponds selon ton opinion aux phrases suivantes. Utilise les expressions suivantes.

Je crois/ Je ne crois pas
Je pense/ Je ne pense pas
Je suis sûr(e)/ Je ne suis pas sûr(e)
Je doute/ Je ne doute pas
Je suis certain(e)/ Je ne suis pas certain(e)

Exemple
En l'an 2000, le monde sera en paix.
Je doute que le monde soit en paix. *ou*
Je ne doute pas que le monde sera en paix.

En l'an 2000,

1. les extra-terrestres viendront nous voir.
2. tout le monde au Canada sera bilingue.
3. nous mangerons des pilules pour vivre.
4. nous prendrons des vacances sur la lune.
5. les ordinateurs remplaceront les gens.
6. il y aura seulement une langue mondiale.
7. nous pourrons rester toujours jeunes.
8. nous ne mourrons pas.
9. on résoudra tous les problèmes de la faim.
10. les jeux vidéo seront bannis.

L'ART DE CONVERSER

Des synonymes de *Je pense que*

"*Je pense que je pense que je pense.*"

Très souvent on aime donner une opinion; par exemple, on dit: **Je pense que** Marie est belle. Mais, au lieu de dire toujours **je pense que**, il y a d'autres expressions qu'on peut utiliser. En voici quelques-unes:

je crois que, je trouve que, j'imagine que, je suis sûr(e) que, je dirais que

**il me paraît que, il me semble que
il est certain que, il est sûr que**

Toutes ces expressions prennent l'indicatif.

Exercices

A. Madeleine ne travaille pas demain; alors, elle pense à ce qu'elle va faire.
Utilisez des synonymes de **Je pense que** dans les phrases suivantes pour rendre les pensées de Madeleine plus intéressantes.

Exemple
Je pense que je me lèverai à dix heures.
Je crois que je me lèverai à dix heures.

1. Je pense que je resterai au lit une demi-heure de plus.
2. Je pense que je lirai le journal au lit.
3. Je pense qu'il fera beau.
4. Je pense que je téléphonerai à Louise pour voir si elle travaille.
5. Je pense que Louise doit travailler demain.
6. Je pense que je devrais faire le ménage.
7. Je pense que je voudrais sortir au lieu de faire le ménage.
8. Je pense que j'irai au centre d'achats.
9. Je pense que j'achèterai la robe bleue que j'aime au grand magasin.
10. Je pense que la robe est en solde maintenant.
11. Je pense que je regarderai la télévision le soir.
12. Je pense qu'il y a un bon film à la télévision demain soir.

B. Qu'est-ce que tu ferais dans les situations suivantes? Utilise des synonymes de **Je pense que**.

Exemple
Tu te sens très malade au milieu de la nuit.
J'imagine que j'irais à l'hôpital.

1. Tu voudrais mieux connaître un(e) camarade de classe.
2. Tu voudrais faire du ski.
3. Tu voudrais avoir une auto.
4. On t'insulte.
5. Tu cherches un travail.
6. On copie une de tes réponses pendant un examen.
7. Tu gagnes à la loterie.
8. On te demande de l'argent dans la rue.

STRUCTURE

Verbes suivis d'un complément d'objet direct ou indirect et des prépositions **à** et **de**

Je t'ai avertie de ne pas marcher au-dessous d'une échelle!

OBSERVATION GRAMMATICALE

Verbe + complément d'objet direct + *de* + infinitif

Il **empêche** les ouvriers **de** bâtir cette maison.
Elle **persuade** Pierre **d'**aller au cinéma.
Le professeur **prie** les élèves **de** ne pas manquer le cours.

Quels sont les compléments d'objet direct dans les phrases ci-dessus?
Quelle préposition vient devant l'infinitif?

Quelques verbes qui sont suivis d'un complément d'objet direct + **de** + un infinitif sont:

accuser quelqu'un de   menacer quelqu'un de
avertir quelqu'un de   persuader quelqu'un de
empêcher quelqu'un de   prier quelqu'un de
féliciter quelqu'un de   remercier quelqu'un de

Exercices

A. Complétez les phrases suivantes par un verbe de la liste suivante. Faites les changements nécessaires.

persuader ... de/ accuser ... de/ féliciter ... de/ remercier ... de/ prier ... de/ menacer ... de/ empêcher ... de/ avertir ... de/ prier ... de

Exemple
Je vous _____ _____ m'aider.
Je vous **prie de** m'aider.

1. Il m'avait _____ _____ ne pas hurler, mais j'ai continué à crier quand même.
2. Elle _____ Pierre _____ ne pas travailler, mais elle a tort. Pierre fait toujours ses devoirs.
3. L'entraîneur nous a _____ _____ avoir gagné le prix.
4. Je vous _____ _____ ne pas toucher le poêle. Il est très chaud.
5. Il m'_____ _____ rester plus longtemps, même si je lui ai dit que je devais partir.
6. Nous vous avons _____ _____ faire votre travail parce que nous avons fait trop de bruit.
7. Les ouvriers _____ _____ faire la grève si leurs demandes ne leur sont pas accordées.
8. Je vous _____ _____ avoir fait cela pour moi.

B. Réponds à ces questions personnelles.

1. Peux-tu persuader tes ami(e)s de faire ce que tu veux faire? Comment? Toujours?
2. Comment est-ce que tes parents te persuadent de faire la vaisselle? De nettoyer ta chambre?
3. As-tu jamais prié ta soeur (ton frère) de faire quelque chose? Quoi?
4. Qui t'a empêché(e) de faire quelque chose? Quoi?
5. Est-ce que le professeur te félicite d'avoir fait un bon travail? Quand?
6. As-tu jamais menacé quelqu'un de faire quelque chose? Quoi?

Verbe + complément d'objet direct + *à* + infinitif

Ils nous **ont aidés à** construire la maison.
J'ai invité Pierre **à** dîner chez nous.

Dans les phrases ci-dessus, quels sont les compléments d'objet direct?

Est-ce que les compléments d'objet direct sont des personnes ou des choses?

Quelle préposition est-ce qu'on emploie devant l'infinitif?

Quelques verbes qui sont suivis d'un complément d'objet direct + **à** + un infinitif sont:

aider quelqu'un à	forcer quelqu'un à	obliger quelqu'un à
condamner quelqu'un à	inviter quelqu'un à	pousser quelqu'un à
encourager quelqu'un à		

C. Complétez les phrases suivantes par un verbe de la liste suivante.

à manger/ à venir/ à dire/ à passer/ à continuer/ à travailler

Exemple
Au début du siècle, on a obligé les enfants
_____ _____ dans les usines.
Au début du siècle, on a obligé les enfants
à travailler dans les usines.

1. Nos camarades nous ont invités _____
_____ chez eux.
2. Le professeur a encouragé l'élève _____
_____ ses études de français parce qu'il
était doué pour les langues.

3. Vous m'avez poussé _____ _____
ce que je ne voulais pas dire.
4. Il a forcé l'enfant _____ _____ des
épinards même si l'enfant ne les aimait pas.
5. On l'a condamné _____ _____
sept ans en prison.

D. Réponds à ces questions personnelles.
1. Qu'est-ce que tes parents t'obligent à faire?
2. Qui t'encourage à faire quelque chose? Quoi?
3. Qu'est-ce que tu invites tes ami(e)s à faire?
Quand?
4. Est-ce qu'on t'a jamais forcé(e) à faire
quelque chose que tu ne voulais pas faire?
Quoi?
5. Qu'est-ce que tu as aidé ton frère (ta soeur) à
faire?

Verbe + *à* + complément d'objet indirect + *de* + infinitif

Je **promets à** ma mère **de** chuchoter pendant que le bébé dort.
Les parents ne **permettent** pas **à** leurs enfants **de** sortir trop tard.
Nous **leur avons écrit de** venir samedi.

Quels sont les compléments d'objet indirect dans les phrases ci-dessus?
Quelle préposition utilise-t-on devant le complément d'objet indirect?
Quelle préposition vient devant l'infinitif?

Quelques verbes qui sont suivis de **à** + un complément d'objet indirect + **de** + un infinitif sont:

commander à quelqu'un de	ordonner à quelqu'un de
conseiller à quelqu'un de	permettre à quelqu'un de
demander à quelqu'un de	promettre à quelqu'un de
défendre à quelqu'un de	proposer à quelqu'un de
dire à quelqu'un de	refuser à quelqu'un de
écrire à quelqu'un de	suggérer à quelqu'un de
offrir à quelqu'un de	téléphoner à quelqu'un de

E. Complétez les phrases suivantes par un verbe de la liste suivante. Vous pouvez utiliser un verbe plus d'une fois.

promettre … de/ demander … de/ défendre … de/ écrire … de/ suggérer … de/ téléphoner … de/ refuser … de/ conseiller … de/ permettre … de/ offrir … de/ proposer … de

Exemple

Georges _____ à Marie _____ aller au cinéma et Marie pense que c'est une bonne idée.
Georges **propose** à Marie **d'**aller au cinéma et Marie pense que c'est une bonne idée.

1. Il est méchant, mais il me _____ _____ être gentil à l'avenir.
2. L'avocat _____ à son client _____ dire la vérité.
3. Les parents ne _____ pas à leurs enfants _____ se coucher tard.
4. Tu dois chuchoter. On te _____ _____ faire du bruit.
5. Il _____ à Marie _____ l'aider.
6. J'ai _____ à Robert _____ aller au cinéma.
7. Le professeur _____ aux élèves _____ faire leurs devoirs tout de suite.
8. Nous avons _____ une lettre à Pierre _____ venir nous voir.
9. Je vais _____ à Line _____ venir demain. Donc, j'aurai une réponse tout de suite.
10. Il n'a pas voulu aller au cinéma. Il a _____ à son ami _____ l'accompagner.

F. Choisissez parmi les verbes suivants pour compléter le paragraphe suivant. Le premier choix est fait pour vous. Il y a plusieurs possibilités.

dire … de/ avertir … de/ conseiller … de/ suggérer … de/ défendre … de/ promettre … de/ demander … de/offrir … de

Dans le bureau de l'avocat

Le suspect a **demandé** à l'avocat **de** téléphoner à sa femme. L'avocat l'a fait et il a _____ à la femme _____ ne pas s'inquiéter. Ensuite, l'avocat a _____ à son client _____ dire la vérité. Plus tard, dans le bureau du juge, on a décidé que le client ne resterait pas en prison parce qu'un ami lui a _____ _____ obtenir sous caution sa mise en liberté. Tout de même, le juge a _____ au client _____ quitter la ville et il lui a _____ _____ rester chez lui ou il risquerait de perdre sa liberté. Avant de quitter son client, l'avocat lui a _____ _____ ne parler à personne, et il lui a _____ _____ faire de son mieux pour prouver son innocence.

G. Réponds à ces questions personnelles.

1. Quand demandes-tu à tes ami(e)s de t'aider?
2. Qu'est-ce que tu proposes à tes ami(e)s de faire le samedi?
3. Téléphones-tu à tes ami(e)s de venir te voir? Quand?
4. Promets-tu à ta soeur (à ton frère) d'être plus gentil(le) à l'avenir?
5. Refuses-tu jamais de faire quelque chose? Quoi?
6. Quand est-ce que le professeur te demande de faire quelque chose? Qu'est-ce qu'il te demande de faire?
7. Qu'est-ce que tes parents te suggèrent de faire dans l'avenir?
8. Est-ce que tes parents te permettent de sortir tard pendant la semaine?

Une vue aérienne d'un village dans la Saskatchewan

Verbe + quelque chose + *à* + quelqu'un

J'achète un tourne-disque **à** Marie.
Le professeur **enseigne** l'histoire **aux** élèves.

Quels sont les compléments d'objet direct dans les phrases ci-dessus?

Est-ce que les compléments d'objet direct sont suivis d'une préposition?

Dans les phrases ci-dessus, qu'est-ce que la préposition **à (aux)** veut dire en anglais?

Quelques verbes qui sont suivis d'un complément d'objet direct + **à** + le nom d'une personne sont:

acheter quelque chose à quelqu'un
apprendre quelque chose à quelqu'un
cacher quelque chose à quelqu'un
dire quelque chose à quelqu'un
enseigner quelque chose à quelqu'un
ôter quelque chose à quelqu'un

pardonner quelque chose à quelqu'un
prendre quelque chose à quelqu'un
refuser quelque chose à quelqu'un
souhaiter quelque chose à quelqu'un
voler quelque chose à quelqu'un

H. Complétez les phrases suivantes par un mot de la liste ci-dessous. Insérez la préposition **à** ou les formes de **à** + l'article défini.

cacher/ pardonner/ ôter/ acheter/ dire/ voler/ souhaiter/ enseigner/ refuser

Exemple

Pierre veut vendre son tourne-disque. André va _____ le tourne-disque _____ Pierre.
Pierre veut vendre son tourne-disque. André va **acheter** le tourne-disque **à** Pierre.

1. Le juge _____ le crime _____ criminel.
2. Je _____ de bonnes vacances _____ mes amis.
3. Le criminel _____ ce sac à main _____ la jeune fille.
4. Les parents _____ les cadeaux de Noël _____ leurs enfants.
5. Le professeur _____ le français _____ élèves.
6. Le client _____ la vérité _____ juge.
7. Il _____ les paquets lourds _____ sa mère.
8. Il ne peut pas accepter un si beau cadeau. Il _____ le cadeau _____ son amie.

I. Réponds à ces questions personnelles.

1. Quand caches-tu quelque chose?
2. Qu'est-ce que tu caches et à qui le caches-tu?
3. Quand prends-tu quelque chose à quelqu'un? Qu'est-ce que tu prends et à qui le prends-tu?
4. Qu'est-ce que tu pardonnes à tes ami(e)s? A tes soeurs? A tes frères?
5. Qu'est-ce que tu souhaites à tes ami(e)s?
6. As-tu jamais refusé quelque chose à quelqu'un? Quoi? A qui?
7. Est-il honnête de voler quelque chose à quelqu'un?
8. Quand est-ce que tu dis à tes ami(e)s de se taire?
9. As-tu jamais acheté quelque chose à quelqu'un? Quoi?

Marie-Claire Blais

Née à Québec en 1939, Marie-Claire Blais est aujourd'hui romancière, poète et dramaturge. Mais il n'a pas toujours été ainsi. En effet, à l'âge de quinze ans, elle dut abandonner ses études pour gagner sa vie dans une usine. Heureusement, avec de l'encouragement, elle suivit quelques cours à l'Université Laval et commença à écrire. Puis, elle étonna les critiques par la publication de trois romans et de deux recueils de poésie dans l'espace de cinq ans. Aujourd'hui elle vit modestement et se consacre à la création littéraire. Son roman le plus connu s'appelle *Une saison dans la vie d'Emmanuel.*

Marie-Claire Blais

J. Complétez les phrases suivantes par **à**, **de**, ou
——.

Exemple
Je persuade _____ mes amis _____
partir.
Je persuade mes amis **de** partir.

1. Les parents avertissent _____ leurs
   enfants _____ faire attention quand ils
   traversent la rue.
2. L'arbitre a encouragé _____ le joueur
   _____ pratiquer le hockey.
3. J'ai conseillé _____ mon ami _____
   ne pas acheter sa platine tourne-disque dans
   ce magasin.
4. Elle a acheté _____ ce magnétophone à
   cassettes _____ son ami.
5. Le professeur a pardonné _____ la
   faute _____ la classe.
6. Marie et Georges ont prié _____ le
   médecin _____ soulager la douleur de
   leur grand-père.
7. Nous allons inviter _____ nos amis
   _____ fêter le jour de l'An.
8. Elle a promis _____ sa mère
   _____ devenir institutrice.
9. Elle a souhaité _____ un bon voyage
   _____ son beau-frère.
10. Ces gens ont aidé _____ leurs voisins
    _____ faire des réparations à la maison.
11. Nous avons persuadé _____ Marie
    _____ ne pas trop travailler ou elle
    deviendrait malade.
12. Le professeur empêche _____ les élèves
    _____ mâchonner la gomme à mâcher
    pendant le cours.

K. Complète les phrases comme tu veux.
1. Je prie … de …
2. Je suggère à … de …
3. J'ai refusé à … de …
4. Mon ami(e) m'a aidé(e) à …
5. J'ai empêché … de …
6. Je vais écrire à … de …
7. Le professeur m'encourage à …
8. J'ai averti … de …
9. Je vais inviter … à …
10. J'ai remercié … de …
11. J'ai offert à … de …
12. J'ai persuadé … de …
13. J'ai promis à … de …
14. J'ai refusé … à …
15. J'ai acheté … à …

L'intérieur d'une vieille école de campagne

LECTURE
Gagner ma vie

Gabrielle Roy

(Suite et fin)

Maman avait souhaité[1] faire de toutes ses filles des maîtresses d'école[2] — peut-être parce qu'elle portait en elle-même, parmi tant de rêves sacrifiés, cette vocation manquée.

— Mais ce n'est guère[3] payant!

— Oh! ne parle pas ainsi. Estime-t-on sa vie à ce que l'on gagne?

— Puisqu'il faut la gagner, autant la marchander[4] au meilleur prix ...   5

— La gagner, mais non pas la vendre, dit maman; c'est tout autre chose. Réfléchis, Christine. Rien ne me ferait plus plaisir que de te voir institutrice. Et tu y excellerais! Réfléchis bien.

Quand on se connaît mal encore soi-même,[5] pourquoi ne tâcherait-on[6] pas de réaliser le rêve[7] que ceux qui nous aiment font à notre usage![8] J'ai terminé mon année d'Ecole normale, puis je suis partie prendre ma première classe dans un petit village de nos Prairies. C'était un tout petit village par terre,   10
je veux dire vraiment à plat dans les plaines, et presque entièrement rouge, de ce sombre rouge terne[9] des gares de chemin de fer dans l'Ouest. Sans doute, le C.N.R. avait-il envoyé de la peinture pour peindre[10] la gare et les petites dépendances[11] du chemin de fer: la baraque[12] aux outils, la citerne[13] à eau, quelques wagons désaffectés[14] qui servaient de logement au chef du secteur et à ses hommes. Il en était resté que les villageois[15] avaient eue à bon marché,[16] peut-être pour rien, et ils en avaient tous peint leurs murs; du   15
moins c'est ce que j'ai imaginé en arrivant dans le village. Même l'élévateur à blé[17] était rouge, même la maison où j'allais habiter, recouverte de tôles[18] dont plusieurs battaient[19] au vent. Il n'y avait que l'école qui eut de l'individualité, toute blanche. Et ce village rouge, il s'appelait, il s'appelle encore: Cardinal.

La dame chez qui j'allais loger[20] dit en me voyant:

— Hein! C'est pas vous la maîtresse d'école! Oh non, ce n'est pas possible!   20

Elle ajusta ses lunettes pour mieux me voir.

— Mais ils ne vont faire qu'une bouchée[21] de vous!

Cette première nuit que je passai à Cardinal, le vent n'arrêta pas de secouer les tôles disjointes de la maison, isolée au commencement du village ... mais, il est vrai, accompagnée de deux petits arbres tristes, comme elle secoués par le vent. C'étaient presque les seuls arbres du village; ils me devinrent très   25
précieux; et, plus tard, j'eus beaucoup de peine[22] quand l'un d'eux fut tué par le gel.[23]

Mais, ce premier soir, le vent m'a parlé bien cruellement. Pourquoi le village était-il si atrocement rouge? Etait-ce la couleur de son ennui[24] terrible? Les uns m'avaient avertie:[25] « C'est un village de haine:[26] tout le monde hait[27] quelqu'un ou quelque chose ... » Oui, mais dans tout village de par chez nous,[28] même rouge, même si seul dans la nudité de la plaine, il y a toujours autre chose que de la haine! ...   30

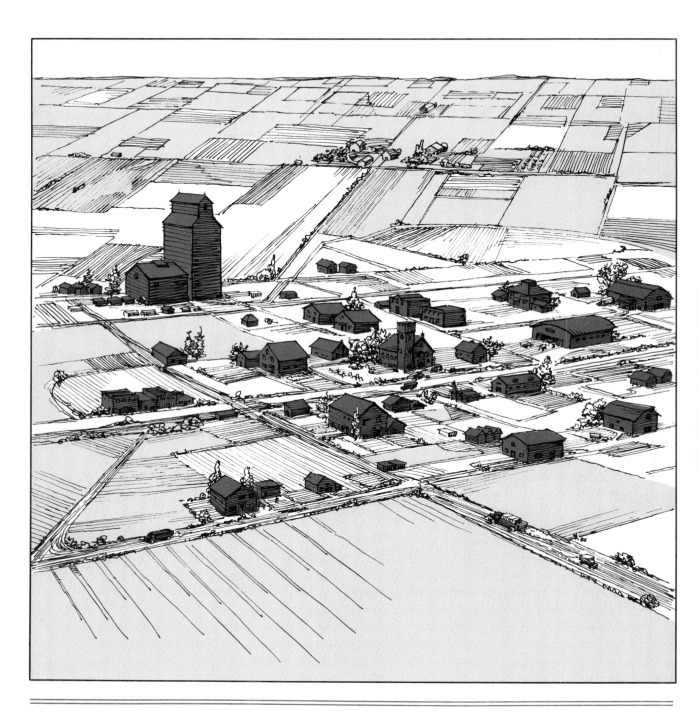

Le lendemain, j'ai traversé tout le village; en vérité, il n'était qu'une longue rue, et celle-ci n'était vraiment que la route municipale, une large route de terre; et le village était si peu de chose, et silencieux, qu'elle le traversait à la même allure[29] que les espaces. Je pense qu'à chaque fenêtre il y avait quelqu'un pour m'épier.[30] Derrière leurs rideaux, est-ce qu'ils pouvaient savoir ce que c'est de s'engager[31] un bon matin sur un trottoir[32] en bois où chaque pas résonne, pour aller, tout à l'autre bout du village méfiant,[33] gagner sa vie!

Mais puisque j'avais accepté le marché,[34] je voulais que ce fût un engagement[35] loyal. « Tu me donnes tant en salaire, moi je te donne tant d'heures de travail …» Non, ce n'était pas ainsi que je voulais engager[36] l'affaire avec le village. Je lui donnerais tout ce que je pourrais. Et lui, que me donnerait-il en échange? Je l'ignorais, mais je lui faisais confiance.

Extrait de *Rue Deschambault*,
Collection Québec 10/10,
Editions Internationales Alain Stanké Ltée, 1980

Lexique

[1]**avait souhaité (souhaiter):** avait désiré
[2]**une maîtresse d'école:** une institutrice
[3]**ce n'est guère:** ce n'est presque pas
[4]**marchander:** *to bargain; ici:* essayer de vendre
[5]**soi-même:** *oneself*
[6]**tâcherait-on (tâcher):** essayerait-on
[7]**réaliser le rêve:** faire de sorte que le rêve devienne réalité
[8]**font à notre usage:** veulent pour nous
[9]**terne:** qui ne brille pas
[10]**peindre (participe passé: peint):** couvrir quelque chose de peinture
[11]**dépendances:** *annexes, out-buildings*
[12]**une baraque:** une cabane, une hutte
[13]**une citerne:** un réservoir dans lequel on conserve de l'eau de pluie
[14]**désaffectés:** qui ne sont plus employés, hors service
[15]**les villageois:** les gens du village
[16]**bon marché:** le contraire de cher; à un prix plus bas
[17]**un élévateur à blé:** où l'on garde le blé (*grain elevator*)
[18]**une tôle:** *sheet metal*
[19]**battaient (battre):** faisait des mouvements rapides (*flapped about*)

[20]**loger:** habiter en payant un loyer
[21]**bouchée:** *mouthful;* **Ils ne vont faire qu'une bouchée de vous!:** *They'll make mincemeat out of you!*
[22]**une peine:** une souffrance, une douleur
[23]**un gel:** une congélation des eaux; l'état de l'eau quand la température est au-dessous de zéro; glace
[24]**un ennui:** une tristesse profonde, une souffrance
[25]**avertie (avertir):** informée de faire attention à (*warned*)
[26]**la haine:** le contraire de l'amour, l'hostilité, la détestation
[27]**hait (haïr):** détester; ne pas aimer
[28]**de par chez nous:** près de chez nous
[29]**une allure:** une vitesse
[30]**épier:** observer attentivement et secrètement
[31]**s'engager:** se mettre en route
[32]**un trottoir:** chemin reservé aux gens sur les côtés d'une rue
[33]**méfiant (méfier):** qui n'a pas confiance en
[34]**un marché:** *a deal, a bargain, a contract*
[35]**un engagement:** un contrat: l'action d'accepter quelque chose
[36]**engager:** entrer dans; commencer

Compréhension

Répondez aux questions suivantes.

1. Qu'est-ce que la mère veut que ses filles deviennent? Pourquoi?
2. a) Quelle est l'objection de Christine au désir de sa mère?
   b) Quelle est la réponse de la mère à l'objection de Christine?
3. a) Pourquoi Christine devient-elle institutrice?
   b) Quelles études fallait-il faire pour le devenir?
4. Où est la première classe de Christine?
5. a) De quelle couleur est le village?
   b) Pourquoi, selon Christine?
   c) Quel bâtiment est d'une autre couleur?
6. Quels bâtiments appartiennent au C.N.R.?
7. Quelle est la réaction de la maîtresse de maison en voyant Christine?
8. a) Décrivez la maison où Christine habite.
   b) Que pense-t-elle des arbres devant la maison?
9. a) Quel temps fait-il le premier soir?
   b) Quelle atmosphère y a-t-il dans le village?
   c) Qu'est-ce qui contribue à cette atmosphère?
10. Décrivez le village.
11. a) Que fait-on le premier matin?
    b) Est-ce que les villageois comprennent les sentiments de Christine?
12. a) Quelle sorte de travail Christine a-t-elle l'intention de faire?
    b) Que recevrait-elle du village?
    c) Est-elle optimiste ou pessimiste à la fin de l'histoire?

Vocabulaire

A. Complétez les phrases suivantes par un mot de la liste suivante. Faites les changements nécessaires.

battre/ épier/ ne ... guère/ gel/ secouer/ trottoir/ souhaiter/ loger/ tâcher/ ennui/ haïr/ avertir/ réaliser/ peine/ peindre/ méfiant

1. Il travaille trop et il ne prend presque pas de vacances. Il _____ prend _____ de vacances.
2. Tom Thomson a _____ de très beaux tableaux.
3. Le détective _____ la personne suspecte jour et nuit.
4. Les parents enseignent à leurs enfants à marcher sur le _____ et non pas dans la rue.
5. Tout ne va pas bien. J'ai beaucoup d'_____ en ce moment.
6. Il est très _____. Il doute de tout ce que les gens lui disent.
7. C'était un matin de _____. La température était au-dessous de zéro et il y avait de la glace partout.
8. Vous n'avez pas bien fait. _____ de mieux faire la prochaine fois.
9. L'actrice a _____ son rêve quand elle avait gagné un Oscar.
10. Je vous ai _____ du danger par les signaux que j'ai mis devant le site de construction.
11. Je n'aime pas cette histoire. Je _____ cette histoire.
12. Je vous _____ une bonne et heureuse année.
13. Quelques-uns des étudiants qui n'habitent pas dans la ville où ils font leurs études vont _____ dans un appartement près de l'université.
14. Il faut _____ les oeufs avant de faire l'omelette.
15. Le grand vent était si fort qu'il _____ les arbres et les maisons.
16. La mort de leur beau-père leur a causé beaucoup de _____.

B. Trouvez dans l'histoire le contraire de chacun des mots suivants.

1. l'amour
2. brillant
3. le dégel
4. presque toujours
5. acheter

C. Trouvez dans l'histoire un synonyme aux expressions suivantes.

1. essayer de
2. une institutrice
3. une tristesse profonde
4. informer quelqu'un d'un danger
5. colorier avec de la peinture

Une vieille école de campagne

A ton avis

A. Quelle importance est-ce que les choses suivantes ont pour toi?
Réponds en choisissant une des catégories suivantes.

  A. beaucoup d'importance
  B. une certaine importance
  C. pas beaucoup d'importance
  D. aucune importance

Exemple
Avoir beaucoup d'amis
Pour moi, avoir beaucoup d'amis a beaucoup d'importance.

1. un travail intéressant
2. gagner beaucoup d'argent
3. exceller dans mon travail
4. la couleur de ma maison/ mon appartement
5. le temps qu'il fait
6. les arbres
7. l'opinion que les autres se font de moi

B. Dans l'histoire « le village de haine » est rouge. Très souvent les émotions évoquent en nous des couleurs.
A quelle couleur penses-tu quand tu penses aux émotions suivantes?

1. l'amour
2. la haine
3. le bonheur
4. la tristesse
5. le froid
6. la chaleur
7. la solitude
8. l'amitié
9. la dépression
10. le confort

C. Qu'est-ce que tu préférerais?

1. Faire un métier qui plaît à tes parents et que tu aimes un peu ou faire un métier que tu aimes beaucoup et que tes parents détestent tout à fait.
2. Faire un métier très intéressant qui te donne un mauvais salaire ou faire un métier assez intéressant qui te donne un bon salaire.
3. Rester où tu connais beaucoup de monde ou partir à l'aventure où tu ne connais personne quand tu commenceras à travailler.
4. Habiter dans une grande ville ou habiter à la campagne.
5. Habiter dans une très vieille maison ou habiter dans un appartement très moderne.
6. Vivre dans un climat tropical ou vivre dans un climat tempéré.
7. Etre professeur ou être étudiant.

A faire et à discuter

1. Faites des recherches sur le métier d'institutrice d'il y a 70 ans.
2. Quel est le rôle des trains dans le développement de notre pays?
3. Que devrait-on faire pour choisir un métier?
4. Quelles sont les qualités d'un bon professeur?

POT-POURRI

A. Votre réaction, s'il vous plaît.

B. Marie et Yves feront un voyage. Reliez les phrases de la colonne A à celles de la colonne B pour raconter ce qu'ils auront fait à la fin de la première journée. Utilisez **quand**, **lorsque**, **dès que**, **aussitôt que** et **après que**.

A
1. arriver à l'aéroport
2. trouver l'hôtel
3. défaire leurs valises
4. boire un café
5. voir tous les monuments
6. finir de manger
7. voir toutes les peintures
8. prendre le dîner
9. danser presque toute la nuit
10. rentrer à l'hôtel
11. se coucher

B
chercher un hôtel
y déposer leurs bagages
boire un café dans un restaurant en plein air
faire un tour de la ville
prendre le déjeuner
aller au musée
dîner au restaurant
s'amuser à la discothèque
rentrer à l'hôtel
se coucher
s'endormir tout de suite

Exemple
Quand ils seront arrivés à l'aéroport, ils chercheront un hôtel.

C. Refaites l'exercice B en racontant ce que Marie et Yves avaient fait.

Exemple
Quand ils étaient arrivés à l'aéroport, ils ont cherché un hôtel.

D. Est-ce que tu connais bien tes camarades de classe?
Parle à tes camarades. Utilise les expressions suivantes.

Je doute/ Je ne doute pas
Je crois/ Je ne crois pas
Je pense/ Je ne pense pas
Je suis sûr(e)/ Je ne suis pas sûr(e)
Je suis certaine(e)/ Je ne suis pas certain(e)

Exemple
naître au Canada
Je doute que tu sois né(e) au Canada. *ou*
Je ne doute pas que tu es né(e) au Canada.

1. aimer la cuisine japonaise
2. manger la pizza

3. aller souvent au cinéma
4. jouer au hockey, au football, au basket-ball
5. jouer d'un instrument de musique
6. venir à l'école à pied
7. avoir un casque d'écoute
8. avoir une raquette de tennis
9. faire du ski de fond
10. habiter une maison de 18 pièces
11. avoir 200 disques
12. ?

E. Composez des phrases en choisissant les mots des colonnes suivantes. Il n'est pas nécessaire de choisir un mot de chaque colonne.

A	**B**	**C**	**D**	**E**	**F**
Je	enseigner	à	mon beau-frère	de	enfants
Tu	souhaiter		les clients	à	tout le monde
Elle	aider		l'enfant		acheter les nouveaux appareils sonores
Nous	cacher		les ouvriers		mes beaux-parents
Vous	demander		l'avocat		venir chez nous
Ils	persuader		ses amis		sortir tard
	empêcher		notre professeur		dire la vérité
	promettre		les élèves		faire le travail
	inviter		leurs enfants		l'aider
	prier		nos amis		élèves
	permettre				finir ses devoirs bientôt
	conseiller				s'habiller
	défendre				se coucher maintenant
	ordonner				venir nous voir

Exemples
Il empêche les ouvriers de travailler.
Nous promettons à l'avocat de dire la vérité.

VOCABULAIRE ACTIF

Noms (masculins)

le bricolage
le clou
le coup d'oeil
l'ennui
le gel
le grenier
le marteau
le songe
le soupir
le tournevis
le trottoir

Nom (féminins)

la clef
la haine
la maîtresse
la peine
la perceuse
la pièce
la pince
la scie
la vis

Verbes

avertir
avouer
baisser
battre
confier
conseiller
douter
épier
éprouver
loger
peindre
prier
réaliser (un rêve)
songer
souhaiter
soulager
tâcher

Adjectifs

avare

Pronoms

n'importe quel(s) quelle(s)
n'importe quoi

Expressions

bon marché
ne … guère
il me semble
tel(s), telle(s) que

APPENDICE

Sommaire des structures

I Les articles

L'article indéfini

singulier

masculin   *féminin*

un acteur   **une** actrice

un disque   **une** radio

pluriel

des acteurs et **des** actrices

des disques et **des** radios

L'article défini

singulier

masculin   *féminin*

le garage   **la** maison

l'avion   **l'**auto

pluriel

les garages et **les** maisons

les avions et **les** autos

à + l'article défini

à + le = **au**   **au** cinéma

à + la = **à la**   **à la** bibliothèque

à + l' = **à l'**   **à l'**hôpital

à + les = **aux**   **aux** courses

de + l'article défini

de + le = **du**   de + l' = **de l'**

de + la = **de la**   de + les = **des**

Exemples

la possession

la capitale **du** Canada

la capitale **de la** France

la capitale **de l'**Italie

la capitale **des** Etats Unis

L'article partitif

du lait   *some* milk

de la viande   *some* meat

de l'eau   *some* water

des bonbons   *some* candies

Le partitif négatif

Du café? Non, merci, je ne veux **pas de** café.

De la soupe? Non, merci, je ne mange **pas de** soupe.

Le partitif avec les expressions de quantité

assez d'argent

beaucoup de projets

pas d'argent

trop de projets

II Les noms

Genre

En français, tous les noms sont **masculins** ou **féminins.**

masculin	*féminin*
un acteur	une actrice
un cousin	une cousine
un élève	une élève

La formation du pluriel

singulier	*pluriel*
le garage	les garage**s**
la maison	les maison**s**

Attention!

un bras	des bras
un nez	des nez
une voix	des voix
un genou	des genou**x**
un jeu	des jeu**x**
un oeil	des **yeux**

Les noms en -*al*

un cheval	des chev**aux**
un journal	des journ**aux**

Les professions et les métiers (suppression de l'article)

Mon oncle est médecin.
Elle est pharmacienne.
Marc est mécanicien.

III Les adjectifs

Les adjectifs réguliers

singulier

masculin	*féminin*
Il est grand.	Elle est grand**e**.
Mon père est mince.	Ma mère est mince.

pluriel

Ils sont grand**s**.	Elles sont grand**es**.
Mes parents sont mince**s**.	

La place de l'adjectif

La plupart des adjectifs suivent le nom:
un exercice **facile**
une auto **bleue**
la cuisine **chinoise**

Les adjectifs qui précèdent le nom en général:

un **beau** garçon
un **bon** repas
une **grande** maison
un **gros** chien
une **jeune** femme
une **jolie** photo
un **mauvais** livre
une **nouvelle** histoire
un **petit** chat
une **vieille** auto

Attention!

un bon repas	**de bons** repas
une jolie photo	**de jolies** photos

Les adjectifs irréguliers

	singulier		pluriel	
masculin	*féminin*		*masculin*	*féminin*
beau/bel	belle		beaux	belles
bon	bonne		bons	bonnes
canadien	canadienne		canadiens	canadiennes
frais	fraîche		frais	fraîches
gros	grosse		gros	grosses
nouveau/nouvel	nouvelle		nouveaux	nouvelles
quel	quelle		quels	quelles
sec	sèche		secs	sèches
tout	toute		tous	toutes
vieux/vieil	vieille		vieux	vieilles

Attention!

un beau garçon   un bel enfant   de beaux enfants
un nouveau livre   un nouvel ami   de nouveaux amis
un vieux musée   un vieil arbre   de vieux arbres

IV   Les adjectifs et les pronoms démonstratifs

Les adjectifs démonstratifs

	singulier		*pluriel*
masculin	*féminin*		*masculin et féminin*
ce garçon	**cette** pomme		**ces** garçons, **ces** pommes et **ces** autobus
cet autobus	**cette** étudiante		

Les pronoms démonstratifs

masculin singulier		*féminin singulier*	
ce tableau-ci	ce tableau-là	cette pomme-ci	cette pomme-là
celui-ci	**celui-là**	**celle-ci**	**celle-là**
this one	*that one*	*this one*	*that one*

masculin pluriel		*féminin pluriel*	
ces garçons-ci	ces garçons-là	ces chaises-ci	ces chaises-là
ceux-ci	**ceux-là**	**celles-ci**	**celles-là**
these ones	*those ones*	*these ones*	*those ones*

Nous avons deux exercices de mathématiques.
Celui que je finis est plus facile que **celui** que je laisse de côté.

Mme Lasserre a trois filles.
Celles dont elle s'occupe en ce moment s'appellent Yvonne et Yvette.

V Les adjectifs et les pronoms possessifs

L'adjectif possessif

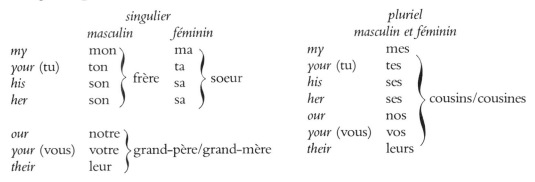

| | *singulier* | | *pluriel* |
| | *masculin* | *féminin* | *masculin et féminin* |

my	mon	ma
your (tu)	ton	ta
his	son	sa
her	son	sa

frère / soeur

my	mes	
your (tu)	tes	
his	ses	
her	ses	cousins/cousines
our	nos	
your (vous)	vos	
their	leurs	

our	notre
your (vous)	votre
their	leur

grand-père/grand-mère

Attention!

Nicole n'est pas ma soeur, c'est **mon** amie.
Voilà ta blouse blanche, mais où est **ton** autre blouse?
Jacques a une auto rouge? Non, **son** auto est jaune.

Les pronoms possessifs

	masculin		*féminin*	
	singulier	*pluriel*	*singulier*	*pluriel*
mine	le mien	les miens	la mienne	les miennes
yours	le tien	les tiens	la tienne	les tiennes
his/hers	le sien	les siens	la sienne	les siennes
ours	le nôtre	les nôtres	la nôtre	les nôtres
yours	le vôtre	les vôtres	la vôtre	les vôtres
theirs	le leur	les leurs	la leur	les leurs

Mon frère s'appelle David et **le tien**? **Le mien** s'appelle Rick.
Et le frère de Marie? **Le sien** s'appelle Pierre.

Mes notes sont bonnes et **les tiennes**? **Les miennes** sont bonnes aussi.
Et celles de Luc? **Les siennes** sont mauvaises.

Nos exercices sont difficiles et **les vôtres**? **Les nôtres** sont difficiles aussi.
Et ceux de ces élèves-là? **Les leurs** sont faciles.

VI Les adverbes

La formation des adverbes

adjectif			*adverbe*
masculin	**féminin**	**+**	**–ment**
heureux	heureuse		heureusement
lent	lente		lentement

Attention!

a) Si l'adjectif se termine déjà par une voyelle, on ajoute simplement **–ment** pour former l'adverbe.

adjectif		*adverbe*
masculin	**+**	**–ment**
probable		probablement
vrai		vraiment
impoli		impoliment

b) Si l'adjectif se termine par **–ent** ou par **–ant**, on enlève **–nt** et ajoute **–mment.**

adjectif			*adverbe*
masculin –nt		**+**	**–mment**
récent			récemment
impatient			impatiemment
constant			constamment

c) Pour faciliter la prononciation:

adjectif					*adverbe*
masculin	**féminin**	**+**	**accent aigu**	**+**	**–ment**
précis	précise				précisément

D'autres adverbes communs: **beaucoup, bien, déjà, surtout, tout, trop, vite.**

VII La comparaison des adjectifs et des adverbes

Le comparatif

adjectifs
Ma maison est **plus** grande **que** ta maison. (supériorité)
Mon auto est **moins** chère **que** ton auto. (infériorité)
Mon chien est **aussi** beau **que** ton chien. (égalité)

Attention! bon: meilleur
Ma note est **bonne**, mais tu as une **meilleure** note.
Le gâteau est **meilleur que** la tarte.

adverbes
Maurice court **plus** vite **que** Jacques. (supériorité)
André parle **moins** vite **que** Paul. (infériorité)
Rolande marche **aussi** vite **que** Serge. (égalité)

Attention: bien: mieux
Je chante **bien**, mais tu chantes **mieux que** moi.

Les comparaisons de quantité
Mireille a lu **plus de** romans que Roger. (supériorité)
Philippe a fait **moins de** fautes que Marc. (infériorité)
Gilbert a **autant d'**amis que Paul. (égalité)

Le superlatif

adjectifs
Ferland est **le plus grand** garçon de la classe.
C'est l'histoire **la plus intéressante** du livre. (supériorité)
Gloria et Francine sont les élèves **les plus diligentes** de la classe.
Voilà la question **la moins difficile** de l'exercice. (infériorité)

bon: meilleur
Yves est le **meilleur** élève de la classe.

adverbes

Angèle court **le plus vite** de toutes les filles.   (supériorité)
Louis parle **le moins fort** de tous les élèves.   (infériorité)

bien: mieux

Antoinette chante **le mieux** de tous les élèves.

Le superlatif de quantité

Jacques est riche, Pierre aussi, mais Grégoire a **le plus d'**argent des trois.   (supériorité)
Francine a fait **le moins de** fautes de la classe dans l'exercice.   (infériorité)

VIII   Les pronoms

sujets	objets directs	objets indirects	pronoms réfléchis	pronoms accentués
je (j')	me (m')	me (m')	me (m')	moi
tu	te (t')	te (t')	te (t')	toi
il	le (l')	lui	se (s')	lui
elle	la (l')	lui	se (s')	elle
on			se (s')	soi
nous	nous	nous	nous	nous
vous	vous	vous	vous	vous
ils	les	leur	se (s')	eux
elles	les	leur	se (s')	elles

La place et l'accord des pronoms objets

Jean prend **l'auto rouge**? Oui, il **la** prend.
Tu as parlé **à Michel**? Non, je ne **lui** ai pas parlé.
C'est Gilbert qui a ouvert **la fenêtre**? Oui, c'est lui qui **l'**a ouvert**e**.
Tu veux **me** parler? Oui, je veux **te** parler.

En

En remplace **de** + une chose, **de** + un lieu, **de** dans une expression de quantité ou un nom après un nombre.

Exemples

Tu as choisi **des cadeaux**? Oui, j'**en** ai choisi.

Michel revient bientôt **de l'hôpital**? Oui, il **en** revient bientôt.

Anita est contente **de sa note**? Oui, elle **en** est contente.

Tu as assez **d'argent**? Oui, j'**en** ai assez.

Anne a acheté trois **disques**? Oui, elle **en** a acheté trois.

Y

Y remplace des prépositions (**à, dans, devant, sur, sous,** etc.) + une chose.

Exemples

Tu es allé **à la banque**? Oui, j'**y** suis allé.

Il a mis ses vêtements **sur son lit**? Oui, il **y** a mis ses vêtements.

Tu as bien répondu **à la question**? Oui, j'**y** ai bien répondu.

La place et l'accord des pronoms compléments d'objet dans les phrases à deux pronoms compléments

phrases normales et impératif négatif

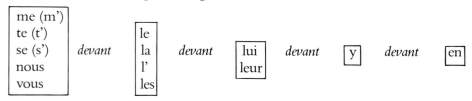

Exemples

M. Hébert **t'**a montré **son tapis**? Oui, il **me l'**a montré.

Tu **lui** as envoyé **ces fleurs**? Oui, je **les lui** ai envoyées.

Il **vous** a expliqué **la réponse**? Non, il ne **nous l'**a pas expliquée.

Elle **vous** a donné **sa réponse**? Non, mais elle va **nous la** donner demain.

Tu **te** souviens **de son adresse**? Non, je ne **m'en** souviens pas.

Tu **lui** donnes **cette bague**? Impossible! Ne **la lui** donne pas!

Vous **me** montrez **mon bulletin**? Ne **me le** montrez pas maintenant!

impératif affirmatif

Verbe *devant* | le / la / les | *devant* | moi / lui / nous / leur |

Exemples

Vous avez **mes billets**? Donnez-**les-moi**, s'il vous plaît!

Je peux poser **ces questions au professeur**? Mais oui, pose-**les-lui**!

Les pronoms interrogatifs

	Personne	*Chose*
Sujet	Qui?	Qu'est-ce qui?
Objet	Qui?	Que?
	Qui est-ce que?	Qu'est-ce que?
Après une préposition	A qui?	De quoi?

Exemples

les sujets

Qui parle au téléphone?

Qu'est-ce qui va arriver?

les objets

Qui veux-tu inviter au concert?

Qui est-ce que tu veux inviter au concert?

Que fais-tu?

Qu'est-ce qu'il va faire?

Qu'est-ce que le professeur a dit?

après une préposition

A qui as-tu parlé?

De qui est-ce que tu as peur?

Avec quoi as-tu écrit cet exercice?

De quoi est-ce que les élèves se moquaient?

Les pronoms relatifs

qui (sujet)
Les élèves **qui** arrivent maintenant sont en retard.
L'argent **qui** est sur la table est à moi.

qui (complément d'une préposition)
La femme **à qui** tu parlais est ma mère.

que (objet)
Les élèves **que** le professeur regarde sont en retard.
L'argent **que** tu as remarqué sur la table est à moi.
L'histoire **qu'**elle a écrite était très intéressante.

lequel, laquelle, lesquels, lesquelles (après une préposition)
Je ne peux pas trouver le sac dans **lequel** j'ai mis mes clés.
Les femmes pour **lesquelles** nous travaillons sont très gentilles.

Attention!
L'homme **auquel** elle parle est le directeur de l'école.
Les élèves **auxquels** il a montré le film étaient en 11ᵉ.
Le restaurant { **duquel** je parle est bon mais très cher.
........**dont**
Les filles { **desquelles** je parle sont de bonnes élèves.
........**dont**

où (remplace **dans lequel, sur laquelle,** etc.)
La salle { **où** ils ont leur classe de français est très jolie.
.........**dans laquelle**

dont
De quel professeur ont-ils peur? Voilà le professeur **dont** ils ont peur.
De quel article as-tu besoin? Voilà l'article **dont** j'ai besoin.
Vous avez envie de cette bague? Ah! oui! C'est cette bague **dont** j'ai envie.

ce qui (sujet sans antécédent)
Qu'est-ce qui va arriver? Je ne sais pas **ce qui** va arriver.

ce que (objet sans antécédent)
Qu'est-ce qu'il y a sous le lit? Dites-moi **ce qu'**il y a sous le lit!
Ce que j'aime dans ce livre, ce sont les illustrations.

ce dont

De quoi a-t-il peur? Il ne sait pas **ce dont** il a peur.
Ce dont il a besoin est un peu de sympathie.

IX   Les prépositions

jouer à, jouer de

André joue **au** hockey et **aux** cartes.
Serge joue **du** piano et **de** l'orgue.

moyens de transport

à bicyclette	**en** auto	**par le** train
à cheval	**en** autobus	
à motocyclette	**en** avion	
à pied	**en** bateau	
	en métro	
	en taxi	

+ nom géographique

aller/être   **en** France (**pays féminin**)
           au Canada (**pays masculin**)
           aux Etats-Unis (**pays masculin pluriel**)
           à Rimouski (**ville**)

Verbes suivis d'un objet direct ou indirect et des prépositions *à* et *de*

verbe + complément d'objet direct + *de* + l'infinitif

accuser quelqu'un de
avertir quelqu'un de
empêcher quelqu'un de
féliciter quelqu'un de
menacer quelqu'un de
persuader quelqu'un de
prier quelqu'un de
remercier quelqu'un de

verbe + complément d'objet direct + *à* + l'infinitif

aider quelqu'un à
condamner quelqu'un à
encourager quelqu'un à
forcer quelqu'un à
inviter quelqu'un à
obliger quelqu'un à
pousser quelqu'un à

verbe + *à* + complément d'objet indirect + *de* + l'infinitif

commander à quelqu'un de
conseiller à quelqu'un de
demander à quelqu'un de
défendre à quelqu'un de
dire à quelqu'un de
écrire à quelqu'un de
offrir à quelqu'un de
ordonner à quelqu'un de
permettre à quelqu'un de
promettre à quelqu'un de
proposer à quelqu'un de
refuser à quelqu'un de
suggérer à quelqu'un de
téléphoner à quelqu'un de

verbe + quelque chose + *à* + quelqu'un

acheter quelque chose à quelqu'un
apprendre quelque chose à quelqu'un
cacher quelque chose à quelqu'un
dire quelque chose à quelqu'un
enseigner quelque chose à quelqu'un
ôter quelque chose à quelqu'un
pardonner quelque chose à quelqu'un
prendre quelque chose à quelqu'un
refuser quelque chose à quelqu'un
souhaiter quelque chose à quelqu'un
voler quelque chose à quelqu'un

X   La négation

ne ... pas   ne ... aucun
ne ... jamais   ne ... ni ... ni
ne ... plus   ne ... personne (ne ... à personne)
ne ... rien   ne ... que

Exemples
au présent

Monique **n'**achète **rien. Rien n'**est intéressant.
Alain **ne** veut **pas** finir l'exercice.
Ils **ne** voient **personne.**
Qui est dans la cuisine? **Personne n'**est dans la cuisine.
Andrée **n'**écrit **à personne.**
Elle **n'**a **aucune** idée de ce qui va arriver.
Maurice **n'**a **qu'**une faute dans ses devoirs.
Marc **n'**aime **ni** la musique classique **ni** la musique pop.
Pauline et Suzanne sont ici? Non, **ni** Pauline **ni** Suzanne **n'**est ici.

au passé composé et dans les phrases à deux verbes

Louise **n'**a **pas** acheté de robe. Marie **n'**a acheté **qu'**une robe.
Je **n'**ai **jamais** lu son roman. Je **n'**ai lu **aucun** roman de cet auteur.
Elle **ne** veut **rien** dire. Elle **ne** veut le dire **à personne.**
As-tu vu Bertrand ou Maurice? Non, je **n'**ai vu **ni** l'un **ni** l'autre.

l'infinitif au négatif

Il s'est décidé à **ne rien** faire.
L'avocat lui conseille de **ne** parler **à personne.**

Attention!
Vous n'avez pas gagné le match? **Mais si,** nous l'avons gagné.
Si (mais si) remplace **oui** dans la réponse quand la question est à la forme négative.

XI   L'interrogatif

Ils parlent français?
Est-ce qu'ils parlent français?
Parlent-ils français?

Attention!
Va-**t**-il à l'université?
Achète-**t**-elle une nouvelle auto?
Parle-**t**-il espagnol?

XII   La concordance des temps (le discours direct et indirect)

à l'indicatif

Marie répond: « Je pars bientôt pour Paris. »
Marie répond qu'elle part bientôt pour Paris.
Marie a répondu qu'elle partait bientôt pour Paris.

Bill dit: « J'arriverai à cinq heures. »
Bill dit qu'il arrivera à cinq heures.
Bill a dit qu'il arriverait à cinq heures.

Yolande dit: « Je suis arrivée hier. »
Yolande dit qu'elle est arrivée hier.
Yolande a dit qu'elle était arrivée hier.

au subjonctif

Je doute qu'il parte aujourd'hui.   (*is leaving*)
Je doute qu'il parte demain.   (*will be leaving*)
Je doute qu'il soit parti hier.   (*left*)

Philippe n'était pas certain que vous arriviez hier. (*were arriving*)
Philippe n'était pas certain que vous arriviez aujourd'hui. (*would arrive*)
Philippe n'était pas certain que vous soyez arrivés avant-hier. (*had arrived*)

XIII   Les emplois principaux du subjonctif

On utilise le subjonctif après:
1. les expressions et les verbes qui expriment un ordre, la volonté,
    la permission ou la nécessité:
    il faut que
    il est nécessaire que
    je veux que
    je voudrais que
    je préfère que
    il commande (ordonne) que
    il désire que
    elle permet que
    elle défend que
    etc.

2. les expressions et les verbes qui expriment un sentiment ou une émotion:
    j'ai peur que (ne)
    je crains que (ne)
    il s'étonne que
    je m'inquiète que
    il regrette que
    nous sommes contents que
                    désolés que
                    étonnés que
                    fâchés que
                    heureux que
                    malheureux que
                    surpris que
                    tristes que
    il est bon que
    il est étonnant que
    il est triste que
    c'est dommage que

3. les expressions et les verbes qui expriment le doute, la négation ou l'incertitude:

je doute que
je ne crois pas que
je ne pense pas que
croyez-vous que?
pensez-vous que?
il n'est pas certain que
il n'est pas sûr que
il ne dit pas que

Attention!

Si l'élément de doute, de négation ou d'incertitude est éliminé on emploie l'indicatif:

je crois que
je pense que
il est certain que   }   +   l'indicatif
il est sûr que
elle dit que

Verbes

Les verbes réguliers (Regular Verbs)

Infinitif	**parler** *to speak*	**finir** *to finish*	**répondre** *to answer*
Impératif	parle	finis	réponds
	parlons	finissons	répondons
	parlez	finissez	répondez
Participe présent	parlant	finissant	répondant
Présent	je parle	je finis	je réponds
	tu parles	tu finis	tu réponds
	il parle	il finit	il répond
	elle parle	elle finit	elle répond
	on parle	on finit	on répond
	nous parlons	nous finissons	nous répondons
	vous parlez	vous finissez	vous répondez
	ils parlent	ils finissent	ils répondent
	elles parlent	elles finissent	elles répondent
Présent du subjonctif	je parle	je finisse	je réponde
	tu parles	tu finisses	tu répondes
	il parle	il finisse	il réponde
	elle parle	elle finisse	elle réponde
	nous parlions	nous finissions	nous répondions
	vous parliez	vous finissiez	vous répondiez
	ils parlent	ils finissent	ils répondent
	elles parlent	elles finissent	elles répondent
Imparfait	je parlais	je finissais	je répondais
	tu parlais	tu finissais	tu répondais
	il parlait	il finissait	il répondait
	elle parlait	elle finissait	elle répondait
	nous parlions	nous finissions	nous répondions
	vous parliez	vous finissiez	vous répondiez
	ils parlaient	ils finissaient	ils répondaient
	elles parlaient	elles finissaient	elles répondaient

Futur			
	je parlerai	je finirai	je répondrai
	tu parleras	tu finiras	tu répondras
	il parlera	il finira	il répondra
	elle parlera	elle finira	elle répondra
	nous parlerons	nous finirons	nous répondrons
	vous parlerez	vous finirez	vous répondrez
	ils parleront	ils finiront	ils répondront
	elles parleront	elles finiront	elles répondront

Conditionnel			
	je parlerais	je finirais	je répondrais
	tu parlerais	tu finirais	tu répondrais
	il parlerait	il finirait	il répondrait
	elle parlerait	elle finirait	elle répondrait
	nous parlerions	nous finirions	nous répondrions
	vous parleriez	vous finiriez	vous répondriez
	ils parleraient	ils finiraient	ils répondraient
	elles parleraient	elles finiraient	elles répondraient

Passé composé			
	j'ai parlé	j'ai fini	j'ai répondu
	tu as parlé	tu as fin	tu as répondu
	il a parlé	il a fini	il a répondu
	elle a parlé	elle a fini	elle a répondu
	nous avons parlé	nous avons fini	nous avons répondu
	vous avez parlé	vous avez fini	vous avez répondu
	ils ont parlé	ils ont fini	ils ont répondu
	elles ont parlé	elles ont fini	elles ont répondu

Plus-que-parfait			
	j'avais parlé	j'avais fini	j'avais répondu
	tu avais parlé	tu avais fini	tu avais répondu
	il avait parlé	il avait fini	il avait répondu
	elle avait parlé	elle avait fini	elle avait répondu
	nous avions parlé	nous avions fini	nous avions répondu
	vous aviez parlé	vous aviez fini	vous aviez répondu
	ils avaient parlé	ils avaient fini	ils avaient répondu
	elles avaient parlé	elles avaient fini	elles avaient répondu

Futur antérieur	j'aurai parlé	j'aurai fini	j'aurai répondu
	tu auras parlé	tu auras fini	tu auras répondu
	il aura parlé	il aura fini	il aura répondu
	elle aura parlé	elle aura fini	elle aura répondu
	nous aurons parlé	nous aurons fini	nous aurons répondu
	vous aurez parlé	vous aurez fini	vous aurez répondu
	ils auront parlé	ils auront fini	ils auront répondu
	elles auront parlé	elles auront fini	elles auront répondu
Passé du conditionnel	j'aurais parlé	j'aurais fini	j'aurais répondu
	tu aurais parlé	tu aurais fini	tu aurais répondu
	il aurait parlé	il aurait fini	il aurait répondu
	elle aurait parlé	elle aurait fini	elle aurait répondu
	nous aurions parlé	nous aurions fini	nous aurions répondu
	vous auriez parlé	vous auriez fini	vous auriez répondu
	ils auraient parlé	ils auraient fini	ils auraient répondu
	elles auraient parlé	elles auraient fini	elles auraient répondu
Passé du subjonctif	j'aie parlé	j'aie fini	j'aie répondu
	tu aies parlé	tu aies fini	tu aies répondu
	il ait parlé	il ait fini	il ait répondu
	elle ait parlé	elle ait fini	elle ait répondu
	nous ayons parlé	nous ayons fini	nous ayons répondu
	vous ayez parlé	vous ayez fini	vous ayez répondu
	ils aient parlé	ils aient fini	ils aient répondu
	elles aient parlé	elles aient fini	elles aient répondu
Passé simple	je parlai	je finis	je répondis
	tu parlas	tu finis	tu répondis
	il parla	il finit	il répondit
	elle parla	elle finit	elle répondit
	nous parlâmes	nous finîmes	nous répondîmes
	vous parlâtes	vous finîtes	vous répondîtes
	ils parlèrent	ils finirent	ils répondirent
	elles parlèrent	elles finirent	elles répondirent

Les verbes avec changement d'orthographe (Verbs with spelling changes)

acheter *to buy* (**peser** *to weigh*)

Présent	j'achète, tu achètes, il/elle/on achète, nous achetons, vous achetez, ils/elles achètent
Présent du subjonctif	j'achète, tu achètes, il/elle/on achète, nous achetions, vous achetiez, ils/elles achètent
Imparfait	il achetait, nous achetions, ils achetaient
Futur	il achètera, nous achèterons, ils achèteront
Conditionnel	il achèterait, nous achèterions, ils achèteraient
Passé composé	j'ai acheté
Passé simple	il acheta, nous achetâmes, ils achetèrent

appeler *to call*

Présent	j'appelle, tu appelles, il/elle/on appelle, nous appelons, vous appelez, ils/elles appellent
Présent du subjonctif	j'appelle, tu appelles, il/elle/on appelle, nous appelions, vous appeliez, ils/elles appellent
Imparfait	il appelait, nous appelions, ils appelaient
Futur	il appellera, nous appellerons, ils appelleront
Conditionnel	il appellerait, nous appellerions, ils appelleraient
Passé composé	j'ai appelé
Passé simple	il appela, nous appelâmes, ils appelèrent

commencer *to begin* (and all verbs ending in **–cer**)

Présent	je commence, tu commences, il/elle/on commence, nous commençons, vous commencez, ils/elles commencent
Présent du subjonctif	je commence, tu commences, il/elle/on commence, nous commencions, vous commenciez, ils/elles commencent
Imparfait	il commençait, nous commencions, ils commençaient
Futur	il commencera, nous commencerons, ils commenceront
Conditionnel	il commencerait, nous commencerions, ils commenceraient
Passé composé	j'ai commencé
Passé simple	il commença, nous commençâmes, ils commencèrent

essayer *to try* (and all verbs ending in **–ayer, –oyer, –uyer**)

Présent	j'essaie, tu essaies, il/elle/on essaie, nous essayons, vous essayez, ils/elles essaient
Présent du subjonctif	j'essaie, tu essaies, il/elle/on essaie, nous essayions, vous essayiez, ils/elles essaient
Imparfait	il essayait, nous essayions, ils essayaient
Futur	il essayera/essaiera, nous essayerons/essaierons, ils essayeront/essaieront
Conditionnel	il essayerait/essaierait, nous essayerions/essaierions, ils essayeraient/essaieraient
Passé composé	j'ai essayé
Passé simple	il essaya, nous essayâmes, ils essayèrent

jeter *to throw*

Présent	je jette, tu jettes, il/elle/on jette, nous jetons, vous jetez, ils/elles jettent
Présent du subjonctif	je jette, tu jettes, il/elle/on jette, nous jetions, vous jetiez, ils/elles jettent
Imparfait	il jetait, nous jetions, ils jetaient
Futur	il jettera, nous jetterons, ils jetteront
Conditionnel	il jetterait, nous jetterions, ils jetteraient
Passé composé	j'ai jeté
Passé simple	il jeta, nous jetâmes, ils jetèrent

lever *to raise* (**mener** *to lead,* **geler** *to freeze*)

Présent	je lève, tu lèves, il/elle/on lève, nous levons, vous levez, ils/elles lèvent
Présent du subjonctif	je lève, tu lèves, il/elle/on lève, nous levions, vous leviez, ils/elles lèvent
Imparfait	il levait, nous levions, ils levaient
Futur	il lèvera, nous lèverons, ils lèveront
Conditionnel	il lèverait, nous lèverions, ils lèveraient
Passé composé	j'ai levé
Passé simple	il leva, nous levâmes, ils levèrent

manger *to eat* (and other verbs ending in **-ger**)

Présent	je mange, tu manges, il/elle/on mange, nous mangeons, vous mangez, ils/elles mangent
Présent du subjonctif	je mange, tu manges, il/elle/on mange, nous mangions, vous mangiez, ils/elles mangent
Imparfait	il mangeait, nous mangions, ils mangeaient
Futur	il mangera, nous mangerons, ils mangeront
Conditionnel	il mangerait, nous mangerions, ils mangeraient
Passé composé	j'ai mangé
Passé simple	il mangea, nous mangeâmes, ils mangèrent

préférer *to prefer* (**espérer** *to hope,* **répéter** *to repeat,* etc.)

Présent	je préfère, tu préfères, il/elle/on préfère, nous préférons, vous préférez, ils/elles préfèrent
Présent du subjonctif	je préfère, tu préfères, il/elle/on préfère, nous préférions, vous préfériez, ils/elles préfèrent
Imparfait	il préférait, nous préférions, ils préféraient
Futur	il préférera, nous préférerons, ils préféreront
Conditionnel	il préférerait, nous préférerions, ils préféreraient
Passé composé	j'ai préféré
Passé simple	il préféra, nous préférâmes, ils préférèrent

Les verbes réfléchis (Reflexive Verbs)

Infinitif	**se peigner** *to groom oneself, to comb one's hair*	**s'habiller** *to get dressed*
Impératif affirmatif	peigne–toi	habille–toi
	peignons–nous	habillons–nous
	peignez–vous	habillez–vous
Impératif négatif	ne te peigne pas	ne t'habille pas
	ne nous peignons pas	ne nous habillons pas
	ne vous peignez pas	ne vous habillez pas
Participe présent	se peignant	s'habillant
Présent	je me peigne	je m'habille
	tu te peignes	tu t'habilles
	il se peigne	il s'habille
	elle se peigne	elle s'habille
	on se peigne	on s'habille
	nous nous peignons	nous nous habillons
	vous vous peignez	vous vous habillez
	ils se peignent	ils s'habillent
	elles se peignent	elles s'habillent
Présent du subjonctif	je me peigne	je m'habille
	tu te peignes	tu t'habilles
	il se peigne	il s'habille
	elle se peigne	elle s'habille
	nous nous peignions	nous nous habillions
	vous vous peigniez	vous vous habilliez
	ils se peignent	ils s'habillent
	elles se peignent	elles s'habillent
Imparfait	je me peignais	je m'habillais
	tu te peignais	tu t'habillais
	il se peignait	il s'habillait
	elle se peignait	elle s'habillait
	nous nous peignions	nous nous habillions
	vous vous peigniez	vous vous habilliez
	ils se peignaient	ils s'habillaient
	elles se peignaient	elles s'habillaient

Futur	je me peignerai	je m'habillerai
	tu te peigneras	tu t'habilleras
	il se peignera	il s'habillera
	elle se peignera	elle s'habillera
	nous nous peignerons	nous nous habillerons
	vous vous peignerez	vous vous habillerez
	ils se peigneront	ils s'habilleront
	elles se peigneront	elles s'habilleront
Conditionnel	je me peignerais	je m'habillerais
	tu te peignerais	tu t'habillerais
	il se peignerait	il s'habillerait
	elle se peignerait	elle s'habillerait
	nous nous peignerions	nous nous habillerions
	vous vous peigneriez	vous vous habilleriez
	ils se peigneraient	ils s'habilleraient
	elles se peigneraient	elles s'habilleraient
Passé composé	je me suis peigné(e)	je me suis habillé(e)
	tu t'es peigné(e)	tu t'es habillé(e)
	il s'est peigné	il s'est habillé
	elle s'est peignée	elle s'est habillée
	nous nous sommes peigné(e)s	nous nous sommes habillé(e)s
	vous vous êtes peigné(e)(s)(es)	vous vous êtes habillé(e)(s)(es)
	ils se sont peignés	ils se sont habillés
	elles se sont peignées	elles se sont habillées
Passé simple	je me peignai	je m'habillai
	tu te peignas	tu t'habillas
	il se peigna	il s'habilla
	elle se peigna	elle s'habilla
	nous nous peignâmes	nous nous habillâmes
	vous vous peignâtes	vous vous habillâtes
	ils se peignèrent	ils s'habillèrent
	elles se peignèrent	elles s'habillèrent

Les verbes irréguliers (Irregular Verbs)

Les numéros dans cette liste correspondent aux numéros des conjugaisons des verbes de la table suivante. Les verbes qui ont le même numéro font partie de la même famille de verbes et se conjuguent de la même façon. Les verbes précédés d'un astérisque (*) se conjuguent avec *être* aux temps composés. Les verbes qui pourront être conjugués avec *être* et *avoir* aux temps composés sont précédés d'un tiret (-) et d'un astérisque (*).

Dans les tables de conjugaisons, seulement les formes irrégulières sont données. On forme le conditionnel toujours en ajoutant les terminaisons régulières au radical du futur.

The numbers in this list correspond to the numbers of the verb conjugations in the following table. The verbs that have the same number are part of the same group of verbs and are conjugated in the same way. Verbs preceded by an asterisk (*) are conjugated with *être* in compound tenses. The verbs that are conjugated with both *avoir* and *être* in compound tenses are preceded by both a dash (-) and an asterisk (*).

In the conjugation tables, only irregular forms are given. The conditional is always formed by adding regular endings to the future stem.

admettre	19		découvrir	22
*aller	1		décrire	13
*s'en aller	1		détruire	6
apercevoir	28		*devenir	36
*apparaître	7		devoir	11
appartenir	36		dire	12
apprendre	27		—*disparaître	7
*s'asseoir	2		dormir	23
atteindre	9		écrire	13
avoir	3		élire	18
battre	4		*s'endormir	23
*se battre	4		envoyer	14
boire	5		éteindre	9
combattre	4		être	15
comprendre	27		faire	16
conduire	6		falloir	17
connaître	7		interrompre	31
construire	6		haïr	7
contenir	36		joindre	9
convenir	36		lire	18
courir	8		maintenir	36
couvrir	22		mentir	23
craindre	9		mettre	19
croire	10			

[1]*aller *to go*

Présent	je vais, tu vas, il/elle/on va, nous allons, vous allez, ils/elles vont
Présent du subjonctif	j'aille, tu ailles, il aille, nous allions, vous alliez, ils aillent
Futur	il ira, nous irons, ils iront
Impératif	va, allons, allez

[2]*s'asseoir *to sit down*

(An alternate conjugation for this verb is:
je m'assois, nous nous assoyons, il s'assoira, etc.)

Participe passé	assis
Présent	je m'assieds, tu t'assieds, il/elle/on s'assied, nous nous asseyons, vous vous asseyez, ils/elles s'asseyent
Présent du subjonctif	je m'asseye, tu t'asseyes, il s'asseye, nous nous asseyions, vous vous asseyiez, ils s'asseyent
Futur	il s'assiéra, nous nous assiérons, ils s'assiéront
Impératif	assieds-toi, asseyons-nous, asseyez-vous
Passé simple	il s'assit, nous nous assîmes, ils s'assirent

[3]avoir *to have*

Participe présent	ayant
Participe passé	eu
Présent	j'ai, tu as, il/elle/on a, nous avons, vous avez, ils/elles ont
Présent du subjonctif	j'aie, tu aies, il ait, nous ayons, vous ayez, ils aient
Futur	il aura, nous aurons, ils auront
Impératif	aie, ayons, ayez
Passé simple	il eut, nous eûmes, ils eurent

[4]battre *to hit*

Présent	je bats, tu bats, il/elle/on bat, nous battons, vous battez, ils/elles battent
Présent du subjonctif	je batte, tu battes, il batte, nous battions, vous battiez, ils battent

[5]boire *to drink*

Participe passé	bu
Présent	je bois, tu bois, il/elle/on boit, nous buvons, vous buvez, ils/elles boivent
Présent du subjonctif	je boive, tu boives, il boive, nous buvions, vous buviez, ils boivent
Passé simple	il but, nous bûmes, ils burent

⁶conduire *to drive*

Participe passé	conduit
Présent	je conduis, tu conduis, il/elle/on conduit, nous conduisons, vous conduisez, ils/elles conduisent
Passé simple	il conduisit, nous conduisîmes, ils conduisirent

⁷connaître *to know*

Participe passé	connu
Présent	je connais, tu connais, il/elle/on connaît, nous connaissons, vous connaissez, ils/elles connaissent
Passé simple	il connut, nous connûmes, ils connurent

⁸courir *to run*

Participe passé	couru
Présent	je cours, tu cours, il/elle/on court, nous courons, vous courez, ils/elles courent
Futur	il courra, nous courrons, ils courront
Passé simple	il courut, nous courûmes, ils coururent

⁹craindre *to fear*

Participe passé	craint
Présent	je crains, tu crains, il/elle/on craint, nous craignons, vous craignez, ils/elles craignent
Passé simple	il craignit, nous craignîmes, ils craignirent

¹⁰croire *to believe*

Participe passé	cru
Présent	je crois, tu crois, il/elle/on croit, nous croyons, vous croyez, ils/elles croient
Présent du subjonctif	je croie, tu croies, il croie, nous croyions, vous croyiez, ils croient
Passé simple	il crut, nous crûmes, ils crurent

¹¹devoir *to owe, to have to*

Participe passé	dû
Présent	je dois, tu dois, il/elle/on doit, nous devons, vous devez, ils/elles doivent
Présent du subjonctif	je doive, tu doives, il doive, nous devions, vous deviez, ils doivent
Futur	il devra, nous devrons, ils devront
Passé simple	il dut, nous dûmes, ils durent

¹²dire *to say, to speak, to tell*

Participe passé	dit
Présent	je dis, tu dis, il/elle/on dit, nous disons, vous dites, ils/elles disent
Passé simple	il dit, nous dîmes, ils dirent

¹³écrire *to write*

Participe passé	écrit
Présent	j'écris, tu écris, il/elle/on écrit, nous écrivons, vous écrivez, ils/elles écrivent
Passé simple	il écrivit, nous écrivîmes, ils écrivirent

¹⁴envoyer *to send*

Présent	j'envoie, tu envoies, il/elle/on envoie, nous envoyons, vous envoyez, ils/elles envoient
Présent du subjonctif	j'envoie, tu envoies, il envoie, nous envoyions, vous envoyiez, ils envoient
Futur	il enverra, nous enverrons, ils enverront

¹⁵être *to be*

Participe présent	étant
Participe passé	été
Présent	je suis, tu es, il/elle/on est, nous sommes, vous êtes, ils sont
Présent du subjonctif	je sois, tu sois, il soit, nous soyons, vous soyez, ils soient
Imparfait	il était, nous étions, ils étaient
Futur	il sera, nous serons, ils seront
Impératif	sois, soyons, soyez
Passé simple	il fut, nous fûmes, ils furent

¹⁶faire *to do, to make*

Participe passé	fait
Présent	je fais, tu fais, il/elle/on fait, nous faisons, vous faites, ils/elles font
Présent du subjonctif	je fasse, tu fasses, il fasse, nous fassions, vous fassiez, ils/elles fassent
Futur	il fera, nous ferons, ils feront
Passé simple	il fit, nous fîmes, ils firent

¹⁷falloir *to be necessary*

Participe passé	fallu
Présent	il faut
Présent du subjonctif	il faille
Futur	il faudra
Passé simple	il fallut

[18]lire *to read*

Participe passé	lu
Présent	je lis, tu lis, il/elle/on lit, nous lisons, vous lisez, ils/elles lisent
Passé simple	il lut, nous lûmes, ils lurent

[19]mettre, *to put*

Participe passé	mis
Présent	je mets, tu mets, il/elle/on met, nous mettons, vous mettez, ils/elles mettent
Passé simple	il mit, nous mîmes, ils mirent

[20]*mourir *to die*

Participe passé	mort
Présent	je meurs, tu meurs, il/elle/on meurt, nous mourons, vous mourez, ils/elles meurent
Présent du subjonctif	je meure, tu meures, il meure, nous mourions, vous mouriez, ils/elles meurent
Futur	il mourra, nous mourrons, ils mourront
Passé simple	il mourut, nous mourûmes, ils moururent

[21]*naître *to be born*

Participe passé	né
Présent	je nais, tu nais, il/elle/on naît, nous naissons, vous naissez, ils/elles naissent
Passé simple	il naquit, nous naquîmes, ils naquirent

[22]ouvrir *to open*

Participe passé	ouvert
Présent	j'ouvre, tu ouvres, il/elle/on ouvre, nous ouvrons, vous ouvrez, ils/elles ouvrent
Passé simple	il ouvrit, nous ouvrîmes, ils ouvrirent

[23]*partir *to leave, to go away*

Présent	je pars, tu pars, il/elle/on part, nous partons, vous partez, ils/elles partent
Passé simple	il partit, nous partîmes, ils partirent

[24]plaire *to be pleasing, to please*

Participe passé	plu
Présent	je plais, tu plais, il/elle/on plaît, nous plaisons, vous plaisez, ils/elles plaisent
Passé simple	il plut, nous plûmes, ils plurent

25 pleuvoir *to rain*

Participe présent	pleuvant
Participe passé	plu
Présent	il pleut
Présent du subjonctif	il pleuve
Futur	il pleuvra
Passé simple	il plut

26 pouvoir *to be able to*

Participe passé	pu
Présent	je peux, tu peux, il/elle/on peut, nous pouvons, vous pouvez, ils/elles peuvent
Présent du subjonctif	je puisse, tu puisses, il puisse, nous puissions, vous puissiez, ils puissent
Futur	il pourra, nous pourrons, ils pourront
Passé simple	il put, nous pûmes, ils purent

27 prendre *to take*

Participe passé	pris
Présent	je prends, tu prends, il/elle/on prend, nous prenons, vous prenez, ils/elles prennent
Présent du subjonctif	je prenne, tu prennes, il prenne, nous prenions, vous preniez, ils prennent
Passé simple	il prit, nous prîmes, ils prirent

28 recevoir *to receive*

Participe passé	reçu
Présent	je reçois, tu reçois, il/elle/on reçoit, nous recevons, vous recevez, ils/elles reçoivent
Présent du subjonctif	je reçoive, tu reçoives, il reçoive, nous recevions, vous receviez, ils reçoivent
Futur	il recevra, nous recevrons, ils recevront
Passé simple	il reçut, nous reçûmes, ils reçurent

29 résoudre *to resolve, to solve*

Participe passé	résolu
Présent	je résous, tu résous, il/elle/on résout, nous résolvons, vous résolvez, ils/elles résolvent
Passé simple	il résolut, nous résolûmes, ils résolurent

30 rire *to laugh*

Participe passé	ri
Présent	je ris, tu ris, il/elle/on rit, nous rions, vous riez, ils/elles rient
Passé simple	il rit, nous rîmes, ils rirent

[31]rompre *to break*

Participe passé	rompu
Présent	je romps, tu romps, il/elle/on rompt, nous rompons, vous rompez, ils/elles rompent
Passé simple	il rompit, nous rompîmes, ils rompirent

[32]savoir *to know*

Participe présent	sachant
Participe passé	su
Présent	je sais, tu sais, il/elle/on sait, nous savons, vous savez, ils/elles savent
Présent du subjonctif	je sache, tu saches, il sache, nous sachions, vous sachiez, ils sachent
Futur	il saura, nous saurons, ils sauront
Impératif	sache, sachons, sachez
Passé simple	il sut, nous sûmes, ils surent

[33]suffire *to be sufficient*

Participe passé	suffi
Présent	je suffis, tu suffis, il/elle/on suffit, nous suffisons, vous suffisez, ils/elles suffisent
Passé simple	il suffit, nous suffîmes, ils suffirent

[34]suivre *to follow*

Participe passé	suivi
Présent	je suis, tu suis, il/elle/on suit, nous suivons, vous suivez, ils/elles suivent
Passé simple	il suivit, nous suivîmes, ils suivirent

[35]valoir *to be worth*

Participe passé	valu
Présent	je vaux, tu vaux, il/elle/on vaut, nous valons, vous valez, ils/elles valent
Présent du subjonctif	je vaille, tu vailles, il vaille, nous valions, vous valiez, ils vaillent
Futur	il vaudra, nous vaudrons, ils vaudront
Passé simple	il valut, nous valûmes, ils valurent

[36]*venir *to come*

Participe passé	venu
Présent	je viens, tu viens, il/elle/on vient, nous venons, vous venez, ils/elles viennent
Présent du subjonctif	je vienne, tu viennes, il vienne, nous venions, vous veniez, ils viennent
Futur	il viendra, nous viendrons, ils viendront
Passé simple	il vint, nous vînmes, ils vinrent

[37] vivre *to live*

Participe passé	vécu
Présent	je vis, tu vis, il/elle/on vit, nous vivons, vous vivez, ils/elles vivent
Passé simple	il vécut, nous vécûmes, ils vécurent

[38] voir *to see*

Participe passé	vu
Présent	je vois, tu vois, il/elle/on voit, nous voyons, vous voyez, ils/elles voient
Présent du subjonctif	je voie, tu voies, il voie, nous voyions, vous voyiez, ils voient
Futur	il verra, nous verrons, ils verront
Passé simple	il vit, nous vîmes, ils virent

[39] vouloir *to want*

Participe passé	voulu
Présent	je veux, tu veux, il/elle/on veut, nous voulons, vous voulez, ils/elles veulent
Présent du subjonctif	je veuille, tu veuilles, il veuille, nous voulions, vous vouliez, ils veuillent
Futur	il voudra, nous voudrons, ils voudront
Impératif	veuille, veuillons, veuillez
Passé simple	il voulut, nous voulûmes, ils voulurent

Chiffres (Numbers)

0	zéro	23	vingt-trois	74	soixante-quatorze
1	un, une	24	vingt-quatre	75	soixante-quinze
2	deux	25	vingt-cinq	76	soixante-seize
3	trois	26	vingt-six	77	soixante-dix-sept
4	quatre	27	vingt-sept	78	soixante-dix-huit
5	cinq	28	vingt-huit	79	soixante-dix-neuf
6	six	29	vingt-neuf	80	quatre-vingts
7	sept	30	trente	81	quatre-vingt-un
8	huit	31	trente et un	82	quatre-vingt-deux
9	neuf	32	trente-deux	90	quatre-vingt-dix
10	dix	40	quarante	91	quatre-vingt-onze
11	onze	41	quarante et un	92	quatre-vingt-douze
12	douze	42	quarante-deux	100	cent
13	treize	50	cinquante	101	cent un
14	quatorze	51	cinquante et un	102	cent deux
15	quinze	52	cinquante-deux	200	deux cents
16	seize	60	soixante	201	deux cent un
17	dix-sept	61	soixante et un	202	deux cent deux
18	dix-huit	62	soixante-deux	1 000	mille
19	dix-neuf	70	soixante-dix	2 000	deux mille
20	vingt	71	soixante et onze	2 100	deux mille cent
21	vingt et un	72	soixante-douze	1 000 000	un million
22	vingt-deux	73	soixante-treize	1 000 000 000	un milliard

Jours de la semaine (Days of the week)

lundi mardi mercredi jeudi vendredi samedi dimanche

Mois de l'année (Months of the year)

janvier février mars avril mai juin juillet août septembre octobre novembre décembre

C'est aujourd'hui le mardi dix-neuf juillet mil neuf cent (dix-neuf cent) quatre-vingt-trois.
Today is Tuesday, July 19, 1983.

L'heure (Time)

Il est une heure.	It is one o'clock.
Il est deux heures.	It is two o'clock.
Il est trois heures.	It is three o'clock.
Il est quatre heures.	It is four o'clock.
Il est cinq heures.	It is five o'clock.
Il est six heures.	It is six o'clock.
Il est sept heures.	It is seven o'clock.
Il est huit heures.	It is eight o'clock.
Il est neuf heures.	It is nine o'clock.
Il est dix heures.	It is ten o'clock.
Il est onze heures.	It is eleven o'clock.
Il est midi.	It is noon.
Il est minuit.	It is midnight.
Il est une heure cinq.	It is five minutes past one.
Il est deux heures et quart.	It is a quarter past two.
Il est trois heures et demie.	It is half past three.
Il est quatre heures moins vingt-cinq.	It is twenty-five minutes to four.
Il est midi moins (le) quart.	It is a quarter to twelve.
Il est midi et demi.	It is half past twelve.
Il est quatre heures moins cinq.	It is five minutes to four.

Provinces du Canada

Province	Capitale	Province	Capitale
La Colombie Britannique	Victoria	Le Nouveau-Brunswick	Frédéricton
L'Alberta	Edmonton	La Nouvelle-Ecosse	Halifax
La Saskatchewan	Régina	L'Île du Prince-Edouard	Charlottetown
Le Manitoba	Winnipeg	Terre-Neuve	Saint-Jean
L'Ontario	Toronto	Le Yukon	Whitehorse
Le Québec	Québec	Les Territoires du Nord-Ouest	Yellowknife

VOCABULAIRE

Le numéro indique l'unité dans laquelle le mot ou l'expression paraît pour la première fois. La lettre F indique que le mot ou l'expression paraît dans la section *La francophonie*. La lettre A après le numéro de l'unité indique que le mot fait partie du vocabulaire actif. L'astérisque placé après le numéro de l'unité indique que le mot faisait partie du vocabulaire actif de *A vos places!*, *Attention!*, ou de *Partez!*

The number after each entry indicates the unit in which the word or expression appears for the first time. The letter F indicates that the word or expression appears in the section *La francophonie*. The letter A after the unit number indicates that the word is an active vocabulary word. An asterisk after the unit number indicates that the word was an active vocabulary word in *A vos places!*, *Attention!* or *Partez!*

à to, at 1
   — **l'aise** at ease 4*
   — **ton avis** in your opinion 1
   — **bon marché** cheaply 5
   — **côté** nearby 3
   — **l'heure** on time 1
   mal — **l'aise** uncomfortable, ill at ease 4
   — **la mode** in fashion 1
   — **moitié** half 3
   — **ce moment** at that (this) moment 1
   — **part** except for, apart from 4
   — **peu près** nearly, about 2
   — **pied** on foot 1*
   — **propos** incidentally, by the way 2
   — **temps** in time 1
   — **travers** through 2; across 4
   — **toute vitesse** at full speed 1
   — **vrai dire** to tell you the truth, in actual fact 3
abandonner to abandon 3
abord *m.* landing, arrival, access
   d' — first, at first, to begin with 2

aborder to start on, to take up 5
abracadabrant, -e incredible, fantastic 4
abri *m.* shelter F
absent, -e absent, away 3
absolument absolutely F
*s'*abstenir to refrain, to abstain 3
absurdité *f.* absurdity 1
accepter to accept 1
accolade *f.* embrace 3
accompagner to accompany 1
accomplir to accomplish 5
accord *m.* agreement 1
   d' — O.K., (all) right 1
   être d' — to agree 1*
accorder to grant 5
*s'*accorder to agree 2
accrocher to hang (up) 3A
accuser to accuse 5
achat *m.* purchase 1
   à l' — buying 1
   centre d' — **s** shopping centre 5
acheter to buy 1*
acteur *m.* actor 1
actionner to activate 2
activité *f.* activity 1
actrice *f.* actress 1
actuel, actuelle present 3
actuellement now, at the present time 2
adhérent, -e adherent 2
adhérer to adhere, to cling 2
admettre to admit 3
administratif, administrative administrative F
admirateur *m.*, **admiratrice** *f.* admirer F
adorateur *m.*, **adoratrice** *f.* worshipper 4
adorer to adore, to love, to like 1*
adresse *f.* address 1
adresser to direct, to address 2
*s'*adresser (à) to address oneself (to) 2
adulte *m.&f.* adult 1
aéroport *m.* airport 3
affaire *f.* affair, business, job, duty F
   faire des — **s** to do business F

affiche *f.* poster 1A
affirmatif, affirmative affirmative 1
affirmative *f.* affirmative 2
   à l' — in the affirmative 1
afin de to, in order that 3*
africain, -e African F
Afrique *f.* Africa 1
âgé, -e old, elderly 1
   personnes — **es** the elderly, old people 1
âge *m.* age 1*
agent de police *m.* policeman 3
agir to act 4
   il s'agit de it is a question of 5
aide *f.* help, assistance 3*
aider to help 1
ailier *m.* wing (player) 2
aimable nice, kind 2
aimer to like, to love 1
aîné, -e older, elder; oldest, eldest 3
aîné *m.*, **aînée** *f.* oldest child 3A
ainsi thus, so, in this or that manner 1*
aise *f.* ease, comfort 4*
   à l' — at ease 4*
   mal à l' — uncomfortable, ill at ease 4*
aisément easily 4
ajouter to add 1
alarme *f.* alarm, alert 1
aliment *m.* food, nourishment 3
alimentation *f.* food 3A
   — **fine** gourmet food 5
allée *f.* passage, avenue, alley F
allemand, -e German 3*
   berger — German shepherd 3
aller (à) to go 1*; to suit, to fit 2
   — **bon train** to make good progress, to go at a good pace 3
   — **à cheval** to go horseback riding 2
   — **mieux** to feel better, to be better 5
*s'*en aller to go away 1
allongé, -e long; stretched out 3
*s'*allonger to stretch out 3
allumer to light 1*
*s'*allumer to light up, to come on 3
allumette *f.* match 1

allure *f.* speed 5

alors then, therefore, so, at that time 1*

alpin, -e alpine 2

    ski___ downhill skiing 2

alternativement alternately 4

amabilité *f.* kindness 2A

ambassadeur *m.,* **ambassadrice** *f.* ambassador F

âme *f.* soul F

amener to bring (along) 1

américain, -e American 1*

ami *m.,* **amie** *f.* friend 1

amical, -e friendly 2

amitié *f.* friendship 3

*s'***amonceler** to pile up, to heap up 3

amour *m.* love 1*

amoureux, amoureuse in love F

    tomber___ to fall in love F

ampli *m. (abrév. de* **amplificateur***)* amplifier 1

    ___ -tuner amplifier 1

amusant, -e amusing 2*

*s'***amuser** to enjoy oneself, to have a good time 1*

an *m.* year 1

    avoir vingt___ s to be twenty years old 1*

    jour de l'An New Year's Day 3

    il y a trente ___ s thirty years ago 1

ancêtre *m.&f.* ancestor 1

ancien, ancienne ancient 1; former, old 4

anglais, -e English 1*

Anglais *m.,* **Anglaise** *f.* English man, English woman 2*

anglais *m.* English language 1*

Angleterre *f.* England F

année *f.* year 1*

    l'___ dernière last year 1

    les ___ s trente the 30's 1

anniversaire *m.* birthday, anniversary 1

annoncer to announce 1

annuaire *m.* yearbook 5

antérieur, -e front 4; previous, earlier 5

antisudorifique *m.* deodorant 4

antonyme *m.* antonym 1

aplanir to smooth out 4

aplatir to flatten 2

apothicaire *m.* apothecary 2

apparaître to appear 2

appareil *m.* appliance 1

    ___ s sonores audio equipment 1

appartement *m.* apartment 3

appartenir (à) to belong (to) F

appeler to call, to telephone 1*

*s'***appeler** to be called 1*

appétit *m.* appetite 1

applaudir to applaud, to clap 2*

appliquer to apply 4

*s'***appliquer (à)** to apply oneself (to) 2

apporter to bring 3

apprécier to appreciate F

apprendre to learn 1*

*s'***approcher (de)** to come near, to approach 2*

approprié, -e appropriate 2

approximatif, approximative approximate 3

appuyer to support, to back (up) 4

âpre raw, harsh 4

après after 1

    d'___ according to F

    ___ que after 5

après-midi *m.* afternoon 1*

arabe Arabic, Arabian 4

arbitre *m.* ref, referee 2*

arborer to put on, to wear (proudly) 2

arbre *m.* tree 1*

archiduchesse *f.* archduchess 2

arctique *m.* Arctic 2

ardemment ardently, fervently 5

arène *f.* arena 3

argent *m.* money 1*

    ___ de poche pocket money 2

aristocratique aristocratic 1

armoire *f.* cabinet, cupboard 3A

arracher to snatch away 2; to pull up, to tear off 4A

arranger to arrange 3

arrêt *m.* stop 3

arrêter to stop 1

*s'***arrêter** to stop oneself, to come to a halt 1*

arrière back 2

arrière-plan *m.* background 4

arrivée *f.* arrival 1

arriver to arrive 1; to happen, to occur 2

arrondi, -e rounded, round 3

arrondir to round, to make round 4

artiste *m.&f.* artist 4

artistique artistic 2

    patinage ___ figure skating 2

    patins ___ s figure skates 2

aspirer to inhale, to breathe in 3

aspirine *f.* aspirin 3

*s'***asseoir** to sit down 1

assez enough 1*

    ___ de enough 1*

assiette *f.* plate 1

assis, -e seated 1

assister (à) to attend, to be present (at) 2

associer to associate 1

assujetti, -e subject, subjugated 5

assurer to assure 2

astérisque *m.* asterisk 4

astre *m.* star F

athlète *m.&f.* athlete 4

atrocement atrociously 5

attacher to attach 2

attaque *f.* attack 2

attendre to wait for 1*

*s'***attendre (à)** to expect 3

attendu, -e expected 4

attention *f.* attention 1

    faire ___ to pay attention 1*

attentivement attentively, carefully 1

atténuer to tone down, to lighten 1

attraper to catch 3

aube *f.* dawn 3A

aucun, -e any 2*

    ne ... ___ no, not any 2

augmentation *f.* increase, raise 1

augmenter to increase 2

aujourd'hui today 1*

auparavant before, previously 4*

aurore *f.* dawn F

aussi also 1

    ___ ... que as ... as 1*

aussitôt straight away, immediately 3

— **que** as soon as 1*

Australie f. Australia 1

autant as much, as many 1

— **de ... que** as much ... as 1

auteur m. author 1

auto f. car 1

en — by car 1

autobus m. bus 1

autoneige f. snowmobile 2

autour (de) around 3

autre other, another 1*

autre m.&f. another person, somebody else 1

d' — **s** others 1

les — **s** the others 1

quelqu'un d' — someone else 1

ne ... rien d' — nothing else 1

autrefois formerly 3

autrement otherwise 3

auxiliaire auxiliary 3

avaler to swallow 3A

avant before 1*

— **que** before 1

roue — front wheel 2

avantage m. advantage 1

avare miserly, avaricious 5A

avec with 1

avenir m. future 1*

aventure f. adventure 5*

avertir to warn 5A

avion m. plane 1

par — by plane 1*

avis m. opinion 1

changer d' — to change one's mind 3

à ton — in your opinion 1

avocat m., **avocate** f. lawyer 4

avoir to have 1*

— **l'air** to seem, to appear, to look 2*

— **besoin de** to need 1*

— **de la chance** to be lucky 4*

— **confiance en** to have confidence in 4

— **le droit de** to have the right to 5

— **envie de** to want to, to feel like 1*

— **faim** to be hungry 1*

— **froid** to be cold (people) 1*

— **l'intention de** to intend to 3

— **lieu** to take place 1

— **mal à la gorge** to have a sore throat 4

— **mal au pied** to have a sore foot F

— **peur de** to be afraid of 1*

— **pitié de** to pity 4

— **raison** to be right 1*

— **soif** to be thirsty F*

— **tort** to be wrong 2*

— **vingt ans** to be twenty years old 1*

avouer to admit, to confess 5A

azur m. azure, sky-blue 1

côte d'Azur Riviera 1

bagage m. bag, piece of luggage, kit 4

bain m. bath 1

costume de — bathing suit 1

salle de — **s** bathroom 5

baiser m. kiss 3

baisser to lower 2, 5A

se **baisser** to bend down, to stoop 2

bal m. dance, ball 3

balancer to swing, to rock 3

se **balancer** to swing, to rock, to sway 4

balayer to sweep up, to brush up 4

balle f. ball 2

ballon m. ball 2

banal, -e well-worn; ordinary, everyday 5

banane f. banana 1

banc m. seat, bench 2*

— **d'exercice** exercise bench 2A

— **de neige** snowdrift, snowbank 3

bande f. tape 1

— **dessinée** cartoon 2

banlieue f. suburbs, outskirts 2*

bannir to banish 5

banque f. bank 4

baraque f. shed, hut 5

barbe f. beard 3*

barbu, -e bearded F

barre f. bar 2

— **à disques** barbell 2

bas, basse low F*

en — below 4*

là- — over there, under there, down there 3

base-ball m. baseball 3

jouer au — to play baseball 1

basket-ball m. basketball 3

bâtiment m. building 2

bâtir to build 1A

bâton m. stick, pole, club 2*

— **en fibre de verre** fibre glass pole 2

battre to beat, to strike, to hit 2; to flap about 5A

se **battre** to fight 1*

beau, bel, belle, beaux, belles beautiful, handsome 1

— **temps** nice weather 1

beaucoup very much, a lot 1*

— **de** a lot of 1*

beau-frère m. brother-in-law 3A

beau-père m. father-in-law 3A

beaux-parents m.pl. in-laws 3

bébé m. baby 1

beigne m. doughnut (Fr. Can.) 2*

belle-mère f. mother-in-law 3A

belle-soeur f. sister-in-law 3A

se **bercer** to rock oneself 3

berger m., **bergère** f. shepherd 3

— **allemand** German shepherd 3

besoin m. need 1

au — if necessary 1

avoir — **de** to need 1*

bête stupid, silly F

bête f. animal 3*

bêtise f. silliness, nonsense, stupidity 1

dire des — **s** to talk nonsense 4*

beurre m. butter 4

biberon m. baby's bottle 3

bibliothéconomie f. library science F

bibliothèque f. library 1

bicyclette f. bicycle 1

bien well; very, really 1

— **sûr** of course 1

— **sûr que non** of course not 1

bien-aimé *m.*, **bien-aimée** *f.* darling, dear F
bientôt soon 1
bilingue bilingual 3*
billet *m.* ticket 1
biologie *f.* biology 1
bise *f.* kiss 3
bizarre bizarre, strange 1
blanc, blanche white 1
blé *m.* wheat, grain 3*
    élévateur à ___ grain elevator 5
blesser to wound, to hurt, to injure 3
bloquer to jam, to block (up) 3
boire to drink 1
bois *m.* wood 2
    coureur de ___ trapper 2
boisson *f.* drink 3
boîte *f.* box 2
    ___ **à chansons** nightclub 1A
bon, bonne good 1*
    de ___**ne heure** early 1
    ___ **marché** cheap, inexpensive 5A
    à ___**marché** cheaply 5
bonbon *m.* candy 1
bonheur *m.* happiness 5*
bonhomme *m.* snowman 2
bonne *f.* maid 1
bord *m.* edge, bank 1
    au ___ **de** at the edge of 1
botaniste *m.* botanist F
botte *f.* boot 2A
bouche *f.* mouth 4
bouchée *f.* mouthful 5
bouger to move 4
bougie *f.* candle 3
boulanger *m.* baker 1
boule *f.* ball 3
boulette *f.* meatball 3
bourguignon, bourguignonne Burgundian, from Burgundy 3
bout *m.* end, tip 1*
bouteille *f.* bottle 3
bouton *m.* button 2
bras *m.* arm 2
    lessiveuse à ___ wash tub with a wringer 5
brevet *m.* patent 2

bricolage *m.* tinkering about, do-it-yourself 5A
    faire du ___ to tinker about, to do-it-yourself 5
brièvement briefly 2
briller to shine 1*
brin *m.* blade 4
se **briser** to break, to shatter, to smash 2A
se **bronzer** to sunbathe 1
brosse *f.* brush 4A
    ___ **à dents** toothbrush 4*
brosser to brush 4*
bruit *m.* noise 1
brûlant, -e burning 2*
brûler to burn 3*
bûche *f.* log 3
bureau *m.* office 1
but *m.* goal, objective, aim 1*
    gardien de ___ goalkeeper 2

ça that 1
    ___ **m'est égal** I don't mind, I don't care 3A
cabane *f.* hut, cabin 5
cacher to hide F
se **cacher** to hide 1*
cadeau *m.* gift 1
cadet, cadette younger; youngest 4
café *m.* coffee 1
cahier *m.* notebook 2
caillou *m.* pebble F
calcul *m.* calculation 5
calendrier *m.* calendar 3
calligraphie *f.* handwriting; art of handwriting 2
camarade *m.&f.* companion, friend 1
camionnette *f.* (small) van 3*
campagne *f.* country 3*
campeur *m.*, **campeuse** *f.* camper 4*
canadien, canadienne Canadian 1*
candidat *m.*, **candidate** *f.* candidate 3
canne *f.* stick, rod 2
    ___ **à pêche** fishing rod 2A
cannelle *f.* cinnamon 3
canot *m.* boat, dinghy; canoe (Fr. Can.) 2

caoutchouc *m.* rubber 2A
capitaine *m.* captain 4
captivité *f.* captivity 2
car for, because 1
caractère *m.* letter, type 1; character, personality F*
    en ___**s gras** in bold typeface 1
caractéristique characteristic 1
carapace *f.* shell 4
caresser to caress 4
carotte *f.* carrot 3
carré *m.* square 4
carrière *f.* career F*
cartable *m.* (school) bag 4A
carte *f.* card; map 1*
    jouer aux ___**s** to play cards 1
    ___ **postale** postcard 1
    table à ___**s** card table 3
cas *m.* case 1*
    en ___**de** in case of 1*
    en tout ___ at any rate 5*
casque *m.* headphone 1
    ___ **d'écoute** headphone 1A
casse-croûte *m.* snack 4
casser to break 3
se **casser** to break 2
cassette *f.* cassette 1
    magnétophone à ___**s** tape (cassette) recorder 1A
    platine à ___**s** cassette tape deck (part of a stereo) 1A
cause *f.* cause 2
    à ___ **de** because of, owing to 2
caution *f.* guarantee, security 5
    sous ___ on bail 5
cave *f.* cellar 3A
ce, cet, cette, ces this, that, these 1*
    à ___ **moment** at that (this) time 1
    ___ **...-ci** this ... (here) 1
    ___ **...-là** that ... (there) 1
    ___ **que** that which, what 1
    ___ **qui** that which, what 3
ceci this 2
céder to give up 2*
cèdre *m.* cedar 4
cela that 1
célèbre famous 1
célébrer to celebrate 3

celui *m.*, celle *f.* (*pl.* **ceux,**
   celles) the one 1
   —-**ci** this one 1
   —-**là** that one 1
centaine *f.* about a hundred 3*
centre *m.* centre 5*
   — **d'achats** shopping centre 5
centre-ville *m.* town centre, city
   centre 1
cependant however 4
cercle *m.* circle 1
cérémonie *f.* ceremony 1
cerise *f.* cherry 3
cerisier *m.* cherry tree 4
certain, -e certain, sure;
   (*pl.*) some 1
certainement certainly 1*
   — **pas** certainly not 1
certes certainly, admittedly 5
cesse *f.* ceasing, intermission 1
cesser to stop, to cease 1
chacun, -e each, each one,
   everyone 1
chagrin *m.* grief, sorrow 4A
chaise *f.* chair 1
chalet *m.* chalet, summer
   cottage (Fr. Can.) 1
chaleur *f.* heat 5*
chambre *f.* bedroom 1
chance *f.* luck, chance 4
   avoir de la — to be lucky 4
chandail *m.* sweater 1
chandelle *f.* candle 1, 3A
changement *m.* change 1
changer to change 1
   — **d'avis** to change one's
   mind 3
chanson *f.* song 1
   boîte à —s nightclub 1A
chansonnier *m.* songwriter, cabaret
   singer 1A
chanter to sing 1*
chanteur *m.*, **chanteuse** *f.*
   singer 1*
chapeau *m.* hat 4
chapitre *m.* chapter 3
chaque each, every 1
chargé, -e in charge of 3
charmille *f.* hedge F
chasse-moustiques *m.* insect

repellent 4
chasser to hunt, to chase F*
chat *m.* cat 1
château *m.* castle 2
chaud, -e warm, hot 1
   faire — to be hot (weather) 1*
chauffage *m.* heating 3
chauffer to warm, to heat 3*
chaussure *f.* shoe 1A
chaux *f.* lime
   passer au lait de —
   to whitewash 5
chef *m.* head, chief; chef; principal;
   founder 2
chemin *m.* path, way, road 1*
   — **de fer** railroad 5*
cheminée *f.* chimney 3
chemise *f.* shirt 3
chèque *m.* cheque 1
   faire un — to write a cheque 1A
cher, chère expensive 1*; dear 2
cher *m.*, **chère** *f.* dear 3*
chercher to look for 3
cheval *m.* (*pl.* **chevaux**) horse 2
   aller à — to go horseback
   riding 2
chevelure *f.* hair 4
cheveux *m.pl.* hair 1
   pince à — hair pin 4
chèvre *f.* goat 3
chez at, at (to) the home of 1
   — **nous** to, at our house; in, at
   our city 1
chic stylish, smart 2
chien *m.* dog 1
chimie *f.* chemistry 1
chimique chemical 3
chimiste *m.&f.* chemist 4
Chine *f.* China 1
Chinois *m.*, **Chinoise** *f.* Chinese
   man / Chinese woman 3*
chocolat *m.* chocolate 2
choisir to choose 1*
choix *m.* choice 1*
chose *f.* thing 1
   quelque — something 1
chou *m.* (*pl.* **choux**) puff 3
   — **à la crème** cream puff 3
chuchoter to whisper 3A
chute *f.* fall 2

ciel *m.* (*pl.* **cieux**) sky 1
cimetière *m.* cemetery F
cinéma *m.* cinema, show 1
circonstance *f.* occasion,
   circumstance 1
   souhait de — appropriate
   (seasonal) wish 3
circulation *f.* traffic 3
circuler to circulate, to move around
   or about 3
citer to cite, to quote 2
citerne *f.* water tank 5
civilisation *f.* civilization 1
civiliser to civilize 4
clair, -e clear 4
claquer to bang, to crack
   — **ses doigts** to snap one's
   fingers 4
classe *f.* class; (*pl.*) school 1
   salle de — classroom 1
classique classic, classical 1
   musique — classical music 1
clé *f.* key 1
   — **en croix** lug wrench (for
   removing the wheel of a car) 2
clef *f.* wrench 5A
climat *m.* climate 1*
cloche *f.* bell 5
clou *m.* nail 5A
cochon *m.* pig 3
coeur *m.* heart F
coffre *m.* trunk (of a car);
   (tool) chest 2
cogner to knock 3
coin *m.* corner 3*
   au — **de** at the corner of 3
colère *f.* anger 2
   se mettre en — to get angry 2A
colle *f.* paste, gum, glue 2A
collectionner to collect 3
collège *m.* college 2
colline *f.* hill 3
colon *m.* settler, colonist 2
colonie *f.* colony 2
   — **de vacances** camp 3*
colonisateur *m.*, **colonisatrice** *f.*
   colonist 2
colonne *f.* column 1
colorier to colour 5
combat *m.* fight, fighting 2

combien how much, how many 2
combiner to combine 1
comestible edible 3A
comique funny, comical 1
comité *m.* committee, board 3
commande *f.* order 2
commander to order 2
comme like, as 1*
  se ressembler __ deux gouttes d'eau to be like two peas in a pod 3
commencement *m.* beginning, start 1*
commencer to begin, to commence 1
comment how 1; pardon?, what? 2
communiquer to communicate 5
compagnie *f.* company 2
comparer to compare 1
complément *m.* complement 1
complètement completely 2
compléter to complete 1
complexe complicated, complex 2
compliqué, -e complicated, intricate 4
composer to write, to compose 1
compositeur *m.,* **compositrice** *f.* composer 1
compréhension *f.* understanding 1
comprendre to understand 1*
comptant in cash 1
  payer __ to pay with cash 1A
compte *m.* count 2
  se rendre __ de to realize 4A
compter to count 2*
comptoir *m.* counter 2
concerner to concern 5
condamner to condemn 5
conditionnel, conditionnelle conditional 3
conditionnel *m.* conditional (tense) 1
conduire to drive 2
confectionner to prepare, to make 3
confédération *f.* confederation 2
confiance *f.* confidence, trust 4
  avoir __ en to have confidence in 4

confier to confide, to entrust 3, 5A
confirmer to confirm 4
confort *m.* comfort 5
confortable comfortable 2
congé *m.* holiday 4
congélateur *m.* freezer 3A
congélation *f.* freezing 5
conjonction *f.* conjunction 1
connaissance *f.* knowledge, acquaintance, consciousness 2
  faire la __ de quelqu'un to meet somebody, to become acquainted with somebody 2
connaître to know, to be acquainted with 1*
connu, -e known F
connu *m.,* **connue** *f.* known person; the familiar 1
se **consacrer (à)** to devote oneself (to) F
conscient, -e conscious 4
conseil *m.* advice 2; board, council, committee 3
conseiller to advise 4, 5A
conséquence *f.* consequence 1
conserver to keep, to retain 3
considération *f.* consideration 3
considérer to consider 2
consister to consist 2
consoler to console 4
constamment constantly 1
construire to build 1*
consulter to consult 3
conte *m.* tale, story 2
contenir to contain, to hold 1
content, -e happy, content 1
conter to tell 1A
continuer to continue 1
contracter to tense 4
contraire *m.* opposite 1
contre against 2
  être fâché __ quelqu'un to be angry with somebody 4
contre *m.* cons, (arguments) against 3
contredire to contradict 2
convenable correct, suitable, appropriate 1
convenir to suit, to fit 1, 2A

converser to converse 1
copain *m.,* **copine** *f.* friend, chum, buddy 4*
copier to copy 1
coquille *f.* shell 3
coranique Koranic 4
corps *m.* body 1*
correspondre to correspond 4
corriger to correct 4
coryza *m.* head cold F
cosmétique *m.* cosmetic 4
  sac à __s cosmetic bag 4
cossu, -e wealthy, rich F
costume *m.* uniform 2
  __ de bain bathing suit 1
côte *f.* shore, sea-coast 1*
  __ d'Azur Riviera 1
côté *m.* side 1
  à __ nearby 3
  à __ de by, near, beside 1
  de __ aside 1
  d'un __ on one hand 3
  d'un autre __ on the other hand 3
cou *m.* neck 2
couche *f.* layer 3
se **coucher** to go to bed 1*
coudre to sew 4
couleur *f.* colour 2
  téléviseur en __s colour television (set) 1
coup *m.* hit, blow 2; shot F
  __ d'oeil glance 2, 5A
  __ de téléphone telephone call 1
  __ de vent gust of wind 1
  tout à __ suddenly 1*
  tout d'un __ all at once, at once, suddenly 1
couper to cut 4
cour *f.* yard, courtyard, schoolyard 2*
courageux, courageuse courageous 2*
courber to bend 4
coureur *m.,* **coureuse** *f.* runner 5
  __ de bois trapper 2
courir to run 1*
course *f.* race 4*

cours *m.* course 1; flow, generic term for streams, rivers and waterways 2
  au ___ de in the course of, during 2
  suivre un ___ to take a course 4
cousin *m.*, **cousine** *f.* cousin 1
coussin *m.* cushion 3A
couteau *m.* knife 4
coûter to cost 1
  ___ cher to be expensive 1
coûteux, coûteuse expensive 2
coutume *f.* custom, habit, practice 3
couturier *m.* fashion designer, couturier 1
couvert *m.* place setting 3
couverture *f.* blanket 3
couvrir to cover 2*
craindre to fear 4A
crayon *m.* pencil 1
  ___ à sourcils eyebrow pencil 4
créateur *m.*, **créatrice** *f.* creator 4
créer to create 5
crème *f.* cream 3
  chou à la ___ cream puff 3
  ___ caramel caramel custard 3
  ___ glacée ice cream 3
crevaison *f.* flat (tire) 2
crevé, -e burst, punctured (tire) 2
  pneu ___ flat tire 2
cric *m.* (car) jack 2
crier to cry, to shout 1
crieur *m.*, **crieuse** *f.* crier 4
  ___ public town crier 4
criminel *m.*, **criminelle** *f.* criminal 3
crispé, -e nervous, strained, tense 4
critique *m.&f.* critic 5
critiquer to criticize, to examine F
crochet *m.* small hook 3
croire to believe 1*
croix *f.* cross 1
  clé en ___ lug wrench (for removing the wheel of a car) 2
cruellement cruelly 5
cuiller *f.* spoon 4
cuire to cook 3
cuisine *f.* kitchen 1; cooking 3
cuit, -e cooked 3

cycle *m.* bicycle 2
  ___ d'exercice exercise bicycle 2
cyclisme *m.* cycling 3

d'abord first, at first, to begin with 2
d'après according to F
dame *f.* lady (married) 1
dangereux, dangereuse dangerous 1
dans in 1
dansant, -e dancing 3
  soirée ___e dance 3
danse *f.* dance, dancing 1
danser to dance 1
davantage more 4A
de from, of, out of 1
débarrasser to clear 3
débat *m.* debate F
debout upright, standing up 3
débris *m.* (*usually in pl.*) wreck, debris 2
se **débrouiller** to manage 3A
début *m.* beginning, start 1A
  au ___ at the beginning F
déception *f.* disappointment 2A
déchirer to tear 2*
décider to decide 3
se **décider** to come to a decision, to make a decision, to make up one's mind 3
décision *f.* decision 1
  prendre une ___ to make a decision 1
déclaration *f.* statement, declaration, revelation 4
déclarer to announce, to state, to declare 1
décontenancer to disconcert 5
décoration *f.* decoration 3
décorer to decorate 2
découper to cut out 2
découvrir to discover 1*
décrire to describe 2
déçu, -e disappointed 1*
défaire to undo; to unpack 5
défaut *m.* flaw, fault 2
défendre to forbid 1
défense *f.* defense 2
déferlant, -e breaking 4

défi *m.* challenge 4A
définir to define 1
définition *f.* definition 1
définitivement definitively, for good 2
dégel *m.* thaw 5
déguster to taste 3A
dehors outside 1
  en ___ outside 4
déjà already 2*
déjeuner *m.* lunch; breakfast (Fr. Can.) 2
  sac à ___ lunch bag 2
délicieux, délicieuse delicious, delightful 3*
demain tomorrow 1*
demande *f.* request 1
demander to ask (for) 1*
se **demander** to wonder 3
déménager to move 3*
demi *m.*, **demie** *f.* half 3
demi-heure *f.* half an hour 3
démonstratif, démonstrative demonstrative 1
démontrer to demonstrate 3
dent *f.* tooth 4
  brosse à ___s toothbrush 4
dentifrice *m.* toothpaste 4
dentiste *m.* dentist 3
départ *m.* departure 4*
se **dépêcher** to hurry, to make haste 2*
dépendre (de) to depend (on) 1*
dépenser to spend (money) 3*
depuis since, for, from 2
déranger to disturb 1
dernier, dernière last 1*
  l'année dernière last year 1
  dernière mode latest fashion 2
se **dérouler** to take place, to happen, to occur 3A
derrière behind 1
dès from ... on, as of 3
  ___ que when, as soon as, since 1*
désaffecté, -e out of service, closed down 5
désavantage *m.* disadvantage 1
désert, -e deserted 1
désert *m.* desert 5

désespéré, -e desperate, hopeless 2
désespoir *m.* despair 1
désir *m.* wish, desire 1
désolant, -e distressing 5
désolé, -e sorry, distressed 4
désormais in the future, henceforth, from now on 3A
desserrer to loosen 2
dessin *m.* design, plan, drawing, sketch 4
dessiner to draw; to lay out, to trace 2
dessous under, underneath, beneath 2
  ci-___ below 1
dessous *m.* bottom, underside 2
dessus on, upon, over, above 1
  ci-___ above 1
dessus *m.* top 3
détacher to remove, to take out 4
détail *m.* detail 4
détestation *f.* hatred 5
détester to detest, to hate 2*
deuxième second 1
devant in front of 1
développement *m.* development F
développer to develop 1
devenir to become 1*
deviner to guess 4
devinette *f.* riddle 1
devoir to have to, must 1*
devoirs *m.pl.* homework 1*
  faire ses ___ to do one's homework 1*
dévorer to devour 2
dictionnaire *m.* dictionary 1
dicton *m.* saying 3
Dieu *m.* God 2
différence *f.* difference 3
différer to differ 2
difficile difficult 2*
difficulté *f.* difficulty 1
digne worthy, dignified 5
diminuer to reduce, to decrease 4
dinde *f.* turkey 3
dîner *m.* dinner 1
dîner to have dinner, to dine 2
diplôme *m.* diploma 4
dire to say, to tell 1
  à vrai ___ to tell you the truth,

in actual fact 3
  ___ des bêtises to talk nonsense 4*
  entendre ___ to hear people say 1
  vouloir ___ to mean 1
directement directly 2
directeur *m.*, **directrice** *f.* director, principal 2*
se **diriger** to make for, to head for, to make one's way towards 3A
discours *m.* speech 1
discuter (de) to discuss 2
disjoindre to take apart, to separate 5
disparaître to disappear 1*
disparate badly matched, ill-assorted 5
disponible available 2*
disposer to arrange 3
dispute *f.* dispute, debate, quarrel, contest 2
disque *m.* record 1*; puck; disk, disc 2
  barre à ___s barbell 2
  ___ de caoutchouc puck 2
distendre to distend 3
distingué, -e distinguished F
distrait, -e absent-minded 1
divan *m.* couch 3
divers, diverse various 3
doctorat *m.* doctorate 5
doigt *m.* finger 2
  claquer ses ___s to snap one's fingers 4
domaine *m.* field, domain 1
dominer to dominate 5
dommage *m.* harm, injury
  C'est ___! What a shame!, What a pity! 3, 4A
donc therefore, so, thus 3
donner to give 1
dont whose, of which, of whom, from whom 1
dormir to sleep 1*
dos *m.* back 1
  sac à ___ knapsack 1
doué, -e talented, gifted 2*
douleur *f.* pain 5
doute *m.* doubt, uncertainty 1
douter to doubt 5A*

doux, douce soft, smooth; easy; gentle 2*
dramatique dramatic 2
dramaturge *m.&f.* dramatist, playwright 5
drap *m.* sheet (of a bed) 3*
droit, -e right 2
droit *m.* right 4
  avoir le ___ de to have the right to 5
droitier, droitière right-handed 2
drôle funny F
dur, -e hard 2*
durant during, in the course of 4
durée *f.* duration, length 1
durer to last 3

eau *f.* water 1
  se ressembler comme deux gouttes d'___ to be like two peas in a pod 3
*s'***ébrouer** to snort 4
*s'***écarter** to move to one side 3
échafaud *m.* scaffold 2
échange *m.* exchange 4*
échanger to exchange 1
échelle *f.* ladder 3*
échouer (à) to fail 1*
éclater to burst 3*
*s'***éclipser** to slip away, to slip out 3
école *f.* school 1
  ___élémentaire elementary school 2
  maîtresse d'___ teacher 5
  ___ normale teachers' college 5
  ___ primaire primary school 1
  ___ secondaire high school, secondary school 1
écolier *m.* schoolboy 4
écoute *f.* listening 1
  casque d'___ headphone 1A
écouter to listen to 1*
écouteur *m.* *(usually in pl.)* headphone 2
écraser to crush 4
écrire to write 1
écriture *f.* (hand)writing 2
écrivain *m.* writer 2*
écrou *m.* nut 2
écume *f.* foam 4

édifice *m.* edifice, building 2
éducation *f.* education 2
  — physique physical education 1*
effet *m.* effect 1
efficace effective 4A
égal, -e equal
  ça m'est ___ I don't mind, I don't care 3A
également equally, also, too 3
église *f.* church 2*
égoïste selfish, egoistic 1
élan *m.* surge, rush, burst 5
s'élancer to shoot or dart forth, to rush, to dash 2A
électrique electric 4
électronique electronic 1
élégant, -e elegant 3
élément *m.* element, component 1
élémentaire elementary 2
  école ___ elementary school 2
élévateur *m.* elevator 5
  — à blé grain elevator 5
élève *m.&f.* pupil 2
élever to bring up, to raise 3A
élire to elect 3
elle-même herself 1
éloigner to move away 2
emballage *m.* packaging 2
embobiner to wind 2
embrassade *f.* hugging, kissing 3
s'embrasser to kiss 3
émission *f.* program (TV, radio) 1*
  — de télé TV show 2
émotion *f.* emotion 1
empaqueter to pack up, to package 2
empêcher to prevent 3, 4A
empereur *m.* emperor 2
emploi *m.* job, employment 3
employé *m.,* **employée** *f.* employee 5
employer to use 1
emprunter to borrow 3
en in, at, of (about, by, from), him, her, it, them, etc. 1
  — auto by car 4
  — caractères gras in bold typeface 1

  — cas de in case of 1
  — dehors outside 4
  — été in summer 1
  — feu on fire 1
  — forme in shape 2
  — garde! On guard! (fencing term) 1
  — haut above 4*
  — même temps at the same time 4
  — plein air in the open air 5*
  — plus de on top of, besides 2
  — premier firstly, first, in the first place 5
  — quelque sorte as it were, so to speak 4
  — rabais (de) at a reduced price 1A
  — récompense as a reward 4
  — retard late 1
  — semaine during the week, on weekdays 1
  — solde on sale 5
  — ce temps-là at that time 5
  — tout cas at any rate 5
  — vacances on vacation 1
  vivre ___ roi to live like a king 1
enchanter to enchant, to bewitch 1
encombré, -e cluttered 3
encore more 1; still, yet 3
encourager to encourage F
encyclopédique encyclopaedic 2
s'endormir to fall asleep 1*
endroit *m.* place, spot 2A
enfance *f.* childhood 2
enfant *m.&f.* child 1*
  garder un ___ to baby-sit 1
enfantin, -e childish 1
enfermer to enclose 2
enfiler to slip on, to put on 2
enfin at last, finally 1*
enfler to swell, to inflate 3
enfoncer to drive (well) in, to push (well) in 2
engagement *m.* agreement 5
engager to start; to enter into 5
s'engager to fit into, to enter 3; to start, to begin, to get under way 5
engloutir to swallow, to devour F

enjoliveur *m.* hub cap 2
s'enlacer to intertwine, to interlace 4
enlevé, -e spirited 5
enlever to remove, to take off 1
ennemi *m.,* **ennemie** *f.* enemy 2
ennui *m.* boredom 5
ennuyeux, ennuyeuse boring 4
énorme enormous, huge 1*
énormément enormously 2
enrhumer to give a cold to someone 3
s'enrhumer to catch (a) cold 4A
enseignant *m.,* **enseignante** *f.* teacher 2
enseigner to teach 1
ensemble together 2*
ensemble *m.* set, group, series 2*
  dans l'___ on the whole, by and large 5
ensoleillé, -e sunny 4
ensommeillé, -e sleepy, drowsy 3A
ensuite next, then 2*
s'entasser to cram in 3
entendre to hear 1*
  — dire to hear people say 1
entendu, -e agreed 4
  bien ___ of course 4
enterrement *m.* burial, funeral F
enthousiasme *m.* enthusiasm 2
entier, entière entire, whole 1
entièrement entirely 5
entonner to start singing 3
entourer to surround 5
entrain *m.* spirit, drive 3
entraîner to carry along 4
entraîneur *m.* trainer, coach 2*
entre between 1
entrée *f.* entrance 3
s'entrelacer to intertwine, to interlace 4
entrer to enter 1
entre-temps meanwhile 1
envers towards 1
envers *m.* wrong side, reverse 1A
envie *f.* envy, wish, desire 2
  avoir ___de to want to, to feel like 1*
  mourir d'___ de to be dying to 2

environs *m.pl.* surroundings 3
envisager to view, to consider 1
*s'***envoler** to fly away F
envoyer to send 1
épaule *f.* shoulder 2*
épicé, -e spiced 4
épicerie *f.* grocery store 3A
    ___ fine delicatessen 3
épier to spy on, to watch
    closely 5A
épinard *m. (usually in pl.)* spinach 5
époque *f.* time 3
épouser to marry 2*
époux *m.,* **épouse** *f.* husband, wife,
    spouse 3
éprouver to feel 5A
équipe *f.* team 2*
    ___ de lutte wrestling team 2
équipement *m.* equipment 2
équitation *f.* (horseback)riding 2
équivalent *m.* equivalent 3
érable *m.* maple, maple-tree 2
    feuille d'___ maple leaf 2
erreur *f.* mistake, error 2
escalier *m.* staircase, stairs 2*
escargot *m.* snail 3
espace *m.* space 1*
espagnol *m.* Spanish language 1
espérer to hope 2
espoir *m.* hope 1A
esprit *m.* mind 2*
essayer to try 3
essence *f.* gas 3
essentiel, essentielle essential 3
essor *m.* rapid development,
    expansion 2
essoufflé, -e out of breath 5
essuyer to wipe, to dry 4
est *m.* East 3
estimer to estimate, to appraise, to
    value 5
et and 1
établissement *m.* establishment 2
étage *m.* floor 3
    premier ___ main floor
      (Fr. Can.) 3
étape *f.* stage 2; stop, stopping
    place 3
état *m.* state 3
été *m.* summer 1*

en ___ in summer 1*
*s'***éteindre** to be extinguished, to be
    put out 3
*s'***étendre** to stretch out 3A
éternel, éternelle eternal,
    everlasting F
étoile *f.* star F
étonnant, -e surprising 4A
étonné, -e surprised 4
*s'***étonner** to be amazed, to wonder,
    to marvel 3A
étranger, étrangère foreign,
    strange 1
étranger *m.* foreign country 1
    à l'___ abroad 1
être to be 1
    ___ d'accord to agree 1*
    C'est dommage! What a
      shame! 3, 4A
    ___ fâché contre quelqu'un to
      be angry with somebody 4
    ___ fier de to be proud of 4
    ___ de bonne humeur to be in a
      good mood F*
    ___ de retour to be back 3
être *m.* being, person 5
étroit, -e narrow, limited, tight 2*
étude *f.* study 1
étudiant *m.,* **étudiante** *f.*
    student 1*
étudier to study 1*
européen, européenne
    European 1
évaluer to evaluate 5
événement *m.* event 1
évidemment obviously 4
éviter to avoid 2
évoquer to recall, to call up, to
    evoke 5
examen *m.* exam 1*
    réussir à l'___ to pass the
      exam 3*
examiner to examine 1
exceller to excel 5
excepté, -e except 4
exclusivement exclusively F
exemple *m.* example 1
    par___ for example 1
exercer to practise, to exercise 2
exercice *m.* exercise 1

banc d'___ exercise bench 2A
    cycle d'___ exercise bicycle 2
exigeant, -e demanding 1*
exister to exist 4
exotique exotic 3
expédition *f.* expedition 2
expérience *f.* experience 1
explication *f.* explanation 1
expliquer to explain 1
exploit *m.* exploit, feat 1
explorateur *m.* **exploratrice** *f.*
    explorer 2
exposition *f.* display 1*
exprimer to express 1
extrait *m.* excerpt, selection 2
extra-terrestre *m.* extra
    terrestrial 5
extrêmement extremely 1

fabrication *f.* making 3
fabriquer to make 4
face *f.* face, front, façade
    en ___ de opposite 4
fâché, -e angry 3
    être ___ contre quelqu'un to be
      angry with somebody 4
se **fâcher** to become angry 1*
facile easy 1
facilement easily 4
façon *f.* way, manner 1
    d'une ___ in a way, in a
      manner 2
faible weak 1*
faiblement weakly 1
faiblesse *f.* weakness F
faim *f.* hunger, appetite 1
    avoir ___ to be hungry 1*
    mourir de ___ to die of
      hunger 1
fainéant *m.,* **fainéante** *f.* lazy
    person F
faire to do, to make 1*
    ___ des affaires to do business F
    ___ attention to pay attention 1*
    ___ beau to be nice (weather) 1*
    ___ du bricolage to tinker about,
      to do-it-yourself 5
    ___ du camping to go camping 4
    ___ chaud to be hot (weather) 1*

___ **un chèque** to write a cheque 1A
___ **la connaissance de quelqu'un** to meet somebody, to become acquainted with somebody 2*
___ **ses devoirs** to do one's homework 1*
ne t'en fais pas don't worry 3
___ **froid** to be cold (weather) 1*
___ **la grève** to be on strike 5
___ **du jardinage** to do the gardening 1
___ **du jogging** to jog 2
___ **mal à quelqu'un** to harm somebody 4
___ **le ménage** to do the housework F*
___ **de son mieux** to do one's best 5
___ **de la natation** to go swimming 1*
___ **noir** to get dark 1
___ **partie de** to belong to, to be a member of 2
___ **un pique-nique** to go on a picnic, to have a picnic 4*
___ **plaisir à quelqu'un** to please somebody 4
___ **la queue** to line up 1
___ **des réparations** to do repairs F*
ça ne me fait rien I don't mind, I don't care 3
___ **du ski** to ski 1
___ **du ski de fond** to cross-country ski 2
___ **du ski nautique** to water-ski 4
___ **du soleil** to be sunny (weather) 1*
___ **du sport** to be active in sports 1
___ **le train** to do farm chores 3
___ **du tricot** to knit F
___ **la vaisselle** to do the dishes 1*
faiseur m., **faiseuse** f. maker F
fait m. fact 1
falaise f. cliff 4
falloir to be necessary, must,

to have to 1
il faut it is necessary 2*
fameux, fameuse famous 2
familial, -e pertaining to family, domestic 1
familier, familière familiar 4
famille f. family 1
fanatique m.&f. fanatic 3
fantastique fantastic 2
farine f. flour 4
fatigué, -e tired 1*
faute f. fault, error 3*
fauteuil m. armchair 3A
faux, fausse false 1
faux-col m. detachable collar F
favori, favorite favourite 2
féliciter to congratulate 5
féminin, -e feminine 2
femme f. woman, wife 1
fenêtre f. window 1
fer m. iron 5
chemin de ___ railroad 5*
férié, -e holiday 4
jour ___ public holiday, official holiday 4
ferme f. farm 3
fermer to close 1
fermier m., **fermière** f. farmer 3
féroce ferocious 1
fête f. feast, holiday, celebration 3
fêter to celebrate 3
feu m. fire, light 1
en ___ on fire 1
feuille f. sheet, page, leaf 2
___ **d'érable** maple leaf 2
feuilleter to leaf through 2A
fidèle faithful, loyal 1*
fidélité f. faithfulness, loyalty 1
fier, fière proud 2A
être ___ **de** to be proud of 4
fièrement proudly 2
fierté f. pride 2
fille f. girl, daughter 1
film m. film 1
fils m. son 2*
fin f. end 1*
finalement finally 2
financier, financière financial 5
finir to finish 1*
fixation f. (safety) binding 2

flan m. custard tart 3
fleur f. flower 4
Floride f. Florida 3
flotter to float F
foie m. liver 3A
fois f. time 1*
encore une ___ once again 2
folie f. madness, folly F
folklorique folk 1
musique ___ folk music 1
foncer to sink 1A
fonction f. function, duty, office F
___ **publique** civil service F
fonctionner to function, to work 3*
fond m. bottom, back, far end 4
ski de ___ cross-country skiing 2A
faire du ski de ___ to cross-country ski 2
fonder to found, to establish, to create 2
forcer to force 5
forme f. form 1*
en ___ in shape 2
former to form 1
formidable great 1
formulaire m. form 2
formule f. form 2; formula 3
fort adv. hard, forcibly, exceedingly, loudly 1
fou, folle crazy 1
fouinard, -e nosey, prying 1
fouler to trample down F
four m. oven 3A
fourchette f. fork 4
fourneau m. stove 3A
frais, fraîche fresh 3*
fraise f. strawberry 3
français, -e French 1
français m. French language 1
francophone m.&f. Francophone, French-speaking person F*
frange f. fringe 4
frapper to knock 1*
fraternel, fraternelle brotherly, fraternal 1
frayer to open up, to clear 3
fréquemment frequently 1
frère m. brother 1

frit, -e fried 3
   pommes ___es French fries 3
frites *f.pl.* chips, fries 3
froid, -e cold 1*
   faire ___ to be cold (weather) 1*
   avoir ___ to be cold (people) 1*
froid *m.* cold, coldness 1
froidure *f.* coldness 1A
frontière *f.* border 1
fruit *m.* fruit, profit F
   ___s de mer seafood 3*
   porter des ___s to bring profit F
fuite *f.* flight F
fumer to smoke 3*
furieux, furieuse furious 2*
furtivement furtively, stealthily,
   secretly 3
fusil *m.* rifle, gun 2
futur *m.* future (tense) 1

gagné *m.* inheritance 5
gagner to gain, to earn, to win 1*
   ___ sa vie to earn one's living 5
gai, -e cheerful, gay, happy 5
gant *m.* glove 1, 2A
garçon *m.* boy 1
garde *f.* watch, care, custody,
   guard 1
   en ___! On guard! (fencing
   term) 1
garder to look after, to mind 1;
   to keep 2
   ___ un enfant to baby-sit 1
gardien *m.*, **gardienne** *f.* guard,
   protector; babysitter 2
   ___ de but goalkeeper 2*
gare *f.* railway station 1*
gars *m.* boy, guy 3
gâté, -e spoiled 4*
gâteau *m.* cake 3
gâterie *f.* little treat 3
gauche left 2
gaucher, gauchère left-handed 2
gazon *m.* lawn, grass F
gel *m.* frost 5A
gelée *f.* jelly 3
   ___ de pommettes crab-apple
   jelly 3
gémir to groan, to moan F
général *m.* (*pl.* **généraux**)

general 2
   en ___ generally, in general 4
généralement generally 4
généralisation *f.* generalization 4
généreux, généreuse generous 4
genre *m.* type, kind, style 2
gens *m.&f.pl.* people 1*
gentil, gentille kind, nice 1
gentillesse *f.* amiability,
   kindness 2
géographie *f.* geography 3*
germanique Germanic 2
geste *m.* gesture 4
glace *f.* ice 1
glacé, -e glazed, iced 3
   crème ___e ice cream 3
glacial, -e icy, freezing 3
glissade *f.* slide 4
glisser to slide (along) 1
glorifier to glorify 4
gluant, -e sticky 2
gomme *f.* gum 5
   ___ à mâcher chewing gum 5
gommé, -e sticky 2
   ruban ___ (black) adhesive
   tape 2
gonfler to inflate, to swell 3
gorge *f.* throat 4
   avoir mal à la ___ to have a sore
   throat 4
goût *m.* taste F
goutte *f.* drop 3
   se ressembler comme deux ___s
   d'eau to be like two peas in a
   pod 3
gouverneur *m.* governor 2
grâce *f.* grace
   ___ à thanks to 1
grand, -e big, tall 1
   ___ magasin department store 4
   ___es vacances summer
   holidays 5
grands-parents *m.pl.*
   grandparents 1
grand-père *m.* grandfather 1
gras, grasse thick 1; fatty,
   greasy 3
   en caractères ___ in bold
   typeface 1
gratuit, -e free 4A

grave serious, grave 2*
Grec *m.*, **Grecque** *f.* Greek man,
   Greek woman 3
Grèce *f.* Greece 1
grenier *m.* attic 5A
grève *f.* strike 5
   faire la ___ to be on strike 5
gros, grosse big, large 1
groupe *m.* group 1*
guère hardly, scarcely 5
   ne ... ___ hardly, scarcely
   ever 5A
guérir to heal 4
guerre *f.* war F
guider to guide F
guignolée *f.* round of visits 3
guitare *f.* guitar 3*
   jouer de la ___ to play the
   guitar 3
gymnase *m.* gymnasium 3

habillement *m.* clothing 2
habiller to dress, to clothe 2
s'habiller to get dressed 1*
habiter to live 1
habitude *f.* habit 4
   d' ___ usually 1
habituel, habituelle habitual 1
s'habituer (à) to get used to,
   to accustom oneself to 2*
hâché, -e minced 4
haine *f.* hatred 5A
haleine *f.* breath 4
haltère *m.* dumbbell 2
hanter to haunt F
harmonie *f.* harmony 1
haut *m.* height, top, summit*
   en ___ above 4*
haut-parleur *m.* (loud) speaker 1A
hélas alas F
hélice *f.* propeller 2
herbe *f.* grass F
hérissé, -e bristly 4
héritage *m.* inheritance 5
héroïne *f.* heroine 2
heure *f.* hour 1
   à l'___ on time 1
   de bonne ___ early 1
heureux, heureuse happy 1*
hier yesterday 1*

histoire *f.* story; history 1
historique historical 2
hiver *m.* winter 1*
   en ___ in winter 3*
homme *m.* man 1*
honnête honest 5
honte *f.* disgrace, shame 1
   mourir de ___ to die of shame 1
hôpital *m.* hospital 1
horreur *f.* horror, dread F
hors (de) outside (of), out (of) 4
   ___ de service out of order 5
hospitalier *m.*, **hospitalière** *f.*
   hospital employee, nurse 2
hospitalité *f.* hospitality 1
hostilité *f.* hostility 5
hôtel *m.* hotel 3
huître *f.* oyster 3
humain *m.* human 1
humeur *f.* humour, temperament,
   disposition F*
   être de bonne ___ to be in a good
   mood F*
hurler to roar, to yell 4A
hutte *f.* hut 5

ici here 1
idéal, -e ideal 1
idée *f.* idea 1*
identité *f.* identity 1
   pièce d'___ piece of
   identification 1A
identifier to identify 3
idole *f.* idol 2
ignorant, -e ignorant 4
ignorer to ignore 4
illustrer to illustrate F
il y a there is, there are 1
   ___ trente ans thirty years ago 1
imbécile *m.&f.* imbecile, idiot,
   fool 1
imiter to imitate 1
immédiatement immediately 2
s'immobiliser to stop, to stand
   still 3
imparfait *m.* imperfect (tense) 1
s'impatienter to grow impatient, to
   lose patience 3
imperméable *m.* raincoat 1

impersonnel, impersonnelle
   impersonal 4
impopulaire unpopular 2
important, -e important 1
importer to import, to matter 3
   n'importe quel(s)/quelle(s) no
   matter what, no matter which 5A
   n'importe qui anybody,
   anyone 3
   n'importe quoi no matter
   what 5A
impossibilité *f.* impossibility F
imprudent, -e careless,
   imprudent 2
incertitude *f.* uncertainty 5
s'incliner to bow 2
inclus, -e enclosed, included 2
incolore colourless 3
inconnu *m.*, **inconnue** *f.* unknown
   person; the unfamiliar 1
incontesté, -e uncontested,
   undisputed 3
incroyable unbelievable,
   incredible 3
Inde *f.* India 1
indicatif *m.* indicative (mood) 2
indice *m.* indication, sign 2
indien, indienne Indian 1
indiquer to indicate, to show, to
   point out 1
individualiste *m.&f.* individualist 2
individualité *f.* individuality 5
inégalité *f.* unevenness 4
infatigable tireless, untiring 1
infériorité *f.* inferiority F
infini, -e infinite 5
infinitif *m.* infinitive 1
infliger to impose; to inflict 2A
influencé, -e influenced 1
informer to inform 3
s'ingénier to strive, to try hard 5
ingénieur *m.* engineer 4
injuste unjust 2
inquiet, inquiète worried,
   anxious 1
s'inquiéter to worry 1*
inquiétude *f.* anxiety 4
insecte *m.* insect 2
insensé, -e insane, mad; foolish F
insister to insist 5

insoucieux, insoucieuse easy
   going, free from care F
installer to put up 3
s'installer to install oneself, to set
   oneself F
instantanément instantaneously 3
instigateur *m.*, **instigatrice** *f.*
   instigator 2
instituteur *m.*, **institutrice** *f.*
   primary school teacher 2A
instructeur *m.* instructor 4
instruit, -e educated 1
insulter to insult 2
intelligent, -e intelligent 2
interdire to forbid; to prevent 4
intéressant, -e interesting 1
intéressé, -e calculating 5
intéresser to interest 1
s'intéresser à to take an interest
   in 1
intérieur *m.* interior, inside 1
interpréter to perform; to
   interpret 3
interrompre to break, to
   interrupt 1
introduire to introduce 1
inutile useless 3
inventer to invent 2
invité *m.*, **invitée** *f.* guest 1
inviter to invite 1
ironique ironic F
iroquois, -e Iroquois 2
irrégulier, irrégulière irregular 1
isolé, -e isolated 5
italien, italienne Italian 1*

jaloux, jalouse jealous 1
jamais ever, never 1
   ne ... ___ never 1*
   presque ___ almost never 1
jambe *f.* leg 2
jambon *m.* ham 3
japonais, -e Japanese 1
Japonais *m.*, **Japonaise** *f.*
   Japanese man, Japanese woman 3
japonais *m.* Japanese language 4
jardin *m.* garden 1
jardinage *m.* gardening 1
   faire du ___ to do the
   gardening 1

jazz *m.* jazz 1
jeter to throw, to fling, to hurl 1*
jeu *m.* game 1
___ de mots pun F
___ vidéo video game 5
jeune young 1
jeûner to go without food, to fast 3
jeunes *m.pl.* young people 1
jeunesse *f.* youth 1
joie *f.* joy 4
joli, -e pretty 1
joncher to strew 3
jouer to play 1*
___ au base-ball to play baseball 1
___ aux cartes to play cards 1
___ de la guitare to play the guitar 3
___ au soccer to play soccer 4
___ au tennis to play tennis 1
___ du violon to play the violin 1
jouet *m.* toy 2
joueur *m., **joueuse** *f.* player 2
jour *m.* day 1*
___ de l'An New Year's Day 3
___ férié public holiday, official holiday 4
de nos ___s nowadays 2
par ___ per day, a day 1
journal *m.* (*pl.* **journaux**) newspaper 1
journalisme *m.* journalism 5
journaliste *m.&f.* journalist 4
journée *f.* day 1*
joyeusement joyfully, happily 3
jucher to perch 3
juge *m.* judge 5
Juif *m.*, **Juive** *f.* Jewish person 3
jumeau *m.*, **jumelle** *f.* twin 3
jupe *f.* skirt 2
jus *m.* juice 2
jusqu'à until, up to 2*
juste just 2
justement precisely, exactly 1
juste-milieu middle of the road (in politics) F
justifié, -e justified 2

kilomètre *m.* kilometre 1
klaxon *m.* horn 3

là there 1
___-bas over there, under there, down there 3*
celui-___ that one 1
laboratoire *m.* laboratory 2
lac *m.* lake 1*
lacer to tie (up), to lace up 2
lacet *m.* (shoe)lace 2
laid, -e ugly 1
laine *f.* wool 2
laisser to leave, to let, to allow 1*
___ tomber to let fall, to throw down 2
lait *m.* milk 2
passer au ___ de chaux to whitewash 5
lampe *f.* lamp, light 1
lancer to fling, to hurl, to throw 2*
lanceur *m.*, **lanceuse** *f.* pitcher 2
langue *f.* language 1*
___ parlée spoken language 2
lapin *m.* rabbit 3
larme *f.* tear 2*
laver to wash 2
leçon *f.* lesson 1
légèrement lightly, slightly F
légume *m.* vegetable 1
lendemain *m.* the following day 1*
lentement slowly 2
lequel, laquelle, lesquels, lesquelles who, whom, which 2
lessiveuse *f.* washing machine 5
___ à bras wash tub with a wringer 5
lettre *f.* letter 1
papier à ___s writing paper 2
leur *m.&f.* theirs, their own 4
lever to raise, to lift 1
se **lever** to get up, to rise 1*
lèvre *f.* lip 4*
rouge à ___s *m.* lipstick 4
lexique *m.* vocabulary 1
libéré, -e liberated 4
se **libérer** to free oneself 4
liberté *f.* freedom, liberty 4
mise en ___ release, discharge 5
libre free 1

lieu *m.* place, spot 2
au ___ de instead of 2
avoir ___ to take place 1
lièvre *m.* hare 1
ligne *f.* line, row 2
limité, -e limited 1
limonade *f.* lemonade F
linge *m.* linen 3
liquide *m.* liquid 3
lire to read 1
liste *f.* list 1
lit *m.* bed 1*
au ___ in bed 5
littéraire literary 2
littérature *f.* literature 2
livre *m.* book 1
logement *m.* housing 5
loger to live 5A
logique logical 1
loi *f.* law, rule 1A
loin far 1
au ___ in the distance, far off 4
de ___ from a distance 2
long, longue long 1*
longtemps long, (for) a long time 1
longueur *f.* length 4
lorsque when 1*
loterie *f.* lottery 1
louer to rent 3*
loup *m.* wolf 1
lourd, -e heavy 2
loyer *m.* rent 5
lueur *f.* glimmer, (faint) light 4
lui-même himself 1
lumière *f.* light 3*
lune *f.* moon 2
lunettes *f.pl.* glasses 1
___solaires sunglasses 3
lutte *f.* wrestling 2A
équipe de ___ wrestling team 2

mâcher to chew 5
gomme à ___ chewing gum 5
mâchonner to chew 4
magasin *m.* store 1
grand ___ department store 4
magie *f.* magic 4

magnétophone *m.* tape recorder 1

  __ à cassettes tape (cassette) recorder 1A

  platine de __ reel-to-reel tape deck 1A

magnifique magnificent 1

magnifiquement magnificently 1

maigre thin, lean 2*

maigrir to grow thinner, to get thinner, to lose weight 2*

maillot *m.* vest 2*

main *f.* hand 1

  poignée de __ handshake 3A

  sac à __ handbag 1

maintenant now 1

maire *m.*, **mairesse** *f.* mayor F

mais but 1

maison *f.* house 1

maîtresse *f.* mistress 2, 5A

  __ d'école teacher 5

mal badly, not properly 2

  __ à l'aise uncomfortable, ill at ease 4*

  avoir __ à la gorge to have a sore throat 4

  faire __ à quelqu'un to harm somebody 4

  se sentir __ to feel ill, to feel sick 3

malade sick 1

malade *m.&f.* sick person 1

maladie *f.* sickness 1

malgré in spite of, despite 1*

malheur *m.* misfortune 4

malheureusement unfortunately 1

malheureux, malheureuse unfortunate, unhappy 3*

maman *f.* mother, mum 1

manche *f.* sleeve 2A

mangeable edible 3

manger to eat 1; to go through, to squander 5

  salle à __ dining-room 1

manière *f.* manner 1*

se **manifester** to be made manifest 2

manivelle *f.* crank 2

manque (de) *m.* lack (of), shortage (of), need (of) 2

manquer to be lacking 3A; to miss 5

manteau *m.* coat 3

manuel *m.* manual 3

  __ scolaire textbook 4

maquillage *m.* make-up 4A

se **maquiller** to make up, to put on one's make-up 4*

marchander to bargain; to sell 5

marchandise *f.* goods, merchandise 2

marché *m.* deal, bargain, contract 5

  à bon__ cheaply 5

  bon __ cheap, inexpensive 5A

marche *f.* running, working 2; walking 3

  mettre en __ to turn on, to start 2

marcher to walk 2

mari *m.* husband 3*

mariage *m.* marriage F

marié *m.*, **mariée** *f.* groom, bride (*pl.* newly-weds) 3

se **marier** to marry, to get married 1*

marinier, marinière type of sauce 3

  moules marinière mussels (cooked) in white wine sauce 3

Maroc *m.* Morocco 4

marocain, -e Moroccan 4

maroufle *m.* rascal, rogue F

marque *f.* brand, make 1

marteau *m.* hammer 5A

masculin, -e masculine 2

match *m.* game, match 1*

matérialiste materialistic F

maternel, maternelle of the mother, maternal 4

mathématique mathematical 5

mathématiques *f.pl.* mathematics 1

matière *f.* subject*; material, matter 2

matin *m.* morning 1*

  du __ in the morning 3

mauvais, -e bad 1*

méchant, -e wicked, naughty, evil, bad 3

médecin *m.* doctor 1*

médecine *f.* medicine 3

médicament *m.* medicine, drug 4

médicamenteux, médicamenteuse medicinal 4

méditer to meditate, to think over 2

méfiant, -e distrustful, suspicious 5

meilleur, -e better, best 1*

  __ ... que better ... than 1

mélancolie *f.* sadness, melancholy F

mélanger to mix 3

membre *m.* member 2

même same, very same; even, also 1

  de __ que just as 5

  en __ temps at the same time 4

  quand __ even though, all the same, nevertheless, anyway 1

  __ ... que same ... as 2

  tout de __ all the same 3

menaçant, -e threatening F

menacer to threaten 5*

ménage *m.* housekeeping F*

  faire le __ to do the housework F*

ménager to manage, to save 5

mener to lead 3*

mentionné, -e mentioned 3

mentir to lie 3*

menu, -e slim, slight 4

mer *f.* sea, ocean 2*

mère *f.* mother 1

mériter to deserve 4*

merveilleux, merveilleuse marvelous 4

mesquin, -e stingy, petty 5

météo *m.* forecast (weather) 1

méthode *f.* method 2

métier *m.* trade, business, craft, profession 4*

mets *m.* dish 4

mettre to put on, to wear; to put, to place*; to turn on 1

  __ en marche to turn on, to start 2

se **mettre (à)** to begin, to start 1, 3A

  __ en colère to get angry 2A

meuble *m.* piece of furniture 3*
mexicain, -e Mexican 1
micro *m.* microphone 2
microbe *m.* germ, microbe 4
mien *m.,* **mienne** *f.* mine, my own 4
mieux better, best 1*
  aller ___ to feel better, to be better 5
  faire de son ___ to do one's best 5
  ___**que** better than 2
  valoir ___ to be better 4
mil *m.* millet 4
milieu *m.* middle 1*
  au ___**de** in the middle of 1*
  par le ___ through the middle 4
militaire military F
mille-feuille *m.* Napoleon (pastry) 3
mince thin 4
ministre *m.* minister 2
  premier ___ Prime Minister 2
minuit *m.* midnight 1
miroir *m.* mirror 1
mise *f.* putting, setting 5
  ___ **en liberté** release, discharge 5
misérable miserable, wretched 3
mite *f.* moth 2
mi-temps *f.* half-time 5
  à ___ part-time 5
mode *m.* mood (grammar) 2
mode *f.* fashion, style 1
  à la ___ in fashion 1
  dernière ___ latest fashion 2
modèle *m.* model, example 1
moderne modern 1
modeste modest, unassuming 1
modestement modestly 5
modifier to modify 1
moins less 1*
  au ___ at least 1
  du ___ at least 4
  ___ **de** fewer 3
mois *m.* month 1
moitié *f.* half 3
  à ___ half 3
moment *m.* moment 1
  à ce ___ at that (this) time 1

à ce ___**-là** at that point, at that time 4
au ___**où** when, as 5
en ce ___ at the moment, at present, just now 1
monde *m.* world 1*
  tout le ___ everyone 1
mondial, -e world-wide F
moniteur *m.,* **monitrice** *f.* instructor 2
montagne *f.* mountain 1*
monsieur *m.* (*pl.* **messieurs**) sir, Mr. 1
monter to go up 2
  ___ **à cheval** to ride a horse 2
montre *f.* watch 4
montrer to show 1
se **moquer (de)** to make fun (of) 1*
morceau *m.* piece 1
mort, -e dead F*
mort *f.* death F
mot *m.* word 1
  jeu de ___**s** pun F
moteur *m.* motor 2
motocyclette *f.* motorcycle 2
motoneige *f.* skidoo 2
mou, molle soft 2
se **moucher** to blow one's nose 4
mouchoir *m.* handkerchief 3
mouette *f.* (sea)gull 4
moule *f.* mussel 2
  ___**s marinière** mussels (cooked) in white wine sauce 3
moulinet *m.* reel 2
mourir to die 1
  ___ **d'envie de** to be dying to 2
  ___ **de faim** to die of hunger 1
  ___ **de honte** to die of shame 1
  ___ **de rire** to die laughing 2
mouvement *m.* movement 1
moyen, moyenne medium 2; average F
moyen *m.* means, way 1
  au ___ **de** by means of, with the help of 4
municipal, -e municipal 5
mûr, -e ripe 1
mur *m.* wall 1
murmurer to murmur;

to whisper F
muscade *f.* nutmeg 3
musclé, -e muscular 3
musée *m.* museum 3*
musicien *m.,* **musicienne** *f.* musician 2*
musique *f.* music 1*
  ___ **classique** classical music 1
  ___ **folklorique** folk music 1
  ___ **rock** rock music 1
Musulman *m.,* **Musulmane** *f.* Mussulman 3
mystérieux, mystérieuse mysterious, secretive 1

nager to swim 1
naître to be born 1
narrateur *m.,* **narratrice** *f.* narrator 4
natal, -e native 1
natation *f.* swimming 1*
  faire de la ___ to go swimming 1*
national, -e national 1
naturel, naturelle natural 2
naturellement naturally 1
nautique nautical 4
  faire du ski ___ to water-ski 4
  ski ___ water-skiing 4
navigateur *m.* navigator 2
ne no, not 1*
  ___ **... aucun** no, not any 2
  ___ **... guère** hardly, scarcely ever 5
  ___ **... jamais** never 1*
  ___ **... ni ... ni ...** neither ... nor 1
  ___ **... pas** not 1*
  ___ **... personne** no one 1*
  ___ **... plus** no longer, not any more 1*
  ___ **... que** only 1*
  ___ **... rien** nothing 1*
  ___ **... rien d'autre** nothing else 1
néanmoins nevertheless, yet 3
nécessaire necessary 1
nécessité *f.* necessity 2
négatif, négative negative 1
négativement negatively 4

négligent, -e negligent, careless 4
neige *f.* snow 1
  banc de ___ snowdrift, snowbank 3
  tempête de ___ snowstorm 1
neiger to snow 1*
nerveux, nerveuse nervous 1
nettoyer to clean 1
neuf, neuve new 1
neuro-psychiatrie *f.* neuro-psychiatry 4
neuvième ninth 4
nez *m.* nose 1
Noël *m.* Christmas 3
  père ___ Santa Claus 3
noir *m.* blackness 1
nom *m.* name 1*
  au ___de on behalf of, in the name of 2
nombreux, nombreuse numerous 3
nommer to name, to call 5
non no, not 1
  bien sûr que ___ of course not 1
  ___plus neither 4
nord *m.&adj.* north F*
normalement normally 1
nostalgie *f.* nostalgia 4
notamment notably, in particular, particularly 4
note *f.* mark 3*
noter to note 1
nôtre *m.&f.* ours, our own 4
nourrissant, -e nourishing 2
nourriture *f.* food 1*
nouveau, nouvel, nouvelle, nouveaux, nouvelles new 1
  de ___ again 2*
nouvelle *f.* piece of news 4
nouvelles *f.pl.* news 1*
nudité *f.* nakedness, nudity 5
nuit *f.* night 1
  ___ de la Saint-Sylvestre New Year's Eve 3
numéro *m.* number 1
  ___ de téléphone telephone number 1

obéir to obey 2*
obéissant, -e obedient 4

objet *m.* object 1
  ___ direct direct object 1
obligatoire obligatory F
obligé, -e obligated 1
obliger to oblige, to require 5
obscène obscene 1
observer to observe, to watch 1
obtenir to obtain 1
occasion *f.* occasion 5*
*s'***occuper de** to look after; to occupy oneself 1*
odeur *f.* odour, smell 3
oeil *m.* (*pl.* **yeux**) eye 2
  coup d'___ glance 2, 5A
oeuf *m.* egg F
oeuvre *f.* work 2
officiel, officielle official F
offrir to offer 1*
oiseau *m.* bird F*
ombre *f.* shade F
  ___ à paupières eye shadow 4
oncle *m.* uncle 1
ongle *m.* fingernail 4
  vernis à ___s nail polish 4
opéra *m.* opera 1
opération *f.* operation, calculation 5
opposé *m.* opposite, reverse 1
opposer to oppose 3
optimiste optimistic 5
or *m.* gold F*
orage *m.* thunderstorm F
orchestre *m.* orchestra 1
ordinaire ordinary 1
ordinairement usually, normally 4
ordinateur *m.* computer 5*
ordonner to order 2
ordre *m.* order, command 1
oreille *f.* ear F
oreiller *m.* pillow 3*
organe *m.* organ 3
organiser to organize 1
origine *f.* origin 3
oser to dare F, 4A
ôter to take off, to remove 4A
ou or 1
où where 1
oubli *m.* forgetfulness F
oublier to forget 1*
ouest *m.&adj.* west F*

oui yes 1
outil *m.* tool 2*
ouvrier *m.*, **ouvrière** *f.* worker 1
ouvrir to open 2*

païen *m.*, **païenne** *f.* pagan 4
pain *m.* bread; loaf 1*
paire *f.* pair 1
paix *f.* peace F*
palais *m.* palace 4
palourde *f.* clam 3
pansement *m.* bandage 4A
pansu, -e pot-bellied F
pantalon *m.* (pair of) trousers, pants 5
pantoufle *f.* slipper F
papier *m.* paper 1
  ___ à lettres writing paper 2
papier-mouchoir *m.* tissue 4A
Pâques *m.* Easter 4
paquet *m.* package 1
par by 1
  ___ avion by plane 1*
  ___ exemple for example 1
  ___ jour per day, a day 1
  ___ le milieu through the middle 4
  ___ terre on the ground 1
paradis *m.* paradise, heaven 1
paradoxe *m.* paradox 1
paraître to appear 2
parc *m.* park 2
parce que because 1
parcourir to cover, to travel 2
pardonner to forgive, to pardon 5
pareil, pareille the same, similar, alike 2
parenthèse *f.* parenthesis 1
parents *m.pl.* parents 1
paresseux, paresseuse lazy 3*
parfait, -e perfect 1
parfaitement perfectly 1
parfumer to fill with aroma 3
parlé, -e spoken 2
  langue ___e spoken language 2
parler to speak, to tell 1
parmi among 1
parole *f.* word F
part *f.* share; part, portion

à ___ except for, apart from 4
partager to share 1*
partenaire *m.&f.* partner 2
parti *m.* party (political) 2
participe *m.* participle 2
  ___ passé past participle 2
participer to participate 1
particulièrement particularly 2
partie *f.* part; party 1; game 2
  faire ___ de to be part of, to
    belong to 2*
  ___ de hockey hockey game 2
partiel, partielle partial 1
  à temps ___ part-time 1
partir to leave 1*
partout everywhere 3*
pas not 1; step 3*
  certainement ___ certainly
    not 1
  ne ... ___ not 1*
  ___ du tout not at all 5*
passé *m.* past 1
  au ___ in the past (tense) 1
  ___ composé past indefinite tense,
    conversational past 1
  participe ___ past participle 2
passer to pass 2
se **passer** to happen, to take place 1
  ___ de to do without 1*
passe-temps *m.* pastime 3
pastille *f.* lozenge 4A
pâte *f.* pastry 3; paste 4
  ___ dentifrice toothpaste 4*
patin *m.* skate 1*
  ___ s artistiques figure skates 2
patinage *m.* skating 2*
  ___ artistique figure skating 2
  ___ à roulettes roller skating 3
patiner to skate 1
patinoire *f.* skating rink 2*
pâtisserie *f.* pastry 3A
patrie *f.* homeland 1A
patron *m.* owner, boss 5
paupière *f.* eyelid 4
  ombre à___ s eye shadow 4
pauvre poor 1
pauvre *m.&f.* poor person,
  (*m.pl.* the poor) 2
payer to pay (for) 2
  ___ comptant to pay cash 1A

pays *m.* country 1*
peau *f.* (*pl.* **peaux**) skin 4*
pêche *f.* fishing 1
  canne à ___ fishing rod 2A
pêcher to fish 2
pêcheur *m.,* **pêcheuse** *f.* fisher,
  fisherman, fisherwoman 3
peigne *m.* comb 4A
peigner to comb 2
se **peigner** to comb one's hair 2*
peindre to paint 4, 5A
peine *f.* sorrow, sadness 2, 5A
  à ___ hardly, scarcely 1
peinture *f.* painting 1; paint 5
pencher to lean over, to tilt 4
se **pencher** to lean over, to bend
  down 2A
pendant during, for 1
  ___ que while 1
pénétrer to penetrate, to go
  through 3
pensée *f.* thought F*
penser to think 1*
penser *m.* thought F
perceuse *f.* drill 5A
perdre to lose 1*
père *m.* father 1
  ___ Noël Santa Claus 3
période *f.* period 2
permettre to allow, to permit 1*
perplexe perplexed, confused,
  troubled 3
persécution *f.* persecution 2
personnage *m.* character;
  (important) person 2
personnalité *f.* personality 1
personne *f.* person 1
  ___ s âgées the elderly, old
    people 1
  ne ... ___ no one, nobody 1*
personnel, personnelle personal 1
persuader to persuade 3
peser to weigh 2*
pessimiste pessimistic 5
pétard *m.* cracker 3
petit, -e small, little 1
petite-fille *f.* granddaughter 1
petitement meanly, pettily 5
peu *m.* (a) little, (a) few 1
peu *adv.* little, not much,

not many 1
  à ___ près nearly, about 2
  ___ à ___ little by little 2
peuple *m.* people, nation 4
peur *f.* fear 1
  avoir ___ de to be afraid of 1*
peut-être perhaps 2*
  ___ que perhaps 2
philosophe philosophical 1
photo *f.* photograph 1
photographe *m.&f.*
  photographer 4
photographie *f.* photograph,
  picture 2
phrase *f.* sentence 1
physique physical 1
physique *f.* physics 3
piastre *f.* dollar 2
pièce *f.* piece 1; play 2;
  room 5A
  ___ d'identité piece of
    identification 1A
pied *m.* foot 1
  à ___ on foot 1*
  avoir mal au ___ to have a sore
    foot F
pierre *f.* stone 1
pilule *f.* pill 5
pince *f.* pliers 5A
  ___ à cheveux hair pin 4
pique-nique *m.* picnic 1*
  faire un ___ to go on a picnic, to
    have a picnic 4*
piscine *f.* swimming pool 1
pitié *f.* pity 4
  avoir ___ de to pity 4
place *f.* place, spot 1
  à votre ___ in your place, if I were
    you 1
plage *f.* beach 1
se **plaindre** to complain 1
plaine *f.* plain 1
plaire to please 1
  s'il vous plaît please 1
plaisir *m.* pleasure 2
  faire ___ à quelqu'un to please
    somebody 4
planche *f.* plank, board 2
plancher *m.* floor 4
plante *f.* plant 1

planter to plant, to put in 5
plaquette *f.* block, bar 4
plat, -e flat 1*
plat *m.* dish 3
platine *f.* turntable 1
  ___ à cassettes cassette tape deck (part of a stereo) 1A
  ___ de magnétophone reel-to-reel tape deck 1A
  ___ tourne-disque turntable 1A
plein, -e full 2*
  en ___ air in the open air 5*
pleinement fully 4
pleurer to cry 1
pleuvoir to rain 1*
pli *m.* fold, pleat 2A
plombier *m.,* **plombière** *f.* plumber 3*
plonger to dive 2*; to bury 3
se **plonger** to throw oneself into, to plunge into 2
pluie *f.* rain F
plupart *f.* most, the greater part or number 2*
pluriel *m.* plural 1
pluriel, plurielle plural 2
plus more, most 1
  de ___ besides 2
  de ___ en ___ more and more 3
  en ___ de besides, on top of 2
  ne ... ___ no longer, not any more 1*
  non ___ neither 4
  ___ de more than 2
  ___ ... que more ... than 1*
  ___ tard later 1
  au ___ tôt as soon as possible 2
plusieurs several 1*
plus-que-parfait *m.* pluperfect tense 3
plutôt rather, instead 1
  ___ que rather than 4
pneu *m.* tire 2
  ___ crevé flat tire 2
pneumatique inflatable 2
poche *f.* pocket 1*; bag 3
  argent de ___ pocket money 2
poêle *m.* stove 3A
poème *m.* poem 1
poésie *f.* poetry F

poète *m.* poet 1
poids *m.* weight 2*
poignant, -e poignant, heart-rending, agonizing 4
poignée *f.* handful, fistful
  ___ de main handshake 3A
poignet *m.* wrist 3A
  tirer au ___ to arm-wrestle 3
poil *m.* hair 4*
pointure *f.* size (shoes, boots, gloves) 2
poisson *m.* fish 1
  prendre un ___ to catch a fish 1
poitrine *f.* chest 2A
poli, -e polite 1
politesse *f.* politeness, courtesy 1
politique political 2
politique *f.* politics 3
pomme *f.* apple 1
  ___s frites French fries 3
  ___ de terre potato 3
pompier *m.,* **pompière** *f.* fire fighter 3
ponctuation *f.* punctuation 1
populaire popular 4
porc *m.* pig 3
porte *f.* door 1
portefeuille *m.* wallet, billfold 1
porter to wear 1; to carry F
  ___ des fruits to bring profit F
poser to pose, to perch; to put (down) 3
posséder to possess, to own, to have 1
possessif, possessive possessive 4
possibilité *f.* possibility 3
postal, -e postal 1
  carte ___ e postcard 1
poste *m.* set 1; job, position 2*
  ___ de radio radio (set) 1A
poste *f.* post office; mail 2
pot-pourri *m.* a mixture of everything 1
poubelle *f.* wastebasket 1
poudre *f.* powder 4
poudrerie *f.* blizzard, drifting snow 1
poulet *m.* chicken 1
  ___ frit fried chicken 3
pour for, in order to 1

pour *m.* pros, (arguments) for 3
pourboire *m.* tip 4
pour cent *m.* percent 1
pourquoi why 1
poursuivre to continue, to follow up, to pursue 3A
pourtant yet, nevertheless, however 1, 3A
pousser to push 2*
pouvoir to be able 1*
pratique practical 3
pratiquer to practise 2
pré *m.* meadow F
précédent, -e preceding 2
précéder to precede 2
précieux, précieuse precious 5
prédiction *f.* prediction 5
préférable preferable, better 2
préférer to prefer 2
préjugé *m.* prejudice 1
premier, première first 2*
  en ___ firstly, first, in the first place 5
  ___ ministre Prime Minister 2
premièrement firstly 2
prendre to take 1*
  ___ une décision to make a decision 1
  ___ un poisson to catch a fish 1
  ___ sa retraite to retire (on a pension) 2*
  ___ au sérieux to take seriously 2
préparatifs *m.pl.* preparations 3
préparer to prepare 1*
se **préparer** to prepare oneself, to get ready 2
préposition *f.* preposition 2
près (de) near 1
  à peu ___ nearly, about 2
présent *m.* present tense 1
présentation *f.* presentation, introduction 3
présenter to present 1
préserver to preserve 1
président *m.,* **présidente** *f.* president 2
presque almost 1*
  ___ jamais almost never 1
prêt, -e ready 3

prétendre to claim, to maintain 2
prêter to lend 3
preux gallant, valiant F
prévenir to inform, to let know 2
prier to pray, to entreat, to beseech 2, 5A
prière *f.* prayer 2A
primaire primary 1
  école __ primary school 1
principal, -e main, principal 1
printemps *m.* spring 2
prisonnier *m.*, **prisonnière** *f.* prisoner 4
prix *m.* price 1; prize 2
probablement probably 2*
problème *m.* problem 1
prochain, -e next 1*
proche near, close; nearby, close by 4
se **procurer** to get, to obtain, to procure for oneself 1
prodigue extravagant, wasteful 2
produire to produce 2
produit *m.* product 3
professeur *m.* teacher 1
professionnel, professionnelle professional 4
profond, -e deep, profound 5
programme *m.* program 2
projet *m.* project 1
projeter to cast, to project, to throw 4
promener to take somebody for a walk 1
se **promener** to go for a walk 1
promesse *f.* promise 1*
  tenir une __ to keep a promise 1
promettre to promise 1*
promptement swiftly, rapidly 2
pronom *m.* pronoun 1
  __ **relatif** relative pronoun 2
prononcer to pronounce 1
propos *m.* talk
  à __ incidentally, by the way 2
proposer to propose, to suggest 5
propre own 1
propriétaire *m.* owner 4
protéger to protect 4
prouver to prove 5

provenir (de) to come (from) 3
provisions *f.pl.* provisions, food 1
provocateur, provocatrice provoking 4
prude prudish F
prudemment carefully, cautiously 3
prudent, -e careful, cautious, prudent 1
prud'homme *m.* honest man F
psychologue *m.&f.* psychologist 4
public, publique public F
  crieur __ town crier 4
  fonction publique civil service F
publicité *f.* advertisement 2
publier to publish F
puis then 1*
puisque since 5
punir to punish 2
punition *f.* punishment; penalty 2

qualité *f.* quality 2
quand when 1
  __ **même** even though, all the same, nevertheless, anyway 1
quant à as for, with regard to 2
quart *m.* quarter 3
  __ **d'heure** quarter of an hour 3
que that, which, what 1*
  après __ after 5
  aussi ... __ as ... as 1*
  aussitôt __ as soon as 5*
  autant de ... __ as much ... as 1
  avant __ before 1
  ce __ that which, what 1
  dès __ when, as soon as, since 1*
  meilleur ... __ better ... than 1
  mieux __ better than 2
  ne ... __ only 1*
  pendant __ while 1
  plus ... __ more ... than 1*
  plutôt __ rather than 4
  tant __ as long as 4
québécois, -e from Quebec 1
quel, quelle, quels, quelles what, which 1*

n'importe __ no matter what, no matter which 5
quelque *(sing.)* some, any; *(pl.)* a few, some 1*
  __ **chose** something 1
  en __ **sorte** as it were, so to speak 4
quelquefois sometimes, occasionally, at times 1
quelqu'un someone, somebody; anyone, anybody 2
  __ **d'autre** someone else 1
quelques-uns, -unes some, a few 1
qu'est-ce que what 1
qu'est-ce qui what 1
queue *f.* line-up; tail 1
  faire la __ to line up 1
qui who, whom, that, which 1*
  ce __ what, that which 1
  n'importe __ anybody, anyone 3
quitter to leave 3*
quoi what 1
  n'importe __ no matter what 5
quotidien, quotidienne daily 1

rabais *m.* reduction, discount 1
  en __ **(de)** at a reduced price (of) 1A
raconter to tell, to recount 1*
radical *m.* root 1
radio *f.* radio 1
  poste de __ radio (set) 1A
radio-réveil *m.* clock-radio 1A
rafale *f.* gust 1
rafraîchir to refresh F
ragoût *m.* stew 4
raison *f.* reason 1
  avoir __ to be right 1*
raisonnable reasonable 2
ramasser to pick up, to gather 2A
rame *f.* oar 2
râpé, -e grated 3
rapidement quickly, rapidly 2
rappeler to call back, to call again 1
se **rappeler** to recall 3*
rapport *m.* relation 2; report, story 3*
rapporter to report 3

269

se **rapprocher (de)** to get closer (to), to approach 2

raquette *f.* racket 2

___ de tennis tennis racket 2A

rassurer to reassure 1

raton laveur *m.* raccoon 3A

ravauder to darn, to mend 5

rayon *m.* shelf; department 1A; ray 4

réaction *f.* reaction 1

réalisable attainable, realizable 1

réaliser to realize, to fulfil 5A

réaliste realistic F

rébellion *f.* rebellion 2

récemment recently 2

récent, -e recent 4

recette *f.* recipe 3

receveur *m.*, **receveuse** *f.* catcher 2

recevoir to receive, to get, to entertain (friends) 1

réchauffé, -e warmed-up, reheated 3

recherche *f.* research 1*

récit *m.* story, narrative 4

réciter to recite 2

récolte *f.* harvesting 3A

recommencer to begin, to start again 1

récompense *f.* reward 4

en ___ as a reward 4

reconnaître to recognize, to acknowledge 2

recouvert, -e covered 5

récréation *f.* recreation 2; recess, playtime 3

salle de ___ recreation room 2

récrire to rewrite 2

rectangulaire rectangular 4

reçu, -e received 4

recueil *m.* collection, selection F

réellement really 1

refaire to redo, to do again 1

référence *f.* reference 5

se **refermer** to close again, to shut again 1

réfléchi, -e reflexive 2

réfléchir to reflect, to consider 2, 4A

reflet *m.* reflection 1

refleurir to blossom again, to flower again F

réforme *f.* reform 2

refuser to refuse 1

régal *m.* delight, treat 3

regard *m.* look 5

regarder to look at, to watch 1

régime *m.* diet 3*

suivre un___ to be on a diet 3

région *f.* region 2

réglable adjustable 2

règle *f.* rule 1

régler to regulate, to adjust 2

regretter to regret 3

régulier, régulière regular 1

régulièrement regularly 2

relatif, relative relative (Gram.) 2

relent *m.* foul smell, stench 4

relever to pick up, to hold up (one's head) high again 4

se **relever** to stand up again, to get up again 2

relier to join, to link together 5

remarque *f.* remark, comment 1

remarquer to notice 1*

rembobiner to rewind 2

remède *m.* remedy, cure 2

remercier to thank 1*

remettre to put back 2; to put back on 4

remise *f.* (wood)shed 3

remonter to come back up, to go up 2

remplacer to replace 1

remplir to fill 2*

remuer to move 4

rencontrer to meet 3*

rendement *m.* yield, return 5

rendez-vous *m.* appointment, date, meeting 3

rendre to give back, to return 2

___ visite à quelqu'un to visit somebody 1

se **rendre (à)** to go (to) 2*

___ compte de to realize 4A

renifler to sniff, to sniffle 3

renseignement *m.* information 2

se **renseigner** to make inquiries, to ask for information 5

rentrer to return 2*

renvoyer to send back 2

répandre to spread, to scatter 3

réparation *f.* repairing, fixing, repair F

faire des ___s to do repairs F*

réparer to repair 2

repas *m.* meal 1*

repasser to hand around again 3

répéter to repeat 1

répétition *f.* repetition 4

répliquer to reply 3

répondre to answer 1*

réponse *f.* answer 1

repos *m.* rest, peace and quiet 2

se **reposer** to rest 1*

repousser to ward off, to drive back, to repel 2

reproche *m.* reproach 4

reprocher to reproach, to criticize, to blame 2

réputation *f.* reputation F

résister (à) to resist 2

résolution *f.* resolution 3

rôti *m.* roast, roast meat 3

résonner to resonate, to resound 5

résoudre to resolve, to solve 2

respirer to breathe 1

responsabilité *f.* responsibility F

ressembler (à) to look like, to resemble 1*

se **ressembler** to look like each other, to be alike 3

___ comme deux gouttes d'eau to be like two peas in a pod 3

ressentir to feel 5

ressource *f.* resource 3

reste *m.* rest, remainder 1

rester to stay, to remain 1*

résultat *m.* result 1

retard *m.* lateness *

en ___ late 1*

retenir to hold back; to keep 1

retour *m.* return 3

être de ___ to be back 3

retourner to return; to turn around, to turn over 1A

retraite *f.* retirement 2*

prendre sa ___ to retire (on a pension) 2*

retrouver to find (again) 1
réunion *f.* reunion 1
réunir to gather (together) 1
se **réunir** to meet, to get together 2*
réussir (à) to succeed*; to pass 1
— **à l'examen** to pass the exam 3*
rêve *m.* dream 2*
réveille-matin *m.* alarm clock 1
réveiller to wake (someone) up, to awaken, to rouse 3*
se **réveiller** to wake up, to awaken 1, 3*
revenir to return, to come back 2*
rêver to dream 2*
rêverie *f.* daydream 2
révision *f.* review 1
révolution *f.* revolution 2
révolutionnaire revolutionary 2
révolutionner to revolutionize 1
revue *f.* magazine 1
rhum *m.* rum 3
rhume *m.* cold F
rideau *m.* (*pl.* **rideaux**) curtain 3*
ridicule ridiculous 2
rien nothing 1
ça ne me fait — I don't mind, I don't care 3
ne ... — nothing 1*
n ... —**d'autre** nothing else 1
rime *f.* rhyme 1
rince-bouche *m.* mouthwash 4
rire *m.* laugh 3
rire to laugh 2
mourir de — to die laughing 2
risque *m.* risk 1
risquer to risk 1
rite *m.* rite, ritual 1
rivière *f.* river, stream 1*
riz *m.* rice 4
robe *f.* dress 1
rock *m.* rock-'n'-roll 1
roi *m.* king 1*
vivre en — to live like a king 1
rôle *m.* role 1
roman *m.* novel 2*
romancier *m.*, **romancière** *f.* novelist 5

romantique romantic F
rond, -e round, circular 1
rondelle *f.* puck; slice (round) 1*
rôti *m.* roast 3
rôtir to roast, to broil 3
roue *f.* wheel 2
— **arrière** back wheel 2
— **avant** front wheel 2
— **de secours** spare tire 2
rougir to blush, to redden 2*
rouler to roll (along) 2
roulette *f.* roller 3
patinage à —**s** roller skating 3
route *f.* road, way, route, direction 1
se **rouvrir** to reopen, to open again 3
ruban *m.* tape, binding 2
— **gommé** (black) adhesive tape 2
rude harsh 4
rue *f.* street 1
ruiner to ruin 1
russe *m.* Russian language 3

sac *m.* bag 1
— **à cosmétiques** cosmetic bag 4
— **à déjeuner** lunch bag 2
— **à dos** knapsack 1
— **à main** handbag 1
sacrifié, -e sacrificed 5
saigner to bleed 2
sain, -e healthy, sound 2
saint *m.*, **sainte** *f.* saint 1
Saint-Laurent *m.* St. Lawrence 2
saisir to take hold of, to seize 2*
saison *f.* season 1
salade *f.* salad 2
salaire *m.* salary, pay 1
salle *f.* room 1
— **de bains** bathroom 5
— **de classe** classroom 1
— **à manger** dining-room 1
— **de récréation** recreation room 2
salon *m.* living room 2
saluer to greet 4
sang *m.* blood 3*
sans without 1*

satisfait, -e satisfied 4
sauf except 1, 4A
sauter to jump 2
sauvage wild, savage, untamed 4*
sauver to save 3
savoir to know, to know how to 1*
savon *m.* soap 4A
saynète *f.* short play 1
scénario *m.* screen play, script F
scène *f.* stage, scenery, scene 4
metteur en — director 1
scie *f.* saw 5A
sciences *f.pl* science (subject) 3*
scientifique scientific 1
scientifique *m.&f.* scientist 3
scolaire school, pertaining to school 4
manuel — textbook 4
scrutin *m.* ballot, poll 3
secondaire secondary 1
école — high school, secondary school 1
secouer to shake 4A
secours *m.* help, aid, assistance 2
roue de — spare tire 2
secrètement secretly 5
secteur *m.* sector 5
séjour *m.* stay, sojourn 5
selon according to 1
semaine *f.* week 1*
en — during the week, on weekdays 1
par — a week, per week 3*
semblable *m.* fellow creature, fellow man 5
sembler to seem 1
il me semble it seems to me 5A
semelle *f.* sole 2A
sénégalais, -e from Senegal F
sens *m.* sense, meaning F; direction 4
sensible sensitive 4*
sentier *m.* path F
sentiment *m.* feeling; sentiment F
se **sentir** to feel 2*
— **mal** to feel ill, to feel sick 3
septième *m.* seventh 4
série *f.* series 3

271

sérieusement seriously 5
sérieux, sérieuse serious 2
  prendre au ___ to take
    seriously 2
serrer to grip, to hold tight 3
  ___ à bloc to screw as tight as
    possible 3
serveur *m.,* **serveuse** *f.* waiter,
  waitress 4
service *m.* service 3
  ___ de banquet catering
    service 3
  hors de ___ out of order 5
serviette *f.* towel 4*
servir to serve 1
  ___ à to be used for, to serve as 5
se **servir (de)** to use 1
seul, -e only, alone, lonely, sole 1*
seul *m.,* **seule** *f.* the only one 1
seulement only 1*
sévère severe, strict, harsh 3
shampooing *m.* shampoo 4
si if; yes (in answer to a negative
  question) 1; so 2
siècle *m.* century F*
sien *m.* his, his own 4
sienne *f.* hers, her own 4
siffler to whistle 2
sifflet *m.* whistle 2A
signer to sign 1
signifier to signify, to mean F
silencieusement silently 3
silencieux, silencieuse silent;
  still F
simplement simply 1
simplifier to simplify 2
simultanément simultaneously 5
situé, -e situated 3
ski *m.* ski, skiing 1
  ___ alpin downhill skiing 2
  faire du ___ to ski 1
  faire du ___ de fond to
    cross-country ski 2
  ___ de fond cross-country
    skiing 2A
  ___s de fond cross-country
    skis 2
  ___ nautique water-skiing 4
société *f.* society F
soeur *f.* sister 1

soif *f.* thirst F
  avoir ___ to be thirsty F*
soigneusement carefully 2
soin *m.* care 4
soir *m.* evening 1*
soirée *f.* evening 3
  ___ dansante dance 3
solaire solar
  lotion ___ suntan lotion 4
  lunettes ___s sunglasses 3
soldat *m.* soldier 3
solde *m. (usually in pl.)* sale 2
  en ___ on sale 5
soleil *m.* sun 1*
  faire du ___ to be sunny 1*
solitaire solitary, lone 1
solitude *f.* solitude, loneliness 1
sombrer to sink F
sommeil *m.* sleepiness,
  drowsiness 3
songe *m.* thought 5A
songer to dream F, 5A
sonner to ring 1*
sonore resonant, sonorous 1
  appareils ___s audio
    equipment 1
sorte *f.* type, kind 1
  en quelque ___ as it were, so to
    speak 4
sortir to leave, to go out 1*
souci *m.* worry 1
soudain suddenly 1
soudainement suddenly 1*
souffler to blow 4
souffrance *f.* suffering 4
souffrir to suffer 2*
souhait *m.* wish 3A
  ___ de circonstance appropriate
    (seasonal) wish 3
souhaiter to wish, to hope 5A
soulager to relieve, to
  soothe 2, 5A
soulever to lift (up) 2
soulier *m.* shoe 1
souligner to emphasize, to
  underline 4
soupe *f.* soup 2
souper *m.* supper (Fr. Can.),
  evening meal 2
soupir *m.* sigh 2, 5A

soupirer to sigh 3
source *f.* spring; source F
sourcil *m.* (eye)brow 4
  crayon à ___s eyebrow pencil 4
souriant, -e smiling 4
sourire to smile 4
sous under 1
  ___ caution on bail 5
sous-sol *m.* basement 5
soustraction *f.* subtraction 5
soutenir to hold up, to support F
soutenu, -e sustained 4
souterrain, -e underground 3
souvenir *m.* memory,
  recollection 3
se **souvenir de** to remember 1*
souvent often 1*
spécial, -e (*pl.* **spéciaux**) special 3
spécialiste *m.&f.* specialist 1
spécialité *f.* speciality 1
spectacle *m.* show 1
spectre *m.* phantom, ghost F
splendide splendid 1
sport *m.* sport 1
  chaussures de ___ sports
    shoes 2A
  faire du ___ to be active in
    sports 1
station-service *f.* service station 2
statistique *f.* statistic; statistics 1
stéréo *m.* stereo 1
stratégie *f.* strategy 2
stupéfaction *f.* stupefaction,
  amazement 3
stupéfié, -e stunned 3
stupide stupid 3
stylo *m.* pen 1
subjonctif *m.* subjunctive
  (mood) 2
subordonné, -e subordinate 1
succès *m.* success 1
sucre *m.* sugar 3
sud *m.* South 3*
suggérer to suggest 2
suite *f.* continuation, following
  episode F
  de ___ in a row, in succession 3
  tout de ___ immediately 1
suivant, -e following 1
suivre to follow 1; to take 2*

à ___ to be continued 1
___ un cours to take a course 4
___ un régime to be on a diet 3
sujet *m.* subject 1
au ___ de concerning 2
supérieur, -e superior 2
supermarché *m.* supermarket 1
supplier to beseech, to implore 4A
sûr, -e sure, certain 1
bien ___ of course 1
bien ___ que non of course not 1
sur on 1
surprendre to surprise 3
surpris, -e surprised 1
surtout above all; especially, particularly 3*
survêtement *m.* tracksuit 2
suspect, -e suspicious 5
suspendre to suspend 3
symboliser to symbolize 4
sympathie *f.* sympathy 3
sympathique nice, friendly, pleasant 3
système *m.* system 4

table *f.* table 3
___ à cartes card table 3
tableau *m.* picture 1; painting 5
tablée *f.* table (of people) 3
tâche *f.* spot, stain 1
tâcher to try 5A
taille *f.* size 2*
se **taire** to be quiet 1*
talc *m.* talcum powder 4
tandis que while 3A
tant (de) so much, such, so many 5
___ que as long as 4
tante *f.* aunt 3
tapis *m.* carpet, rug 3*
tard late 1
plus ___ later 1
tarte *f.* pie; tart 3
tasse *f.* cup 3
taux *m.* rate 3
technologique technological 4
teint *m.* colour, colouring 4
tel, telle such, like 1
___ que such as 5A

télé *f.* TV, television 2
téléphone *m.* telephone 1
au ___ on the phone 1
coup de ___ telephone call 1
numéro de ___ telephone number 1
téléphoner to telephone, to call 1
téléviseur *m.* television (set) 1A
___ en couleurs colour television (set) 1
___ en noir et blanc black and white television (set) 1
télévision *f.* television 1
tellement so, so much 3
témoin *m.* witness 3*
tempéré, -e temperate 5
tempête *f.* storm 1
___ de neige snowstorm 1
temps *m.* time; tense; weather 1
à ___ in time 1
beau ___ nice weather 1
de ___ en ___ from time to time F*
en ce ___-là at that time 5
en même ___ at the same time 4
à ___ partiel part-time 1
à plein ___ full time 5
tendre tender F
tendresse *f.* tenderness 4
tenir to hold; to keep 1*
___ une promesse to keep a promise 1
tiens! Well, well!, Fancy that! 1
terme *m.* term 1
terminaison *f.* ending 1
terminer to finish 1
terne colourless, lifeless, dull 5
terrain *m.* ground, terrain 1
terrasser to bring down, to overcome 2
terre *f.* earth, ground 1*
par ___ on the ground 1
terrine *f.* pâté; terrine 3
terroriser to terrorize 4
tête *f.* head 1
texte *m.* text 1
thé *m.* tea 2
théâtre *m.* theatre 1
thème *m.* theme 2

tien *m.*, **tienne** *f.* your, your own 4
timbre *m.* stamp 3
timide shy 1
tirer to pull, to draw 2*
___ au poignet to arm-wrestle 3
tiret *m.* hyphen, dash 1
tiroir *m.* drawer 2*
tissage *m.* weaving 4
tisser to weave 4
titre *m.* title 1
tôle *f.* sheet metal 5
tomber to fall 1
laisser ___ to let fall, to throw down 2
___ amoureux to fall in love F
torchon *m.* duster; dishcloth 4A
tort *m.* wrong; injustice; harm, injury 2
avoir ___ to be wrong 2*
tortue *f.* tortoise 1
tôt early 1
au plus ___ as soon as possible 2
toujours always 1*
tour *m.* turn, round 1
tourne-disque *m.* record player 1A
platine ___ turntable 1A
tournée *f.* round 3
tourner to turn 1
tournevis *m.* screwdriver 5A
tournoi *m.* tournament, tourney 4
tourtière *f.* meat pie (Fr. Can.) 3
tous everyone 1
tousser to cough 4
tout everything 1*
tout *m.* whole 3
tout *adv.* completely, entirely F
tout, toute, tous, toutes all 1*
en ___ cas at any rate 5
___ à coup suddenly 1*
___ d'un coup all at once, at once, suddenly 1
___ à fait quite, entirely, altogether 5
___ le monde everyone 1
___ de même all the same 3
pas du ___ not at all 5
___ de suite immediately 1
à ___e vitesse at full speed 1

toutefois however 3
toux *f.* cough 4A
trace *f.* trace*; line 4
tracteur *m.* tractor 3
traditionnel, traditionnelle traditional 4
traditionnellement traditionally 5
traduire to translate 3
trafiquant *m.,* **trafiquante** *f.* trafficker, dealer 2
trait *m.* trait, feature F
traiter to treat, to discuss, to handle 1
tranche *f.* slice 4A
tranquille quiet, tranquil 2
transpiration *f.* perspiration 4
transporter to transport, to carry, to move 4
travail *m.* work 1
  Au ___! To work! 3
travailler to work 1*
travailleur *m.,* **travailleuse** *f.* worker 1
travers *m.* breadth; irregularity
  à ___ through 2; across 4
traverser to cross 1*
trembler to tremble, to shiver 5
très very 1
tricot *m.* knitting F
  faire du ___ to knit F
tricoter to knit F
triomphant, -e triumphant 2
triste sad 1
tristesse *f.* sadness 2
troisième third 2
se **tromper** to make a mistake, to be mistaken 4*
trop too, too much, too many 1*
trottoir *m.* sidewalk 5A
trou *m.* hole 2
trouer to make a hole in 2
trouver to find 1*
se **trouver** to be situated; to find oneself 1
tuer to kill 3*
Tunisie *f.* Tunisia F

Ukrainien *m.,* **Ukrainienne** *f.* Ukrainian F
uniforme *m.* uniform 2

universitaire pertaining to university F
université *f.* university 1
usine *f.* factory 2
utile useful 2
utiliser to use 1

vacances *f.pl.* vacation, holidays 1*
  en ___ on vacation 1
  colonie de ___ camp 3
  grandes ___ summer holidays 5
vague *f.* wave 4
vaisselle *f.* dishes 1
  faire la ___ to do the dishes 1*
valeur *f.* value, worth 1
valise *f.* suitcase 4
valoir to be worth 4
  ___ mieux to be better 4
varier to vary 1
variété *f.* variety 1
vaurien *m.,* **vaurienne** *f.* rogue, good-for-nothing F
vedette *f.* star (theatre, movie) 3*
  voler la ___ to steal the show 3
veille *f.* day before 1, 4A
  à la ___ de on the eve of 1
vendeur *m.,* **vendeuse** *f.* salesman, salesgirl 2
vendre to sell 1*
venir to come 1*
  ___ de to have just 2
vent *m.* wind 1*
  coup de ___ gust of wind 1
verbal, -e (*pl.* **verbaux**) verbal 1
verbe *m.* verb 1
vérité *f.* truth 1
  en ___ to tell the truth 5
vernis *m.* polish 4
  ___ à ongles nail polish 4
verre *m.* glass 2
  bâton en fibre de ___ fibreglass pole 2
vers *m.* verse, line (of poetry) F
vers to, towards 1*
vestiaire *m.* cloak-room 3*
vestibule *m.* vestibule, hall 4
vêtements *m.pl.* clothes 1
vétérinaire *m.* veterinary F
viande *f.* meat 3*

vicaire *m.* curate 2
victime *f.* victim 3
victorieux, victorieuse victorious 2
vie *f.* life 1*
vieux, vieil, vieille, vieilles old 1
villageois *m.,* **villageoise** *f.* villager 5
ville *f.* city 1*
vin *m.* wine 1
vingtaine *f.* about twenty 3A
vis *f.* screw 5A
visage *m.* face 3*
visiter to visit 1
vitamine *f.* vitamin 4
vite fast, quickly 1
vitesse *f.* speed, quickness 1*
  à toute ___ at full speed 1
vivant, -e living, alive 3
vivre to live 1
  ___ en roi to live like a king 1
vocabulaire *m.* vocabulary 1
voici here is, here are 1
  les ___ here they are 1
voilà there, there is, there are 2
voir to see 1*
voisin *m.,* **voisine** *f.* neighbour 1
voiture *f.* car 1
voix *f.* voice 1*
vol *m.* flight 1
voler to rob somebody, to steal 1; to fly 4
  ___ la vedette to steal the show 3
voleur *m.,* **voleuse** *f.* thief 1
volonté *f.* wish; will; willingness 2
vôtre *m.&f.* yours, your own 4
vouer to doom 5
vouloir to want 1*
  ___ dire to mean 1
voyage *m.* trip 1
voyager to travel 1*
voyageur *m.,* **voyageuse** *f.* traveller 2
vrai, -e true, real 1
  à ___ dire to tell you the truth, in actual fact 3

vraiment   really, truly   1*
vue *f.*   view   4
  point de ___   point of view   4

y   there   1
yeux *m.pl.* (*sing.* **oeil**)   eyes   1
yoghourt *m.*   yogurt   F

INDEX GRAMMATICAL